真骨後弓

진짜고후개

진골후개 5

연하늘 新무협 판타지 소설

초판 1쇄 찍은 날 § 2007년 8월 16일
초판 1쇄 펴낸 날 § 2007년 8월 26일

지은이 § 연하늘
펴낸이 § 서경석

편집장 § 문혜영
편집책임 § 이재권
편집 § 최하나 · 문정흠 · 김동화

펴낸곳 § 도서출판 청어람
등록번호 § 제1081-1-89호
등록일자 § 1999. 5. 31
어람번호 § 제2-1269호

주소 § 경기도 부천시 원미구 심곡1동 350-1 남성B/D 3F (우) 420-011
전화 § 032-656-4452 팩스 § 032-656-4453
http://www.chungeoram.com
E-mail § eoram99@chollian.net

ⓒ 연하늘, 2007

ISBN 978-89-251-0852-0 04810
ISBN 978-89-251-0708-0 (세트)

지고혼개

5 [완결]

연하늘 新무협 판타지 소설

FANTASTIC ORIENTAL HEROES

도서출판 청어람

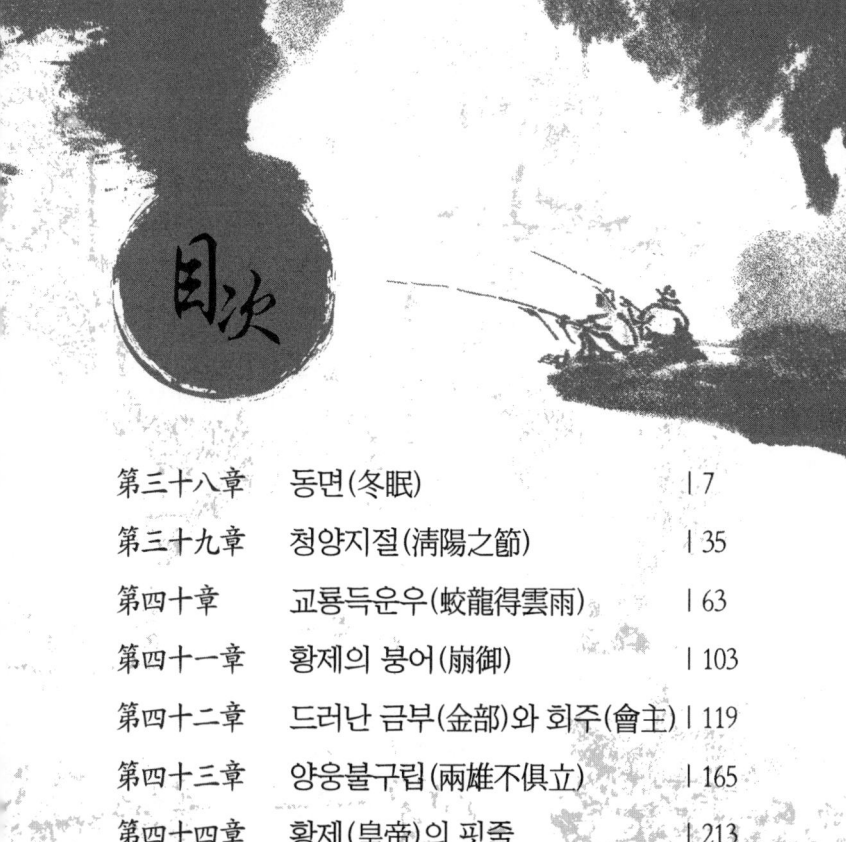

目次

第三十八章

동면(冬眠)

◉ 동면(冬眠) ◉

올해는 겨울이 유난히 빨리 왔다.

보통 시월 말이나 되어야 내리던 첫눈이 시월 중순도 되지
않아 내리더니 곧장 차가운 북풍이 불어왔다.

만인지상(萬人之上)의 황제가 사는 자금성도 북풍한설을
피해갈 수 없었다. 환관과 나인들이 황실 곳곳에 설치되어 있
는 화로에 군불을 피웠지만, 자연이 만드는 겨울의 냉기를 몰
아낼 수는 없었다.

그나마 겨울의 냉기를 어느 정도 잊을 수 있는 곳이 있다
면, 그곳은 바로 황제의 침전이었다. 다섯 개의 숯불 화로가
사방에 피워져 있었기에 막 침전으로 들어서던 봉령은 한겨

울의 시린 냉풍이 불고 있는 바깥과는 딴판인 후끈한 열기를 느꼈다.

겨울이 시작되면서 황음을 일삼던 영현제는 더 이상 침전에서 일어나지 못하게 되었다.

처음에는 기동을 못하는 정도였지만 이제는 고개를 들지도, 말을 하지도 못하는 지경이 되어버렸다. 겨우 움직이는 곳이 있다면 눈을 껌뻑이는 정도였다.

"황제 폐하……."

영현제의 침상 옆에 선 봉령이 떨리는 목소리로 그를 불렀다.

영현제는 황금으로 만들어진 자신의 화려한 침상과는 전혀 어울리지 않는 시체 같은 모습으로 누워 있었다. 하늘 아래 최고의 호식(好食)을 먹어온 사람이라고는 믿을 수 없을 정도로 뼈만 남은 앙상한 모습으로, 깊이 파인 동공 안에 감춰진 눈에는 생기라곤 조금도 느껴지지 않았다.

"황제 폐하, 저 봉령이에요."

봉령이 다시 안타까운 얼굴로 영현제를 불렀지만 그의 흐린 눈빛은 변함이 없었다. 숨만 쉬고 있을 뿐 산송장이나 다름없는 모습이었다.

"아뢰옵기 황송하오나… 복상지상(腹上之傷)이옵니다, 공주 마마."

영현제의 옆을 지키고 있던 황실 어의가 씁쓸한 얼굴로 묻지도 않은 말을 봉령에게 고했다.

"복상지상이라니요?"

"그간 폐하의 전행(前行)을 보자면 당연한 귀결이라고 할 수 있습지요. 과도한 여색에 의해서 온 기력 상실, 즉 탈기 현상(脫氣現常)이옵지오. 폐하의 기력이라면 하룻밤에 한 번의 합궁도 과하다 할 수 있었지요. 그런데 하룻밤에도 몇 번씩 과도한 합궁을 시행하셨으니 기력이 달리는 것은 당연한 일이겠지요. 그렇게 기력이 바닥난 상태에서 무리하게 합궁을 하시다 종내에는 혈도가 역류하여 대뇌에 큰 타격을 입으셨사옵니다. 신체를 움직이시지도 못할뿐더러 정상적인 사고도 하실 수 없는 상황이옵지요."

"……."

어의의 말을 듣던 봉령은 얼굴을 붉혔다. 무슨 일이든 과하면 넘치기 마련인 법이다. 노구를 돌보지 않고 산목백양을 타고 내전을 돌며 하룻밤에도 몇 번씩 궁녀들을 바꾸어 잠자리를 하던 영현제의 과도한 음행이 화를 불렀다는 것이다.

"어의의 침술로도 폐하의 상세를 되돌릴 수 없나요?"

영현제를 안타까운 얼굴로 보고 있던 봉령이 고개를 돌려 어의를 바라보았다. 현 황실 어의 목가람은 대완침구술(大玩 針灸術)로 불리는 독특한 침술로 죽은 사람도 살릴 수 있다는 명의로 알려져 있었다.

"강건한 신체라면 제 대완침구술로 역류한 혈도의 흐름을 돌려놓을 수도 있겠으나 지금으로선……."

어의 목가람이 힘없이 고개를 저었다.

"왜 안 된다는 건가요?"

"사람의 몸속에는 누구에게나 틀어진 상세를 복원하려는 본신진기가 있사옵니다. 침이란 먼저 그 본신진기를 일깨우고, 그 본신진기의 도움을 받아서 틀어진 혈도를 복원시킬 수 있습지요. 그런데 지금 폐하께옵선 너무나 기력이 쇠진한 상태라 그런 본신진기마저도 용체에 남아 있지 않사옵니다. 이런 상황에서 무리하게 침을 시행하게 되면 침의 기운을 감당하지 못해 더 큰 불상사를 초래할 수도 있사옵니다, 공주 마마."

"……."

목가람의 말은 영현제는 이제 침의 기운조차 감당할 기력도 남아 있지 않다는 것이었다. 죽은 사람도 살린다는 목가람에게서 절망적인 말을 듣자 봉령의 가슴은 미어질 듯 아파왔다.

"폐하……."

멍하니 허공을 바라보고 있는 영현제의 퀭한 눈동자를 내려다보는 봉령의 두 눈에서 주르르 눈물이 흘러내렸다.

휘이이잉!

겨울의 냉궁은 더 을씨년스러웠다.

다른 궁과 달리 이곳에는 며칠 전에 내렸던 눈이 치워지지 않은 채 곳곳에 쌓여 있었고, 전각들 사이로 부는 바람은 을 씨년스런 냉궁의 분위기 탓인지 다른 곳보다 더 차갑게 느껴졌다.

"자왈(子曰), 오여회(吾與回)로 언종일(言終日)에 불위여우(不違如愚)러니, 퇴이성기사(退而星基私)한대 역족이발(亦足以發)하나니 회야불우(回也不愚)로다."

영현제를 알현하고 나온 봉령은 바로 황후가 기거하고 있는 냉궁으로 발걸음을 돌렸다. 냉궁의 본전 건물 자회전(自悔殿) 안에서는 오늘도 변함없이 황후의 글 읽는 소리가 낭랑히 들려오고 있었다. 여전히 온기라고는 없는 자회전 건물은 겨울이라 더 썰렁하고 춥게 느껴졌는데, 전과 다른 것이 있다면 노황 장군이 그의 애병인 장천도(長天刀)를 세워 들고 철탑처럼 그 문 앞을 지키고 있는 것이었다.

"자왈(子曰), 시기소이(視基所以)하며 관기소유(觀基所由)하며 찰기소안(察基所安)이면 인언수재(人焉瘦哉)리요."

황후는 추위를 이기는 데 꼭 필요한 솜이불을 거절했다고 했다. 역시 스스로 벌을 받고 있는 죄인으로서 겨울의 추위도 책벌의 하나로 받아들이려는 의도인 듯했다. 이 추위에 여름에 덮던 홑이불 하나로 불기 하나 없는 겨울을 나자면 한 시진 한 시진이 고통일 것이었다. 그 추위를 독서로 이기기라도 하려는 듯 황후의 독서 소리엔 힘이 잔뜩 실려 있는 듯했다.

노황 장군은 원래 황후의 친정인 장하예 가문의 가신이었다.

그는 황후가 황태자비로 간택되어 황실에 들어올 때 황후의 호위로 함께 들어왔는데, 거란족이 쳐들어왔을 때는 영현제를 따라 참전하여 혁혁한 공을 세우기도 하였다. 이제는 늙어가는 황후와 더불어 그도 황후의 곁에서 늙어가고 있었다. 하지만 그가 들고 있는 장천도의 날에서 풍겨 나오는 기도도 형형한 눈빛과 더불어 날카로움을 잃지 않고 있었다.

노황 장군이 자회전의 문 앞을 지키는 것은 영현제가 쓰러지면서부터였다.

영현제가 정무에 손을 놓으면서 조정의 대신들은 동의당(東意黨)과 서화당(西和黨)으로 갈려 당쟁을 일삼고 있었다. 양 파의 갈등은 영현제가 거동을 못하게 되는 겨울이 되면서 더욱 심해졌고, 양 파는 앞 다투어 황후의 마음을 얻으려고 하였다. 영현제의 후계 문제에 황후의 인준이 무엇보다도 결정적이었기 때문이다. 그 때문에 양 파의 대신들이 앞 다투어 냉궁의 황후를 알현하려 하였고, 대신들의 속내를 안 황후는 일체의 알현을 거부하고 자신의 충실한 신하인 노황 장군을 문 앞에다 세웠다. 누구라도 자회전 안에 들어오기를 원하는 자는 노황 장군의 장천도에 먼저 허락을 구해야 한다는 황후의 엄명이 떨어졌고, 그 후로는 누구도 황후를 알현할 수 없었다.

"공주 마마, 섭섭하시겠지만 그냥 돌아가셔야겠습니다. 황후 마마께서는 지금 그 누구의 알현도 허락을 않으십니다. 설사 황제 폐하께서 일어나시어 찾아오신다고 해도 만남을 거부하겠다고 하셨습니다."

혹시나 하고 왔지만 봉령의 알현도 노황 장군에 의해 단호하게 거부되었다.

"자왈(子曰), 군자(君子) 주이불비(周而不比)하고 소인(小人)은 비이부주(比而不周)니라."

굳게 닫힌 자회전 안에서 낭낭한 황후의 독서 소리가 계속해서 들려오고 있었다. 일찍이 논어를 공부한 봉령은 황후의 음성에 실려 나오는 구절을 해석하는 데 어려움이 없었다. 공자께서 말씀하시길, 군자는 두루두루하여 편파되지 않고 소인은 편파되어 두루두루하지 못하니라, 그런 뜻이었다.

"자왈(子曰), 학이불사즉망(學而不思則罔)하고 사이불학즉태(思而不學則殆)이니라."

계속해서 들려 나오는 황후의 독서 소리를 들으며 봉령은 황후의 깊은 뜻을 헤아려 보려고 애썼다. 하지만 봉령은 아무리 생각해 봐도 영현제의 수명이 한계에 이르고 당파 싸움이 극에 달해 나라의 앞날이 풍전등화에 처한 작금의 상황에서도 모든 사람과의 접촉을 끊고 독서삼매경에 빠져 있는 황후의 마음을 헤아릴 길이 없었다.

휘이이잉!

결국 봉령은 황후를 알현하는 것을 포기하고 돌아섰다. 한 낮인 데도 냉궁의 처마를 때리며 지나가는 바람은 살을 에일 듯 차가웠고, 하늘에 떠 있는 태양빛까지도 추위에 가린 듯 흐릿한 그런 날이었다.

삼 년 와병에 효자없고 열부 없다고 했던가. 정순 왕비도 올겨울에 들어서서 결국 목왕의 사타구니를 닦는 일을 포기하고 말았다.

겨울이 되니 우물물은 너무 차가워서 그냥 쓸 수가 없어 사타구니를 닦을 때마다 물을 데워야 하는 일이 번거로워지자 열부의 지성도 꺾이고 만 것이다.

결국 그 일을 열 살에 조양궁에 들어와 이제는 등이 굽은 성실한 늙은 환관 미립이 맡았는데, 부인인 정순 왕비가 하던 때만은 못한 듯 목왕의 엉덩이에는 전에 없던 욕창이 생겼다.

조양궁의 어의가 날마다 고약을 갈아 붙였지만 욕창은 쉬이 낫지 않았다.

영현제의 병세를 살피고 냉궁에 들렀다 돌아온 봉령은 저녁도 먹지 않고 목왕의 옆을 지키고 있었다.

목왕은 여전히 쉬는 듯 마는 듯한 가느다란 숨에 의지해 백지장처럼 창백한 얼굴로 명을 이어가고 있었다.

겨우 명주실 한가닥에 간들간들 연결되어 있어서 칼날이

라도 가져다 대면 툭! 하고 끊어질 그런 명이었다.

"아바 마마……."

목왕의 옆에 앉아 있던 봉령의 두 눈에서 주르르 눈물이 흘러내렸다.

아들이 없어서 그랬는지 목왕은 봉령이 공주로, 여자로 행세하는 걸 용서하지 않았다. 사내아이처럼 강인하게 키우려 어릴 적부터 무술을 가르쳤으며, 눈물을 흘리는 일 따위는 용납하지 않았다. 그래서 봉령은 부왕인 목왕 앞에서 눈물을 흘린 경우는 아주 어릴 적 말고는 기억하기 힘들었다.

"이제 이 나라는… 이 나라는 어찌 되는 거예요, 아바 마마."

봉령이 눈물을 흘리며 뼈만 남은 목왕의 앙상한 손을 잡았다. 영현제의 세 동생 중 건왕, 정왕은 정쟁에 휘말려 죽었고, 또 한 명인 자신의 아버지 목왕은 소생의 기약이 없는 혼수상태에서 몇 년을 헤매고 있었다. 거기다 후계도 정해지지 않은 상태에서 황제 영현제는 회복 불능의 건강 상태가 되어 있었다.

봉령은 요즘처럼 자신의 힘이 미미하다고 느낀 적이 없었다. 일찍이 열일곱의 나이에 황제의 밀명을 행하는 금영대의 대주가 되어 황제가 명하는 대소사를 해결해 왔지만 작금 황실의 상황은 금영대주로서도, 공주라는 신분으로도 해결할 수 있는 일이 아무것도 없었다.

　조정의 대신들은 영현제의 건강이 악화되자 황제의 후계 문제를 두고 첨예한 대립을 벌이고 있었다. 영현제의 형제나 자식 중에서 마땅한 후계자가 없자 황제의 사촌 동생인 해왕(海王)을 들이자는 안과 그 해왕의 아들인 제명 왕자를 들이자는 안을 두고 다투고 있는 모양이었다.

　황제의 직통 핏줄인 성미 공주와 그다음으로 가까운 핏줄인 자신은 여자라는 미명하에 거론조차 되지 못하는 상황이었다.

　물론 봉령 자신은 황제의 후계 자리에 욕심이 없었고, 그런 생각은 해본 적조차 없었다. 다만 앞으로 황실과 나라의 후일을 생각할 때 참담하고 답답해지는 마음이 드는 것은 어쩔 수 없었다. 이런 때에 아버지 목왕이라도 기적처럼 깨어나 준다면, 그렇게만 된다면 혼란스런 황실의 상황을 단번에 바로잡아 줄 것이라는 생각이 들었다.

　"아바 마마, 어서… 어서 일어나세요. 어서 일어나셔서 흔들리는 나라와 황실을 바로잡아 주세요."

　봉령이 다시 주르르 눈물을 흘리며 잡고 있던 목왕의 손에 힘을 주었다.

　"……!"

　순간, 봉령이 멈칫, 소스라치게 눈을 홉뜨며 놀랐다. 자신이 착각한 것인지 몰라도 자신이 잡고 있는 목왕의 손에서 미약하지만 분명한 어떤 힘이 느껴졌던 것이다.

　요즘 화화는 두꺼비가 하늘을 향해 누운 자세, 와공 수련에 몰두하고 있었다.
　유옥이 란주의 다리 밑 움막에서 호연패에게 경공을 취득하기 위한 한 방법으로 배웠던 와공은 경공을 사용하는 데 필요한 경공력을 쌓는 것에는 최고의 자세였다.
　일반적으로 가부좌를 틀고 앉은 자세를 최고로 치는데, 그것은 가부좌를 틀고 앉은 자세에서 무공력이 담기는 하단전이 몸의 무게 중심이 되기 때문이다. 그런데 무공력과 달리 몸을 가볍게 하는 경공력이 담기는 곳은 명치의 바로 아랫부분 중단전이다. 그래서 두 팔과 다리를 하늘을 향해 치켜든 누운 자세, 와공의 자세를 취할 때 중단전은 몸의 무게 중심이 되므로 경공력을 취할 때는 와공의 자세가 최고의 자세가 된다.
　용사비에 의해 직무 태만의 징벌로 천안전주에서 백의개로 강등되고 무공이 전폐되는 징벌을 받으면서 화화는 형벌을 집행하는 법개들에 의해 무공력이 담기는 하단전, 기해혈이 완전히 파괴되어 버렸다.
　공력이 물이라면 기해혈은 물을 담는 그릇과 같은 것인데, 기해혈이 파괴되어 버림으로 인해서 화화는 아무리 운기조식을 해도 무공력을 담을 수 없는 지경이 되고 말았다.

그래서 화화가 차선으로 선택한 것이 경공력을 수련하는 것이었다. 경공력이 담기는 중단전의 복장혈(服裝穴)은 정상적으로 운용이 되었고, 화화 같은 무공 고수는 경공력을 무공력으로 바꾸어서 쓰는 것은 크게 어려운 일이 아니었다.

"후우우~"

이른 조식을 하고 한나절을 꼬박 천안전의 혈개들이 전용으로 쓰는 연무장 한가운데에 누워 와공 수련을 하던 화화가 긴 숨을 토하며 몸을 일으켰다.

밖으로 차가운 한겨울의 냉풍이 불어치는 데다 연무장 안은 불기 하나 없는 냉골의 마룻바닥이었으나 화화의 몸은 땀에 젖은 채 뜨거운 열기에 휩싸여 있었다. 와공의 자세는 그만큼 고된 것이었고, 고된 만큼 중단전에 경공력이 쌓였다.

상체를 일으켜 앉았던 화화가 불끈 자리에서 일어섰다.

그녀의 중단전에서 한나절 동안 쌓은 경공력의 충만함이 뿌듯하게 느껴졌다.

차창!

화화가 허리에 차고 있던 두 개의 쌍비를 날렵하게 뽑아 들었다.

파파파팟!

그리고 연무장을 휘돌아 번개같이 두 발을 놀려 바람처럼 몸을 움직여 가며 양손에 든 쌍비를 허공을 향해 휘둘러 갔다.

파파파팟!

그녀의 발이 잘 보이지도 않을 정도로 빠른 속도로 움직였다. 동시에 두 손의 쌍비도 엄청난 속도로 허공을 베거나 찔러댔다. 정말 화려한 연속 동작이었다.

다소 아쉬운 것은 역시 아직도 쌍비에 육중한 무공력이 실리지 않는다는 것이었다. 중단전에 있는 경공력을 무공력으로 바꾸어 발출하고는 있었지만, 전에 가지고 있던 삼십 년 무공력만큼의 위력을 발휘하려면 아직 멀었다는 것을 화화 스스로도 절실히 느끼고 있었다.

"전주님!"

그때, 익숙한 일혼의 다급한 음성이 화화의 동작을 멈추게 했다. 화화가 다시 천안전주로 복직하면서 천안전에서 쫓겨나 있던 사대추신개도 모두 화화의 호위무사로 다시 복직되었다.

"뭐지, 일혼? 내가 연공을 방해하는 걸 얼마나 싫어하는지 알잖아?"

동작을 멈춘 화화가 미간을 찌푸린 채 일혼을 노려보았다.

화화는 천안전주로 복직되면서 그에 걸맞는 무위를 갖추는 것을 우선으로 보았다. 그래서 무공 수련에 전력을 기울였고, 웬만한 일로는 자신의 연공을 방해하지 말도록 사대추신개에게도 엄명을 내려두었다.

"죄, 죄송합니다, 전주님. 그, 그게… 급하게 전하지 않으면 안 될 소식이 있어서……!"

일혼이 머리를 긁적이며 당혹스런 표정을 지었다.

"무슨 소식이냐? 어디서 흑도천상회 놈들이 발호하기라도 한 거냐?"

화화가 차가운 표정을 지은 채 일혼에게 물었다.

용사비가 흑도천상회의 소회주인 것이 화화 등에 의해 들통나고, 흑도천상회의 은부이던 무량도관까지 군림맹군에 의해 박살이 나면서 흑도천상회는 동면에라도 든 듯 어디론가 모습을 감춰 버렸다.

점령하고 있던 점창파와 청성파에서도 스스로 흑도천상군을 거두어 버렸고, 튼튼하게 방비를 갖추어 흑도천상군을 주둔시켰던 중원 곳곳의 몇 군데 요새에서도 모든 흑도천상군을 철수시켜 버렸다.

이에 군림맹은 흑도천상회의 금부를 찾는 데 주력하는 한편 어디엔가 암약하고 있을 흑도천상회의 무리들을 찾아 중원 천지를 뒤졌지만, 겨울이 깊어지도록 그들을 찾는 데 실패하고 말았다.

결국 군림맹의 대군이 노숙을 하며 겨울을 나는 것도 무리인지라 군림맹은 일천여 명에 달하는 기동군만 초혼평에 남겨둔 채 각 문파로 철수하였다.

천안전주로 복위한 화화도 혈개들을 동원해서 꾸준하게 흑도천상회의 종적을 추적했지만 아직 그들의 행적을 찾지 못하고 있었던 것이다.

"그, 그게 아니라 지, 진산님이……."

더욱 멋쩍은 얼굴로 일혼이 말을 더듬었다. 진산과 화화가 그렇고 그런 사이라는 것은 이제 개방 사람이라면 모르는 사람이 없었다.

"진산이 어쨌다는 거야?"

차가웠던 화화의 표정이 달라지며 화화가 다급히 물었다.

"장로님들에게 치료를 받다가 무, 문제가 생긴 모양입니다."

멋쩍으면서도 한편으론 무거운 얼굴로 일혼이 머리를 긁적이며 대답했다.

이제 정의파와 약속했던 시한이 거의 다가오고 있었다. 용사비가 그렇게 되면서 정의파에서는 오의파에게 진산을 개방의 후개로 인정하는 대신 올해 안으로 벙어리를 벗어나게 해야 한다는 내약을 했다. 말도 못하는 벙어리를 용두방주에 앉힐 수는 없다는 것이었다. 그리고 올해가 가기 전에 진산을 정상적인 사람, 즉 말을 할 수 있는 사람으로 만들어놓으면 방주로 인정하겠지만 그렇게 하지 못하면 후개로도 인정할 수 없다는 내약을 더불어 한 것이다.

정의파와 약속한 시한은 이제 불과 며칠 남아 있지 않았고, 포일비를 비롯한 오의파의 장로들은 진산의 아혈을 푸는 데 전력을 기울이고 있었다. 아마도 장로들이 진산의 아혈을 풀려고 무리수를 쓰다가 진산에게 무슨 문제가 생긴 모양이었다.

쉬이이잇!

화화는 더 이상 묻지 않고 일혼의 옆을 지나 찬바람이 매서운 연무장 밖으로 바람처럼 날아갔다.

의전의 허름한 침상에서 진산은 눈을 허옇게 까뒤집은 채 혼절해 있었다.

"그렇게 취구환을 두 알씩이나 한꺼번에 먹이는 건 무리랬 잖아, 이 변개야!"

"취구환이 문제가 아니라 견개, 네놈의 능포대력이 문제였어!"

찬바람이 숭숭 새어 들어오는 개방의 허름한 목조 건물 의 전 안에서 포일비와 팽충이 그런 진산을 옆에 두고 멱살을 잡은 채 다투고 있었다.

포일비의 침구술로도 굳어진 진산의 아혈을 풀지 못하자 장로들은 무리수를 쓸 수밖에 없었다. 정의파와 약속한 올해 안이라는 기일은 이제 며칠 남지 않은 데다 다시 오정대연을 열게 된다면 차후 개방의 후개뿐 아니라 방주도 장담할 수 없기 때문이다. 아니, 장담할 수 없는 것이 아니라 진산이 벙어리를 벗어나지 못한다면 훨씬 불리한 상황이 기다리고 있었다.

진산이 벙어리를 벗어나지 못한 채 오정대연을 벌이게 될 경우에 대비하여 정의파에서는 지난가을부터 정의파의 후기 지수들 중에서 두각을 나타내고 있던 조위총을 후개 후보로 일찌감치 선정하여 정성을 들이고 있었다.

만날 술에만 빠져 있던 진종자와 소춘풍도 정신을 바짝 차리고 정의파의 장로로서 소임을 다하고 있었다. 지난날의 과오를 만회하는 것은 정의파가 다시 개방의 실권을 잡게 하는 것이라고 믿었기 때문이다.

정의파의 재물 창고에서 돈을 풀어 값나가는 영약들을 사다 먹이며 단약으로 조위총의 무공을 높이는 한편, 용사비 때처럼 오정대연에서 쓸 만한 비기(秘技)를 가르칠 수 있는 무술 선생들도 거금을 주고 개방 안으로 불러들이고 있었다.

이미 조위총의 무공 수준은 상당한 수준에 이르렀다는 소문이 오의파에도 들려오고 있었고, 그런 소식이 더욱 오의파 장로들을 초조하게 만들었다. 진산이 벙어리 상태를 극복하지 못하고 다시 오정대연을 해야 한다면, 그래서 진산이 아닌 다른 오의파의 후개 후보를 낸다면 절대로 조위총을 넘어설 수 없을 것 같았기 때문이다.

포일비는 침으로 안 되자 결국 진산의 내기를 북돋워서 스스로 아혈을 풀어보게 하자는 생각에 무리하게 엄청난 보양력이 담긴 취구환을 두 알씩이나 한꺼번에 먹였고, 팽충은 단전에 품고 있던 능포대력이란 보양공력을 개정대법으로 진산의 혈맥으로 밀어 넣었다.

"그만들 둬. 다 잘해보려고 한 일이 그렇게 된 걸, 싸운다고 까무라친 놈이 정신이 돌아오나?!"

휘이잉!

찬바람이 불어 들어오는 의전의 문을 열고 망연히 서서 진산을 바라보고 있는 화화를 흘깃 보며 호연패가 두 사람을 떼어놓았다.

"진산……."

망연자실한 얼굴로 화화가 진산에게 다가갔다.

"진산, 정신 차려."

다가간 화화가 진산을 흔들었다.

"진산, 나 화화야. 너… 괜찮은 거지?"

화화가 계속 진산의 몸을 흔들었지만 진산은 눈을 허옇게 뜬 채 아무런 대꾸도, 반응도 하지 않았다.

"이 사람… 이대로 죽는 건 아니죠?"

눈에 눈물이 고인 화화가 얼굴을 들어 포일비를 바라보았다.

"에이, 죽기는! 그냥 잠깐 혼절한 것뿐이야!"

포일비가 황급히 손사래를 쳤다. 화화의 눈에 눈물과 함께 일어난 독기를 언뜻 발견했기 때문이다.

"벙어리 아니라 장님이라도 좋아요. 이 사람을 살려놓지 않으면 포 장로님은 평생토록 제 원수로 사셔야 할 거예요."

화화의 두 눈에서 주르르 눈물이 흘러내렸다. 조용한 목소리였지만 화화는 허튼 말을 하지 않는 사람이었으므로 그 말은 포일비에겐 소름이 돋는 소리였다.

"비켜봐. 내 제침술이면 일단 정신은 돌려놓을 수 있을 거야."

포일비가 다시 침통을 들고 앞으로 나섰다.

화화가 지켜보고 있는 가운데 포일비가 혼절해 있는 진산의 전신에 그의 자랑인 제침술을 시행했다.

하지만 그날 날이 저물고 그 밤이 꼬박 새도록 제침을 하고 거기에다 쑥뜸질까지 해댔지만 진산의 정신은 돌아오지 않았다.

그렇게 이번 겨울엔 곰도 개구리도 아닌데 동면(冬眠)에 든 사람들이 많았다.

하지만 동면은 겨울이 지나면 깨어나는 잠이어야 하지만, 지금 동면에 든 사람들은 봄이 온다고 해서 깨어난다는 보장이 없는 동면에 들어가 있었다.

휘이이잉!

살을 에는 북풍한설과 함께 그렇게 중원의 겨울이 깊어갔다.

냉풍동에서 불어 나오는 냉풍 때문에 한여름에도 겨울의 기운이 맴도는 청풍산은 겨울이 되면 다른 곳보다 더 추웠다. 하지만 이번 겨울은 그렇지 않았다.

후우우우!

상시 차가운 냉풍이 불어 나오던 냉풍동의 동굴 입구에서
는 냉풍이 아니라 뜨거운 열풍이 불어 나오고 있었다.

후우우우!

끊임없이 불어 나오는 열풍 때문에 동굴 입구 주변의 백여
장에는 주변에 수북이 쌓여 있던 눈도 다 녹아 돌산 바닥이
맨땅을 드러내고 있었다.

열풍의 근원은 유옥이었다.

후우우우!

냉풍동의 맨 안쪽, 넓은 지하 공간의 가운데에 가부좌를 틀
고 앉아 있는 유옥의 몸은 숯불처럼 벌겋게 달구어져 있었고,
그 유옥에게서는 끊임없는 열기가 피어 나오고 있었다.

후우우우!

그 이글거리는 열기를 느끼는지 어쩌는지 유옥은 지그시
눈을 감은 채 입을 크게 벌리고 있었다.

하지만 유옥은 사실 극악한 고통과 싸우고 있었다.

그것도 자그마치 석 달이 넘는 시간을 몸속에서 일어나는
살을 태우는 듯한 열기와 물 한 모금 마시지 못하고 싸우고
있는 것이었다.

사실 달마역근경의 경리를 실행하는 것은 열과의 싸움에
다름 아니었다.

달마역근경은 신체 곳곳에 있는 불순한 기운을 열기를 일

으켜 태워내는 것이었다. 모든 불순한 기운을 태워내 정제한 뒤 새로운 천의신체(天意身體)로 거듭나는 것이었다. 그런데 태워내고 태워내도 사람의 몸속에 들어 있는 불순한 기운은 끝이 없었다. 석 달을 태우고도 아직 유옥은 그 몸속의 불순한 기운을 태워내는 일의 끝에 다다르지 못했다. 그 일이 끝나야만 천의신체로 거듭나는 일을 할 수 있는 것인데, 말하자면 석 달의 시간과 엄청난 고통에도 유옥은 아직 반환점도 돌고 있지 못하고 있는 것이었다.

후우우우!

불덩이 같은 유옥의 몸에서 일어나는 기운이 더욱 붉고 뜨거워졌다.

"……."

순간, 느껴지는 고통이 극심한 듯 유옥의 미간이 잔뜩 찌푸려졌다.

사실 달마역근경의 경리는 크게 어려운 것이 아니었다.

달마역근경의 초횡부터 종횡까지 차례로 구백아흔아홉 가지에 달하는 운기조식의 과정이 쓰여 있었고, 그 과정은 단전에 들어 있는 공력을 열기로 바꾸어 그 열기를 혈맥을 통해 전신으로 밀어보내며 불순한 기운을 태워내는 것이었다. 그리고 그 불순한 기운이 다 타고 나면 정순하디정순한 천의(天意)의 기운으로 비어 있는 신체를 다시 채우는 것이었다.

하지만 말이 쉽지, 그 과정은 극악하디극악한 고통의 연속이었다. 그 불순한 기운을 밀어내고 천의의 기운을 채우는 전 과정을 다 이룰 때까지 시행자는 한 번도 몸을 움직일 수 없었다.

운기조식을 멈출 수도 없었고, 의식을 놓아서도 안 되었다. 잠시라도 의식을 놓으면 밀어내던 열기가 되밀려 들어와 몸의 중심, 심장이나 단전에 치명적인 내상을 주기 때문이었다.

사실 이곳에서 달마역근경을 이루기 위해 운기조식에 들어가면서부터 유옥의 옆에 놓여 있는 만자혈인장과 마답비연상은 엄청나게 냉한 기운을 가지고 있는 신물들이었다. 그 신물들이 유옥의 몸속에서 피어 나온 엄청난 열기를 중화시켜 주지 않았다면 유옥의 살갗은 이미 다 타버렸을 것이다.

물론 무허 대사가 정한 이곳 냉풍동의 냉기도 유옥이 열기를 견디는 데 한몫하고 있었지만.

후우우우!

유옥의 숯 불덩이 같은 몸에서 휘황하게 일어났던 빛이 조금 수그러들고 있었는데, 그 안에서 번져 나오는 열기는 오히려 가일층 더 뜨거워지고 있었다. 사실 타는 불도 아주 뜨거운 상황이 되면 휘황하게 밝아지기보다는 빛의 밝기가 덜해지며 무거워질 때 내부의 열기가 최고조에 달하게 되는데, 지금 유옥의 상황이 그런 상황이었다.

"우어어……!"

극악한 고통을 이길 수 없는 듯 유옥의 입에서 소가 우는 듯한 신음이 터져 나왔다. 극악한 고통에 자기도 모르게 나온 것이었다.

열기를 막아내기 위해 호신강기를 발휘한 채 지하 공간의 한쪽에서 그 모습을 보고 있던 무허 대사는 유옥에게 최고의 위기가 도래한 것임을 직감했다. 달마역근경을 익히는 석 달 동안 유옥이 신음을 토한 것은 이번이 처음이었기 때문이다.

유옥은 달마역근경의 수행에 들어가면서 무허 대사의 지시에 따라 달마역근경에 들어 있는 구백아흔아홉 가지의 구결을 모두 암기하고 달마역근경을 태워 버렸다. 달마역근경의 화후는 엄청난 고통 때문에 그만큼 이루기 어려운 것이었고, 그렇기 때문에 비장한 각오로 임하지 않으면 안 되었다. 유옥이 수행을 포기한다면 이제 차후로 다시는 달마역근경을 이룰 사람은 세상에 나오지 않을 것이다. 달마역근경 자체도 사라져 버릴 것이 분명하다. 그만큼 더 크게 각오를 다지도록 무허 대사는 처절한 안배를 한 것이다.

"끄어어어……!"

유옥에게서 더 큰 신음이 터져 나오면서 한 번도 흐트러진 적이 없던 유옥의 정좌의 자세가 이상하게 비틀리고 있었다. 더 이상은 견딜 수 없는 듯 유옥이 현재의 고통에서 벗어나기 위해 가부좌의 자세를 풀려고 하는 것 같았다.

"이놈! 안 된다!"

그대로는 둘 수 없다는 듯, 무허 대사의 입에서 벼락같은 고함이 터져 나왔다.

"달마역근경의 경리를 만드신 달마 대사께선 구 년 동안이 니 가부좌를 푸시지 않고 몸소 그 고통을 체득하시면서 달마 역근경을 만드셨다! 겨우 몇 달을 못 참고 몸을 뒤트느냐, 이 놈!"

무허 대사의 벼락같은 호통이 계속되었지만 유옥의 자세 는 바로 돌아가지 않았다.

"우어어어……!"

유옥의 몸은 더욱 뒤틀어지고, 극악한 고통을 대신하는 신 음은 표호처럼 커졌다.

"네놈이 포기하면 세상은 흑도천상회의 세상이 된다! 세상 은 암흑에 물들고 정(正)보다 사(邪)가 우위인 세상이 되어 중 생들은 지극한 도탄과 혼란에 빠질 것이다! 네놈의 손에 천만 중생들의 안위가 달려 있단 말이다, 이놈아! 그놈들은 아무 죄 없는 너희 고향 사람들을 죽였고, 그것으로도 모자라 네 처까지 죽였다! 그런 자들이 세상을 접수하는 것을 네 눈으로 정녕 보고 싶은 것이냐, 이놈!"

"……!"

이어지는 무허 대사의 고함에 뒤틀리던 유옥의 몸이 멈칫 굳 어졌다. 다른 것은 다 알고 있는 사실이었지만 은소소가 흑도 천상회의 손에 죽었다는 것은 처음 듣는 말이었기 때문이다.

"ㅇㅇㅇ……!"

엄청난 육신의 고통과 마음의 고통을 함께 느끼는 듯 유옥의 몸이 부르르 떨리며 쥐어짜는 듯한 신음을 토해냈다.

"ㅇㅇㅇ……!"

유옥에게서 쥐어짜는 듯한 신음이 계속 이어져 나오고 있었다. 몸은 사시나무처럼 부들부들 떨어대고 있었다.

"그런 악독한 무리들이 세상을 장악하고, 네 마을 사람들이나 네 처 같은 무고한 사람들이 죽어나가는 걸 보고만 있겠다는 거냐, 이놈!"

무허 대사의 호통이 이어졌다.

"ㅇㅇㅇㅇ……!"

유옥의 몸이 계속 사시나무처럼 떨리고 소 울음 같은 신음이 계속해서 터져 나왔다.

하지만 뒤틀려져 있던 자세는 차츰 정상적인 가부좌의 자세로 돌아가고 있었다.

"ㅇㅇㅇㅇ……!"

이어지는 신음과 함께 유옥은 다시 안정적인 가부좌의 자세로 돌아갔다. 사시나무처럼 떨던 몸도 안정을 찾아가고 있었다.

후우우우!

이내 유옥의 입에서 흘러나오던 신음도 끊기고 정좌의 자세가 된 유옥에게서 더욱 뜨거운 열기가 다시 번져 나오고 있었다. 유옥이 안정을 찾은 것이었다. 더불어 가장 고통스런 순간도 넘긴 것 같았다.

"나무아미타불… 관세음보살."

무허 대사가 자신도 모르게 두 손을 합장하며 불호를 외웠다. 어쨌든 유옥은 이제 달마역근경을 익히는 과정에서 가장 힘든 고비를 넘긴 것이었다.

후우우우!

뜨거운 열기 속에서 불덩이 같은 유옥의 모습은 다시 돌덩이처럼 강해져 있었다. 이제 무슨 일이 있어도 유옥은 달마역근경을 포기하지 않을 것이었다. 자신의 처를 해치고 마을 사람들을 해친 악독한 사람들이 세상을 장악하는 것을 그냥 두지 않기 위해서.

그런 유옥을 보면서 사람을 살게 하는 것은 희망이지만 희망을 포기하지 않게 하는 것은 복수의 념(念)이라는 것을 무허 대사는 다시 깨달았다.

후우우우우우!

유옥의 몸에서 불꽃같은 기운이 더욱 뜨겁게 일어나고 있었다.

第三十九章

청양지절(淸陽之節)

◉ 청양지절(淸陽之節) ◉

삼월이 되자 강호의 높은 산에 쌓였던 눈까지도 봄 햇살에 녹아버리고, 일찍 눈이 녹은 얕은 산 언덕에서는 파란 새싹들이 청양(淸陽)의 기운을 좇아 고개를 내밀고 있었다.

하지만 만물이 소생하는 청양지절이 되어도 아무것도 기지개를 켜지 못하고 있는 곳이 있었으니, 그곳은 바로 첩산이었다.

첩산은 사시사철 천산의 골짜기 안에 자리하고 있는 화정동(火精洞)이란 동굴 안에서 뿜어져 나오는 열기에 싸여 아무것도 살아갈 수 없는 황막한 산이었다. 화정동에서 나오는 열기에 싸여 한겨울에도 눈조차 쌓이지 않는 곳이었다.

그런데 지난겨울 이 첩산에서는 기현상이 일어났다. 어찌 된 일인지 첩산을 감싸고 있던 열기가 자취를 감추고, 황망한 첩산은 처음으로 겨우내 눈에 덮혀 있었다.

물론 삼월이 되면서 화사한 청양의 기운에 다른 곳과 마찬가지로 쌓였던 눈도 대부분 녹아 황막한 바위와 구릉들이 모습을 드러내고 있었다.

"아하함~"

한창 중천에 떠오른 태양에서 발산되는 봄 햇살을 맞으며 뜨거운 화기가 뿜어져 나오던 화정동 앞의 평평한 바위에 앉아 나른한 하품을 하고 있는 사람은 접왕 월영영이었다.

놀랍게도 뜨거운 화기가 끊임없이 쏟아져 나오던 화정동의 동굴 입구에는 두터운 얼음이 철벽처럼 두텁게 얼어붙어 입구를 막고 있었다.

달마역근경이 열과의 싸움이라면, 고일역근경은 냉(冷)과의 싸움이었다.

달마역근경이 극한 열기로 불순한 정기를 태워내는, 기체화(氣體化)시키는 과정으로 화후를 이루는 것이라면, 고일역근경은 지극한 냉기로 모든 정기를 얼려 버리는, 고체화(固體化)하는 과정으로 화후를 이루는 것이었다.

결국 고일역근경은 그 무엇으로도 부술 수 없는 빙정(氷晶) 같은 신체를 이루는 것을 목적으로 하였고, 그 과정에서 고일역근경을 익히는 사람의 신체에서 엄청난 냉기가 발산되었다. 그래서 고일역근경을 익힐 수 있는 곳으로 엄청난 냉기를 이기는 데 도움이 되는 화정동이 선택된 것이었고, 더불어 그 냉기를 이기는 데 도움을 주는 온유한 기운을 가진 신물, 혼천의와 청루취옥배가 필요했던 것이다.

용사비가 고일역근경을 수련하기 위해 화정동에 든 지 한 달 만에 용사비에게서 발산된 냉기에 의해 동굴의 입구가 얼어붙었고, 그 동굴의 입구를 막은 얼음의 두께는 점점 두꺼워졌다.

그리고 삼월이 되어서도 그 얼음은 조금도 녹지 않고 있었다. 그래서 동굴의 입구를 지키며 한겨울을 난 월영영도 동굴 안에 있는 용사비의 생사를 알 길이 없었다.

"에구, 소회주께선 어찌 고일역근경의 화후를 이루신 건지, 어쩐 건지… 제발 이 월영영의 정성이 헛되지 않아야 할 텐데."

이번 겨울의 추위는 다른 때보다도 더욱 혹독했다.

용사비가 발산한 냉기에 의해 두터운 얼음이 화정동을 막으면서 월영영이 지낸 화정동 밖은 화정동이 내보내던 열기의 도움을 전혀 받지 못했다.

월영영은 고스란히 한겨울의 추위를 몸으로 맞으면서 용사비가 고일역근경의 화후를 이루고 나오기만을 기다리며 동굴 입구를 지켰다. 만약 용사비가 고일역근경의 화후를 이루지 못한다면 월영영의 한겨울의 고통도 헛것이 될 것이었다.

하지만 용사비가 그 화후를 이루고 빛나는 모습으로 세상
에 나온다면, 세상을 통틀어 이인지가 될 수 있을 거라는 기
대에 월영영은 환희로 몸을 떨었다. 생각하는 것만으로도 엄
청난 환희를 느꼈다. 그 믿음이 있었기에 한겨울의 추위도 고
스란히 맨몸으로 견딜 수 있었던 것이다.

"아하함, 정말 봄이 오긴 왔나 보다. 자꾸 몸이 나른해지고
하품이 나오는 걸 보니……."

다시 나른한 표정으로 하품을 하던 월영영의 얼굴이 멈칫
굳어졌다. 어디선가 자신이 있는 곳을 향해 닥쳐드는 인기척
을 느낀 것이었다.

쐐애애액!

역시 월영영의 느낌은 틀리지 않았다. 곧 굉장한 파공성과
함께 월영영이 있는 곳을 향해 열댓 명의 인영이 유성처럼 쏘
아져 오는 보였다.

"감히! 웬 놈들이냐!"

여유롭게 바위에 걸터앉아 있던 월영영이 벌떡 일어나며
쏘아져 오는 인영들을 향해 방어의 자세를 취했다.

쿵쿵쿵쿵쿵쿵!

하지만 땅을 흔드는 굉장한 진동과 함께 월영영의 주위로
떨어져 내린 것들은 사람이 아니었다. 돌로 된 사람 모양의
석상들이었다.

"아니! 이것들은……?"

월영영도 그 석상들의 존재를 모르지 않았다. 그 석상들은 바로 흑도천상회의 우천공 묘운이 부리는 십이석강시들이었다.

"무량수불. 역시 접왕께선 이곳에 계셨군요."

아니나 다를까, 그 석상들의 주인되는 사람의 목소리가 뒤쪽에서 들려왔다. 이미 석상들과 함께 소리없이 월영영의 뒤쪽에 날아내려 있었던 모양이다.

"뭐야! 도가에서 물러났으면 깨끗하게 도사의 탈을 벗든지, 나처럼! 이게 뭐야! 흑도천상회의 우천공 주제에 도가의 도사들이 외는 불호나 외고!"

여전히 점잖은 모습으로 두 손을 합장한 채 인사를 하는 묘운을 향해 월영영이 뾰족하게 소리쳤다. 월영영도 묘운도 도가에 몸담았던 도사 출신이니 서로에 대한 이해도가 깊기도 했지만, 한편으로 두 사람의 성향은 상당히 달랐다. 월영영은 사도인 흑도천상회에 몸담고 악한 짓을 일삼으면서도 점잖은 체하는 묘운이 마음에 들지 않았다.

"허허허, 반평생을 도사 노릇을 하다 보니 이놈의 불호가 입에 배어서 그런 걸 어쩌겠소. 그저 이 불호는 이 묘운의 마음이 하는 것이 아니라 이 입, 아니, 이 주둥이가 하는 것이오. 화정동 안에서는 아무런 기별이 없는 건가요?"

여전히 사도답지 않은 여유로운 너털웃음으로 월영영의

악담을 받아넘기곤 두터운 얼음이 가로막고 있는 화정동 동굴의 입구를 흘깃 바라보며 묘운이 물었다.

"보면 몰라?! 얼음이 저렇게 처얼어 있는데 안에서 무슨 일이 있는지 내가 어떻게 알겠어!"

여전히 마땅치 않은 표정을 지은 채 월영영이 쏘아댔다.

"허어, 접왕께선 이 묘운한테 무슨 사감이라도 있는 게요? 난 접왕에게 특별한 악감정이 없는데 내내 날 마땅치 않게 대하니 이해가 안 되는군. 악감정이 있으면 말을 하시오."

여유롭던 묘운도 월영영이 계속 쏘아대자 받아주는 데 한계가 있는 듯 마땅찮은 표정을 지으며 따져 물었다.

"악감정 같은 건 없어! 그냥 난 겉 다르고 속 다른 인간을 싫어하는 경향이 있을 뿐이야!"

"겉 다르고 속 다른 거야 접왕도 만만치 않지 않소? 그 민들민들한 표피 속에는 팔십 년 묵은 썩은 살이 들어앉아 있으니 말이오."

"뭐, 뭐야?! 우천공 주제에 감히 구왕 중 한 명인 이 접왕 월영영을 놀려? 이 새끼, 너 죽고 싶니?"

"흑도천상회의 좌우천공은 엄연히 구왕과 같은 반열이오. 왕(王) 자가 붙었다고 괜한 위세 떨려고 하지 마시오."

결국 모산팔로미음대법으로 회춘한 자신의 신체까지 거론하자 월영영의 입에서 험악한 쌍욕까지 터져 나왔다. 여전히 점잖은 어투를 버리지 않으려 애쓰고 있었지만 묘운풍의 대꾸도 슬슬 독설로 바뀌어가고 있었다.

흑도천상회에서 좌우천공과 구왕의 서열에 대한 문제는 사실 좀 애매한 것이기도 했다. 좌우천공은 흑도천상회를 실질적으로 관리하는 면에서는 구왕보다 많은 역할을 하고 있었고, 구왕은 흑도천상회의 관리에는 크게 참여하지 않았지만 왕(王) 자가 붙은 것에서 알 수 있듯이 회주 이외의 그 누구에게도 구애받지 않는 존엄한 존재였다.

"이 능구렁이 같은 놈! 오늘 이 월영영이 네놈의 그 수염을 다 잡아 뽑아버리겠다!"

"당신이 내 수염을 뽑는다면 난 당신의 엉덩이를 걷어차 버릴 것이오!"

월영영이 파랗게 독이 올라 두 손을 고양이처럼 웅크려 치켜들고 묘운을 향해 다가섰다. 묘운도 지지 않겠다는 듯 전신에서 팽팽한 기도를 일으켰다. 누가 말리지 않는다면 흑도천상회의 접왕과 우천공의 기묘한 싸움을 보게 될 판이었다.

쩌어어엉!

그런데 그때, 날을 세우고 다가들던 두 사람의 행동을 멈추게 하는 이상한 소리가 동굴 쪽에서 들려왔다.

쩌어어엉!

그것은 얼음이 갈라지는 소리였다. 동굴 안에서 발휘되는 어떤 굉장한 힘에 의해 동굴의 입구를 철벽처럼 가로막고 있던 얼음이 갈라지고 있었다.

"동굴을 막고 있던 얼음이 갈라지고 있어!"

"소회주께서 밖으로 나오려 하시는 것인가!"

두 사람이 동작을 멈춘 채 동굴의 입구를 황망히 바라보았다.

쩌쩌쩌쩡!

계속해서 얼음이 갈라지는 요란한 굉음이 터져 나오며 동굴을 막고 있던 얼음벽이 사방팔방으로 갈라졌다.

콰아아앙!

뒤이어 굉장한 굉음과 함께 갈라졌던 얼음벽이 동굴 안에서 발휘된 어떤 힘에 의해 폭발하듯 산산이 부서져 동굴 밖으로 터져 나왔다.

"어맛!"

"헛!"

그 얼음 조각들이 자신들 쪽으로도 날아오자 두 사람이 놀라 몸을 뒤로 뺐다.

후두두둑!

두 사람의 발 앞으로 깨어져 날아온 얼음 조각들이 비처럼 떨어졌다.

휘이이잉!

드디어 동굴의 입구를 막고 있던 얼음벽이 깨져 나가고 훤하게 뚫린 동굴 안에서 오싹한 냉풍이 불어 나왔다.

"후엇! 굉장한 냉풍이군!"

"저, 정말. 몸이 얼어버리겠어!"

동굴 안에서 불어 나오는 냉풍은 한겨울의 북풍한설보다도 더 차가웠다. 그 살을 에는 듯한 냉풍을 피해 두 사람이 몸을 움츠리며 동굴 입구에서 물러났다.

후우우웅!

잠시 후, 뚫린 동굴 안에서 냉풍을 휘몰고 얼음덩이 하나가 걸어나왔다. 그것은 사람 모양의 얼음덩이였다. 아니, 사람이었다.

"아……!"

월영영의 입에서 자신도 모르게 놀라운 탄성이 터져 나왔다.

동굴 안에서 걸어나온 사람은 월영영이 목메도록 기다리던 용사비였다. 입고 있던 의복은 연공 중에 녹아버리기라도 했는지 용사비는 실오라기 하나 걸치지 않은 나신의 몸으로 동굴에서 걸어나오고 있었다.

월영영은 사람의 나신이 그렇게 아름다울 수 있다는 걸 처음 알았다. 얼음처럼 매끄럽고 투명한 피부, 한 점의 군살도 없이 삼백육십 개의 근육이 알맞게 도드라진 가운데 그 사이로 투명한 오장(五臟)이 보였는데, 걸어나오는 동작에 맞추어 근육과 뼈들이 질서정연하게 움직이는 모습은 아름답다 못해 성스럽기까지 했다.

후우우웅!

그 걸어나오는 인체에서 뻗어 나오는 냉기와 휘황한 광휘는 아름다움과 성스러움을 더해주고 있었다.

드디어 용사비는 고일역근경의 화후를 이루어 전신을 고체화하고, 결국에는 그 무엇으로도 부술 수 없는 빙정화에 성공한 것이다.

후우우우우!

용사비가 동굴 밖으로 열 걸음쯤 걸어나오더니 청양한 봄기운을 받으며 우뚝 섰다.

후우우우!

용사비가 어떤 내기라도 운용하는 듯 계속 그의 몸에서 불어 나오던 냉풍이 차츰 사그라들고 있었다.

일 다경의 시간 정도가 지났을 때 그의 몸에서 불어 나오던 냉기는 완전히 끊겼다. 투명하던 그의 몸도 원래의 사람의 피부로 돌아갔다. 그리고 광휘만이 뿜어져 나오며 동자가 보이지 않던 두 눈도 뚜렷하게 검은 동자와 흰 동자가 자리를 되찾아갔다.

고일역근경으로 이룬 빙정신체(氷晶身體)를 감추고 보통 사람의 외양으로 현신하는 것 또한 고일역근경의 화후를 이룬 사람의 능력이었다.

"흑도천상회의 우천공 묘운이 창극의 무위를 이루신 소회주님을 경하하는 마음으로 뵈옵니다!"

쿵!

묘운이 바닥에다 머리를 박으며 용사비 앞에 부복했다. 화정동에서 나온 용사비의 모습은 사람보다는 신(神)에 더 가까운 모습이었고, 누구라도 그 모습을 보았다면 경배하지 않고는 배길 수 없었을 것이다.

"꼭 이런 광오한 모습으로 출관하시리라 믿어마지 않았어요. 이제 세상은 소회주님, 당신의 것이에요."

오연한 모습으로 서 있는 용사비를 보며 월영영이 감격에 겨운 눈물을 주르륵 흘리고 있었다.

새해가 되면서 진종자는 완전히 술을 끊었다.

오의파에서는 해가 가기 전에 진산을 벙어리에서 벗어나게 하지 못하면 다시 오정대연을 벌여야 한다는 부담감 때문에 무리를 하다 진산을 벙어리에서 벗어나게 하기는커녕 혼수상태로 만들어 버렸다.

그래서 다시 정의파와 오의파는 오정대연을 벌이기로 하였고, 그 날짜는 오월 단오로 잡혀졌다.

새로 벌이게 된 오정대연에 내보내기 위해 정의파에서 뽑은 조위총은 뜻밖에도 뛰어난 인재였다.

열여섯에 기린원을 졸업하자마자 머나먼 호남성(湖南省) 영주 지부로 나가 있는 바람에 수뇌들의 눈에 띄지 못했는데, 영주 지부장 모원태의 적극적인 추천으로 불러들여 시험을 해본 결과, 조위총은 정말 용사비 못지않은 특별한 준재였다.

이미 취리타구봉법을 팔성까지 이루고 있었고, 부지런히 운기조식에 전념하여 스스로 취득한 본신내공도 상당하였다.

거기에 거금을 주고 사들인 영약을 먹여 공력을 높이고 외부의 고수들을 초빙해 무술을 가르치자 조위총의 무공 수준은 하루가 다르게 높아졌다.

결국 진산이 혼수상태에서 깨어나지 못하고 회복의 기미를 보이지 않자 오의파에서도 부랴부랴 소설우라는 아이를 후보로 정하고 고련을 시켰는데, 그것은 한마디로 어림없는 짓이었다.

단기간에 공력을 높이는 최고의 수단은 영약이었는데, 오의파에서 가지고 있던 유일한 영약인 취구환은 진산에게 다 먹여 버린 데다 정의파처럼 외부에서 사들일 돈도 없었다.

그리고 또 가르칠 수 있는 무공이라 해봐야 뻔했다. 취리타구봉법이야 이미 소설우가 익혀오던 것이고 오정대연에서 승부를 가리는 방법, 백죽대 위에서 상대를 먼저 떨어뜨리는 데 가장 큰 비중을 차지하는 신술 또한 장로들이 가르칠 수 있는 것은 그 실체가 다 드러난 개방의 가전신술들뿐이었다. 갖가지 비술을 가진 자들을 돈을 주고 초빙하여 조위총을 가르치는 정의파에 비하면 정말 가당찮기만 할 뿐이었다.

진종자가 술을 끊은 것은 정말 생각지도 않게 거의 포기했던 개방의 용두방주 자리를 다시 정의파가 차지할 수 있는 기회를 잡았다고 생각했기 때문이다.

진종자에게 있어서 개방은 자신의 모든 것이었다.

개방에서 나고 자라 기린원에서 나오면서 정의파를 택해 정의파를 위해 분골쇄신하다가 늙어서는 정의파의 장로까지 되었다.

오정대연의 후보로 나서게 된 용사비를 자신이 골라 그를 오정대연의 승리자로 만들기 위한 일념으로 십 년을 보냈다. 그래서 이런저런 난관 끝에 용사비를 용두방주로까지 만들었 지만, 생각지 않게 흑도천상회에 말려들어서 자신의 인생에 치명적인 오점을 만들고 말았다.

용사비가 흑도천상회에 포섭된 것을 밝히지 못한 것도 정 의파에 대한 애정, 용사비에 대한 애정을 버리지 못한 탓이 컸다.

용사비가 흑도천상회의 간자로 밝혀지면서 진종자와 소춘 풍은 집법대에 불려가 취조를 당했지만, 다행히 쉬이 풀려나 와 정의파의 장로 자리를 보전받을 수 있었다. 두 사람에게 따로 악의가 있었던 것이 아니라 조천우를 죽이면서까지 위 협하는 흑도천상회에 부득불 굴복하였고, 뒤늦게나마 용사비 가 흑도천상회의 간자라는 사실을 밝혀 정도무림을 구한 것 이 참작되었던 것이다.

하지만 평생 개방도로 살아온 진종자에게 그것은 너무나 불명예스런 일이었다.

뜻밖의 문제가 불거져 다시 오정대연을 벌이게 되면서 진종자는 자신의 불명예를 씻을 수 있는 절호의 기회가 찾아왔음을 알았다. 다시 조위총을 잘 다듬어 오정대연에서 승리해 개방의 방주 자리를 정의파에서 차지하게 된다면, 지난 불명예를 깨끗하게 씻을 수 있을 뿐만 아니라 없던 영예까지 얻을 수 있을 것이다.

그런 연유로 진종자는 조위총에게 자신과 정의파의 미래를 걸고 술을 끊고 조위총의 조련에 매달렸다.

상시 조위총의 곁을 지키며 신상을 보살폈고, 조위총을 위한 잡무까지 마다하지 않았다.

다행히 조위총은 모원태에게 예절 교육을 제대로 받아 용사비와 달리 싸가지까지 있었다. 지금 조위총은 정의파 전용 연무장 안에서 사도 쪽에서 용사비에게 귀변팔법을 가르쳤던 고신사무에게 뒤지지 않는 신술의 소유자라는 소리를 듣는 갈여해로부터 그가 자랑하는 신술인 마형귀적(魔形鬼跡)을 배우고 있었다. 갈여해를 초청해 들이는 데 정의파에서 상당한 자금을 들인 것은 두말할 것도 없었다.

쉬이잇!

지금 갈여해와 조위총은 서로를 쫓고 쫓으며 조위총이 갈여해를 잡는 시합을 하고 있었다.

쉬이잇! 쉬잇!

그 모습을 구경하고 있는 진종자의 눈앞에서 두 사람의 신형이 귀신처럼 나타났다 사라지곤 했다. 정말 탄복할 신술이었다.

자질이 뛰어나고 신술을 배우려는 열성이 뛰어나서 조위총는 한 달 새에 갈여해와 엇비슷한 수준으로 마형귀적을 발휘하고 있었다.

백죽대 위에서 이루어질 오정대연에서 이 마형귀적은 조위총에게 상대의 공격을 피하고 상대를 밀어낼 수 있는 주무기가 될 것이다.

쉬이이잇! 쉬이잇!

번뜩 번뜩 사라졌다 보였다를 반복하며 귀신처럼 움직이는 조위총을 보며 진종자가 회심의 미소를 지었다.

진종자의 눈에 벌써 개방의 취옥장을 든 조위총의 의연한 모습이 떠올려지고 있었기 때문이다.

"아이고, 장로님. 정말 더는 못하겠어요."

일곱 번째로 호연패에게 잡혀 백죽대 아래로 떨어진 소설우가 꼴사납게 떨어진 자세 그대로 죽을상을 지으며 손을 저었다.

호연패는 재작년의 오정대연 때 진산을 가장한 유옥을 훈련시킬 때 했던 것처럼 개망산의 대나무 숲속에 백죽대와 같은 모양을 만들어놓고 그 위에서 소설우를 훈련시키고 있었다.

주로 개방의 가전신술 중 가장 뛰어난 신법인 취리표홀신법에 중점을 두고 백죽대 위에서 소설우와 함께 몸으로 부딪쳐 가며 서로 떨어뜨리는 시합을 하였는데, 연 일곱 번을 계속 호연패에 의해 백죽대 밖으로 나가떨어진 소설우가 손을 들어버린 것이었다.

"겨우 일곱 번 떨어진 걸 가지고 뭘 그래, 이놈아! 오정대연이 이틀밖에 안 남았어! 어서 다시 올라와!"

"아이고, 허리를 삐끗한 거 같아요. 일어나기도 힘들다구요. 정말이에요, 장로님."

백죽대 위에서 호연패가 호통을 쳤지만 소설우는 허리를 싸잡고 죽을상을 지었다.

호연패는 문득 열 번이고 스무 번이고 떨어지고 또 떨어져도 포기하지 않고 이를 갈며 백죽대 위로 기어 올라오던 유옥이 생각났다. 무공도 무공이지만 백죽대에 오르기 위해서는 소설우는 정신력도 턱없이 부족해 보였다.

"에고, 이걸 어쩌나……?"

호연패가 난망한 표정을 지었다.

일찍이 기련관을 졸업한 뒤 지부에 나가 비럭질로 몇 해를 보내면서 투사의 정신이 사라지고 없는 것 같았다.

유옥 때처럼 금나포악쇄라도 훈련시켜서 무승부를 연출해볼까도 생각했지만, 그것도 투철한 승부 근성이 있어야 가능한 것이었다. 그리고 두 번씩이나 그런 모양을 만들어낸다면 지난 오정대연까지도 자신이 연출한 것을 의심받게 될 것이었다.

"정말 더 못하겠냐?"

"예. 진짜 더 못하겠어요, 장로님."

소설우는 우거지상을 하고 간신히 일어났으나 백죽대로 올라올 생각은 죽어도 없는 모양이었다.

"휘유, 정말 이를 어쩐다? 내일모레가 오정대연인데 그 안에 진산이 깨어나지 않으면 오정대연은 진 거나 마찬가지로구나."

하늘을 올려다보며 호연패가 긴 한숨을 내쉬었다. 망연한 호연패의 마음을 아는지 모르는지, 서산으로 떨어지는 해 너머로 붉게 물든 노을은 아름답기만 하였다.

"잡아라!"

"진짜 맛난 황구다!"

호연패, 팽충, 포일비, 곡반괴, 이 네 명의 오의파 장로가 깨어난 것은 밖에서 들려온 요란한 고함 소리 때문이었다.

네 사람은 어젯밤에도 늦게까지 진산을 깨어나게 해보려고 갖은 짓을 다했다.

포일비의 제침술에 이어 네 사람이 동시에 청수진기를 진산의 혈맥을 통해 밀어 넣어보기도 했다. 하지만 진산은 깨어날 생각을 하지 않았다. 그렇게 용을 쓰다 희끄무레하게 날이 밝아올 무렵에서야 잠자리에 든 네 사람이었다.

"내가 제일 먼저 봤어! 저 개는 내 것이니까 손대지 마라!"

"허튼소리 말아라! 잡는 사람이 임자다!"

들려오는 것은 고함 소리뿐만이 아니었다. 와와와! 다다다다! 하는 고함 소리와 더불어 사람들이 한꺼번에 달리는 발소리가 요란하게 의전 앞을 흔들었다.

"어휴, 뭐가 이렇게 소란스러워?"

팽충이 피곤한 가운데도 궁금함을 참지 못하고 침상에서 몸을 일으켜 왈칵! 현관문을 열어젖혔다.

"잡아라!"

"저 개는 기필코 내가 잡는다!"

"와와와!"

다다다다!

팽충이 열어젖힌 현관문 밖에는 정말 보기 힘든 광경이 펼쳐지고 있었다. 송아지만큼이나 큰 누런 황구 한 마리가 앞서 달리는 가운데, 그 뒤를 몽둥이를 하나씩 든 수십 명의 개방도가 그 개를 서로 잡겠다고 악을 쓰며 쫓아다니고 있었다.

개를 최고의 원수로 여기고 구육이라면 환장을 하는 개방도들인지라 개방 주위에서는 개라고는 구경도 할 수 없었다. 그런데 황당하게도 지금 개방도들이 쫓고 있는 개는 제 발로 개방에 기어 들어온 모양이었다. 특히 이런저런 개들 중에서도 지금 쫓기고 있는 개와 같은 누런 개, 황구의 구육맛은 구육을 먹을 줄 아는 사람들은 최고로 쳤다. 개방도들이 제 발

로 들어온 황구를 잡겠다고 득달같이 달려드는 것은 당연한
일이었다.

"잡아라, 잡아!"

"임자 없는 개다! 잡는 사람이 임자다!"

정말 임자없이 제 발로 들어온 개라면 먼저 때려잡는 사람
이 임자인 것이다.

"와와와!"

다다다다!

개방도들이 침을 삼키며 서로 먼저 잡겠다고 앞다투어 황
구를 쫓았다.

그런데 이 황구의 움직임이 보통 날랜 것이 아니었다.

개방도들은 제일 배분이 낮은 백의개들도 개보다 빨리 달
리는 탈견보 정도는 익히고 있었고, 웬만한 개라면 지금 쫓고
있는 개방도 중 누구에게라도 바로 따라잡혀야 할 것이었다.
거기에는 백의개뿐만이 아니라 일결개, 이결개도 끼어 있었
기 때문이다. 그런데 그 많은 개방도들이 죽을 힘을 다해 쫓
는 데도 황구는 쉬이 잡히지 않고 있었다.

"저거 정말 굉장한 개인데 그래!"

팽충의 입가에 개침이 흐르고, 눈빛이 번뜩 빛난다 싶더니,
휘이잉! 팽충이 바람처럼 그 자리에서 사라졌다.

결국 황구는 팽충의 박투술에 잡혔다.

팽충은 원래 들개잡이의 명수였는데, 그는 밧줄로 올무를 만들어 던지는 박투술의 명수였다. 자신을 쫓는 수많은 개방도들을 떨구어냈지만 황구도 결국 팽충의 박투술은 피하지 못했다.

"잡았다!"

자신이 던진 올무에 황구의 목이 걸려들자 팽충은 반가이 소리치며 확! 그 올무가 달린 밧줄을 사정없이 당겼다. 그렇게 힘껏 올무를 조여 개를 질식시킨 뒤 나무에 거꾸로 매달아 몽둥이로 살이 나긋나긋해지고 뼈가 아작나도록 매타작을 한 뒤 불에 꼬슬리는 것이 개를 잡는 순서였다.

"엇!"

회심의 미소를 지으며 밧줄을 당기던 팽충이 주춤하며 놀랐다. 어디선가 날아온 지풍 한 가닥이 팅! 하고 올무와 연결된 밧줄을 끊어버렸던 것이다.

쉬이잇!

뒤이어 한 인영이 놀라고 있는 팽충의 앞으로 바람처럼 내려섰다.

"팽 장로, 자네가 구육이라면 환장을 하는 건 알지만 내 활구에게까지 침을 삼킬 줄은 몰랐네."

놀랍게도 바람처럼 팽충의 앞에 나타난 것은 지난날 개방의 십대장로 중 한 명이었던 독개 요동이었다.

과연 요동은 개방 오의파 장로다웠다. 포일비의 의전으로 들어온 요동은 백의개 중 한 명이 빌어온 쉰내 나는 빈한한 음식을 맛나게 먹었다.

　모처럼 개방에 걸음한 모동이니 양으로라도 대접을 해야겠다는 생각에 바가지에 수북하게 빌어온 음식을 내놓았는데, 그걸 반쯤 맛나게 먹더니 반을 남겨서는 발아래 쭈그려 앉아 자신의 발등을 핥고 있던 황구 앞에 내려놓았다.

　낑낑낑!

　황구가 꼬리를 흔들고 콧소리를 내며 고맙다는 인사를 하는 듯하더니 요동이 준 그 음식을 맛나게 먹어대기 시작했다.

　"대체 그동안 어디서 뭘 하며 지낸 건가, 요 장로는?"

　그런 황구와 요동의 모습을 보고 있던 네 장로 중 포일비가 침을 꿀꺽 삼키며 요동에게 물었다.

　"괜히 요 장로가 독개라 불리겠나? 어디서 또 독 중 독에 관한 연구를 하고 있었겠지 뭐."

　독에 대한 집념으로 개방을 떠났던 요동이니 그의 모든 행동이 독에 이유가 있다고 생각한 팽충이 시큰둥히 말했다.

　"틀렸네. 나는 이제 독개가 아닐세. 굳이 별호를 붙여서 부르려거든 활개(活丐)라고 불러주게나."

　드물게도 싱긋 온화한 미소를 지은 채 자신의 가슴팍을 툭툭, 치며 요동이 말했다. 그가 신명을 걸고 연구하는 독과 딱 어울리게 이전의 요동은 좀처럼 웃는 모습을 보이지 않았다. 청년 시절부터 오랜 세월을 독개와 함께 보내왔던 네 장로는 요동이 이토록 온화한 미소를 지을 수 있다는 데 놀랐다.

"활개? 살 활(活) 자의 활개 말인가?"

어리둥절한 표정으로 호연패가 물었다.

"그렇네. 이제 나는 독개라는 별호를 버리려고 하네. 지난날 내가 연구하던 독이라는 것은 생명을 죽이는 것이었네. 지천제와의 제독대련에서 패한 뒤 나는 새로운 것을 깨달았네. 생명을 죽이는 독 대신에 생명을 살리는 활(活)의 길을 가기로 말일세."

사람을 살리는 거지, 활개에 딱 어울리는 온화한 미소를 거두지 않은 채 요동이 말했다.

사실 사람이 먹으면 죽는 독과 아픈 사람을 낫게 하는 약은 종이 한 장의 차이였다.

어떤 독은 조금 먹으면 독이 되고 어떤 약은 많이 먹으면 독이 되며, 지독한 절독이라도 한두 가지 성분을 보태거나 빼면 천하의 영약이 되기도 했다. 그래서 제독(製毒)을 잘하는 사람이라면 제약(製藥)도 잘하는 것이 당연했고, 독개 요동도 이미 개방에 있을 때부터 의개 포일비의 견제를 받을 정도로 제약 쪽에도 인정을 받고 있었다. 그런 요동이 완전히 활개를 선언하며 제약을 연구했다면 상당한 수준에 이르러 있을 것이라고 포일비는 생각했다.

"그래? 그렇다면 활개라는 별호가 부끄럽지 않을 정도로 사람을 살리는 쪽으로도 진전을 보았다는 얘긴가?"

요동을 보며 묻는 포일비의 표정에 자신도 모르게 경계의 표정이 배어 나오고 있었다. 요동이 독개라는 별호를 얻기 전의 젊은 시절에는 사실 의술에서도 포일비와 팽팽하다는 말을 들을 정도로 개방 사람들에게 인정받고 있었다. 그런 요동이 독의 길을 버리고 활의 길, 다시 말해 의술로 인생의 향로를 바꾸었다고 하니 포일비가 아연 긴장하는 것도 무리가 아니었던 것이다.

"이 개, 활구는 모악산 기슭에서 사냥꾼이 노루를 잡으려고 놓은 올무에 걸려서 죽어가는 것을 내가 구해주었지."

포일비의 의구심에는 아랑곳 않고 요동이 깨끗이 비어버린 바가지를 핥고 있는 황구의 머리를 쓰다듬었다.

"그런데 그 개 이름이 왜 활구인가? 황구가 아니고?"

팽충이 고개를 갸우뚱하며 물었다. 처음에 활구라고 들었던 것은 황구라고 하는 것을 잘못 들은 줄 알았는데, 이제 요동이 개를 활구라고 하는 것을 확실하게 들었던 것이다.

"역시 살 활(活) 자를 붙여서 활구라네. 이 활개와 동무인 활구, 이제 이해가 되나?"

요동이 온화한 미소를 잃지 않으며 다정스럽게 황구의 머리를 계속 쓰다듬었다.

"그럼 이 개도 자네처럼 사람을 살리는 능력이 있다는

건가?"

잔뜩 궁금한 얼굴이 되어 황구를 가리키며 팽충이 묻자 요동의 설명이 이어졌다.

"그때 올무에 걸린 이 활개를 내가 살려주었는데, 이놈이 아무리 쫓아도 나를 졸졸 따라오더라구. 그래서 할 수 없이 본의 아니게 이놈과 길동무를 하게 되었는데, 함께 지내다 보니 이놈에게 정말 믿을 수 없는 놀라운 능력이 있더라구."

"놀라운 능력이라니? 개야 원래 냄새 잘 맡는 능력이야 당연히 있는 거고."

"냄새야 당연히 잘 맡지. 그거 말고 이놈은 중병이 들어 있는 사람이 있는 곳을 기가 막히게 알아맞히더라고. 냄새로 그걸 파악하는 건지는 모르겠지만."

"설마……!"

"우연이었겠지. 어떻게 아픈 사람을 개가 찾아내?"

요동의 말을 믿을 수 없다는 듯 포일비와 팽충이 반박했다.

"아니야. 평소에 이놈은 나를 주인으로 모시고 졸졸 내 뒤를 따라다니지. 그런데 아주 가끔 가다 이놈이 앞장서서 나를 끌고 갈 때가 있더라고. 그래서 놈의 뒤를 따라가 보면 꼭 사경을 헤매는 중환자가 있는 곳이더라구. 그래서 내 의술을 발휘해 죽어가는 사람을 살린 경우가 한두 번이 아닐세. 오죽하면 내가 이놈에게 활구라는 이름을 지어줬겠나."

대견해 죽겠다는 듯 요동이 황구의 머리를 계속 쓰다듬었다. 네 장로가 알고 있기로 요동은 절대 헛말을 하는 사람이 아니었고, 요동이 그렇게까지 말하니 네 장로도 믿지 않을 수 없었다.

"그럼 이 개가 여기 개방에도 자넬 끌고 왔나?"

"그렇다네."

의구심이 풀리지 않는 표정으로 포일비가 요동을 향해 묻자 요동이 고개를 끄덕였다.

"난 내 발로 오래전에 개방을 떠난 사람이니 개방에 다른 볼일이 없었네. 자네들이 아주 보고 싶지 않은 것은 아니었지만, 세상에 이 활개의 손길을 기다리고 있는 사람이 너무 많아서 말이야. 그런데 이놈이 죽어라고 개방으로 날 잡아 끌더라고. 이놈이 구육이라면 환장을 하는 사람들이 가득한 개방으로 목숨을 걸고 날 인도한 걸 보면, 분명히 이곳에 이 활개의 손길을 기다리고 있는 중환자가 어디 있을 거라고 생각했네만……."

요동이 확신에 찬 표정으로 황구의 머리를 쓰다듬었다.

"그, 그렇다면……!"

"마, 맞아! 혹시……!"

네 장로의 눈이 번뜩 빛나며 의전 구석의 낡은 침상에 죽은 듯 누워 있는 진산을 바라보았다. 그때까지 요동은 의전에 들어와 있으면서도 진산의 존재를 눈치 채지 못하고 있었다. 생기를 잃어버린 지 워낙 오래된 데다 진산이 누워 있는 침상은 의전의 한구석에 있었고, 때 묻은 홑이불이 진산의 몸을 머리까지 덮고 있었기 때문이다.

쿵쿵!

그때 요동의 발아래 웅크리고 있던 황구가 코를 쿵쿵거리며 자리에서 일어나더니 의전 안을 헤매고 다녔다.

왈왈!

의전 안을 헤매던 황구가 결국 마지막으로 간 곳은 혼절해 있는 진산의 앞이었다. 그 진산이 누워 있는 낡은 침상 앞에서 황구가 침상을 향해 짖어댔다.

"저, 저건 저놈이 찾는 중환자를 발견했을 때 하는 양인데⋯⋯!"

요동이 자리에서 일어났다.

요동이 황구가 올려다보며 짖어대고 있는 침상을 향해 다가갔다.

그리고 진산을 덮고 있던 때 묻은 홑이불을 들추었다.

그러자 사신의 그림자가 드리워져 있는 진산이 모습을 드러냈다.

第四十章

교룡득운우(蛟龍得雲雨)

◉ 교룡득운우(蛟龍得雲雨) ◉

용사비는 만장벌(萬丈堡)이라고 불리우는 드넓은 벌판의 한가운데에 있었다.

월영영과 묘운이 고일역근경의 화후를 이루고 화정동에서 나온 용사비를 그곳으로 이끌었던 것이다.

온통 자갈과 바위만이 가득하고 끝이 보이지 않는 드넓은 벌판, 만장벌의 가운데에는 수령을 알 수 없는 느티나무 고목 한 그루가 서 있었다.

"이 만장벌은 원래 천 년 전 고일 대조사께서 흑도천상회를 세웠던 곳입니다. 고일 대조사께서 상천(上天)하신 뒤 정도맹의 합공을 받아 초토화된 후 오랜 세월이 지난 지금 이곳엔 기왓장 한 장조차 남아 있지 않은데, 유일하게 흑도천상회의 표식처럼 남아 있는 것이 바로 저 천 년 묵은 느티나무이지요."

그 푸르른 잎을 머리 가득 지고 선 느티나무를 경외감 어린 표정으로 올려다보며 묘운이 입을 열었다.

"맞아요. 이 나무는 다른 분도 아닌 고일 대조사님, 그분께서 직접 심으신 거예요. 당시 이곳에 있었던 고일, 그분의 사당과 유체도 정도맹의 손에 모두 소실되어 우리 흑도천상회의 후인들은 언제부턴가 이 나무를 고일, 그분을 뵙듯 그렇게 우러르고 있답니다. 개파조사이신 고일, 그분을 뵙는다 생각하고 큰절을 올리세요, 소회주님."

말을 마치곤 월영영이 경건한 자세로 나무를 향해 서더니 머리를 조아리고 큰절을 올렸다. 옆에 서 있던 묘운도 월영영을 따라 큰절을 올렸다.

"아니, 왜……?"

절을 올리고 일어서던 월영영이 용사비를 돌아보며 의아한 표정을 지었다. 용사비가 절을 하지 않고 그냥 서 있었기 때문이다.

"홍! 지나간 것은 그냥 역사일 뿐이야."

용사비가 나무를 외면하며 코웃음을 쳤다.

"고일이 대조사이긴 하나 달마에 밀린 패자이고, 난 그런 패자에게 머리까지 조아려 가며 공경을 표하고 싶은 마음은 없어. 우리에게 중요한 것은 미래이고, 흑도천상회의 미래는 이 용사비에 의해 다시 쓰여지게 될 거야. 찬란하게 말이야."

그러니까 용사비는 고일이 천하를 접수하지 못했으므로 존경의 염을 표할 수 없다는 것이었다. 그리고 고일이 하지 못한 그 일을 자신이 하겠다는 뜻을 표했다. 스산한 웃음과 함께 거대한 야망이 깃든 용사비의 두 눈이 섬뜩하게 빛을 발했다.

과연 고일역근경을 이루었으므로 용사비의 그 야망은 절대 헛되지 않을 것이다.

"……!"

그때, 용사비의 두 눈이 번뜩 빛났다. 경계의 빛이었다. 주변 가까운 곳에서 풍겨오는 살기를 느낀 것이었다.

용사비의 육감은 적중했다.

콰아아아아아!

초록 잎이 가득하던 느티나무 위에서 여덟 명의 인영이 폭풍 같은 경기를 휘몰고 세 사람에게 쏘아져 내려왔다. 세 사람이 느티나무 아래로 오리라는 것을 알고 잠복하고 있었던 모양이다.

"헛! 뭐야!"

묘운과 월영영이 멈칫 놀라며 뒤로 물러섰다.

콰아아아아아아!

느티나무 위에서 쏘아져 나온 인영들의 표적은 용사비인 모양이었다. 쏘아져 나온 인영들은 동시에 전혀 두렵지 않다는 듯 오연히 서 있는 용사비를 향해 폭풍 같은 경기를 발출해 냈다. 용사비의 주위 팔방(八方)을 점한 가운데 용사비를 향해 폭풍처럼 쏘아져 들어오는 인영들의 합공은 팔방 안에 아무것도 남겨두지 않을 것처럼 강력하고 위맹했다.

"홍!"

하지만 팔방을 점한 채 폭풍처럼 쳐들어오는 여덟 인영의 강기를 맞이하면서도 용사비의 얼굴엔 한가닥 냉소가 피어오를 뿐이었다.

콰아아아아아!

여덟 가닥의 위맹한 경기가 용사비의 몸을 분쇄할 듯 다가든다 싶은 순간, 번뜩 용사비의 몸에서 폭멸하는 듯한 빛살 같은 강기가 팔방으로 터져 나왔다.

콰콰콰콰콰쾅!

그 빛살 같은 강기는 용사비를 향해 쏘아져 들어오던 여덟 가닥의 강기를 분쇄함과 동시에 용사비를 공격해 오던 여덟 명의 인영을 향해 쏘아져 가서 정확하게 그 인영들의 몸통을 연속적으로 격타했다.

"흐억!"

"크앗!"

"후웃!"

"왁!"

단말마의 비명과 함께 용사비가 뿜어낸 강기에 맞은 인영

들이 느티나무 주변 사방으로 끈 떨어진 연처럼 튕겨져 날아
갔다.

주르륵!

쫘아악!

인영들은 바닥에 처박히는 꼴사나운 모습은 면한 채 두 발
로 바닥을 끌고 버티며 간신히 균형을 잡고 섰다.

"저희 구왕이 실로 간만에 소회주를 뵈오이다!"

"무례를 용서하세요, 소회주님!"

"고일역근경의 화후를 이루심을 경하드리오, 소회주!"

용사비를 공격했던 여덟 명의 인영이 몸에서 일으켰던 경
기를 황급히 거두어들이고는 용사비를 향해 머리가 땅에 닿
도록 부복했다.

그들은 다름 아닌 흑도천상회의 새 구왕 중 여덟 명이었다.
거기에 접왕 월영영을 포함해 흑도천상회의 회주를 보좌하는
구왕이 되는 것이었다.

이미 구왕은 능지호가 부회주가 되면서 그가 직접 나서 하
나하나 심혈을 기울여 선발했고, 용사비가 소회주가 될 때 다
들 한자리에 모여 용사비와도 안면을 익힌 적이 있었다.

개방의 장로들에 의해 그 실체가 드러나 척살된 봉왕 백여
연을 대신해 새로 선발된 단완상만이 용사비와 첫 대면이었
다. 단완상은 백심미공(白心美功)란 사이한 미공(美功)으로 하
남 일대를 주름잡던 여인이었다.

"흐흐, 구왕들께서 내 성취가 미덥지 않았던 모양이군. 이렇게까지 몸소 날 시험해 볼 생각들을 다 하고 말이야."

구왕들을 둘러보며 용사비가 스산한 웃음을 흘렸다. 두 눈에서 번져 나오는 스산한 한기는 자신들도 모르게 구왕들을 움츠러들게 하고 있었다.

"신들의 무례를 용서하시오, 소회주."

"소회주께서 천하제일신공, 고일역근경의 화후를 이루시었음을 확인했으니 죽어도 여한이 없습니다."

"이제 천하는 우리 흑도천상회의 세상이라 해도 틀림이 없겠소이다, 소회주."

용사비를 향해 부복한 채 구왕들이 앞 다투어 용사비를 칭송하기에 바빴다.

"소회주님을 기다리고 있었던 것은 이분들만이 아닙니다."

묘운이 묘한 웃음을 지은 채 말하더니 삐이이익! 하늘을 향해 기다란 휘파람을 불었다.

"우우우우우우우!"

그 휘파람에 화답이라도 하는 듯 만장벌의 사방에서 메아리 같은 군중들의 환호 소리가 들려왔다.

그리고 만장벌의 사방에서 수많은 인영들이 줄지어 나타나기 시작했다.

만장벌을 가득 메운 인영들이 용사비 등이 있는 느티나무

를 향해 다가왔는데, 가히 일만은 족히 될 만한 어마어마한
숫자였다.

다가오는 인영들은 가슴에 '천상(天上)'이란 붉은 글씨가
쓰여진 흑색 무복을 입은 흑도천상군들이었고, 전면에 선 군
사들은 흑도천상회의 붉은 깃발을 들고 있었다.

오연히 우뚝 서 있는 용사비 앞에 묘운과 구왕, 일만에 달
하는 흑도천상군이 도열해 섰다.

흑도천상회의 붉은 깃발이 하늘을 뒤덮고 일만에 달하는
흑도천상군이 만장벌을 덮었다. 그야말로 장관이었다.

"그간 소회주의 고일역근경의 성취를 기다리며 잠룡(潛龍)
처럼 때를 기다리고 있던 구천에 달하는 흑도천상군입니다!
이제 소회주님과 더불어 저, 묘운과 구왕, 구천의 흑도천상군
은 무림천하를 흑도천상회의 세상으로 재편하게 될 것입니
다!"

묘운이 그답지 않은 점잖음을 버린 채 잔뜩 상기된 모습으
로 도열해 선 흑도천상군과 구왕들을 가리키며 장중히 소리
쳤다.

"흑도천상회 만세!"

"소회주 만세!"

드넓은 만장벌에 구천 명 흑도천상군의 환호가 천둥처럼
메아리쳤다.

요동은 혼수상태에 빠져 있는 진산의 백회혈(百會穴), 인중혈(人中穴), 천돌혈(天突穴), 기문혈(氣門穴), 하음혈(下陰穴), 딱 다섯 곳에 침을 꽂았다.

그리고 자신이 산야를 돌며 직접 채집한 백 가지 약초로 조제한 생기속근환(生氣速筋丸)이란 환단 하나를 정성스럽게 자신의 입으로 씹어서 진산의 입 안으로 넘겨주었다.

그다음 진산에게 시행한 일이 좀 우스웠다. 자신이 활구라고 칭하는 황구에게 진산의 맨 발바닥을 핥게 한 것이었다.

"넘치면 모자람만 못하나니, 다 과한 게 문제야. 진산, 이놈의 아혈이 망가진 것도 곧 장로가 과도한 진기를 투입해서 그리 된 것이고, 이놈이 혼절한 것도 역시 과도한 보약재와 과도한 진기가 한꺼번에 투입된 탓이야. 외부에서 그런 것들이 들어오면 안에 있는 진기와 융화되는 시간이 필요한 법인데, 그 과한 것들이 한꺼번에 들어오니 진기와 융화되지 못하고 그것들이 이물이 되어 혈맥의 곳곳을 막아 혈기가 소통이 되지 못하고 막혀 있어. 포 장로도 그걸 알고 제침으로 혈맥들을 통하게 해주려고 애썼겠지만, 그것도 너무 서두른 게 문제였어. 급할수록 돌아가라고, 이렇게 꽉꽉 틀어 막힌 것일수록 굳은 엿을 녹이듯 차근차근 살살 풀어주어야 하는데 한꺼번에 풀어주려고 욕심을 내니 그게 풀리나. 한쪽이 풀리면 다른 쪽이 막히고, 다른 쪽이 풀리면 또 다른 쪽이 막히는 것이 반복돼서 애가 더 망가졌어. 침도 많이 꽂는다고 좋은 게 아닐세. 지금 침을 꽂은 다섯 곳은 혈맥의 중심이 되는 곳인데, 이 다섯 곳만 트여주면 나머지는 몸의 자정 능력이 알아서 막힌 혈맥을 뚫어줄 걸세. 물론 시간이 좀 걸리겠지만. 내가 지금 먹인 생기속근환은 서서히 몸의 생기가 일어나는 걸 도와주는 약단이니 그 시간을 많이 당겨줄 걸세. 그리고 사람의 전신 혈도에 각성을 주는 것은 발바닥을 자극하는 것만한 게 없네. 만약 이놈이 제때에 정신을 차린다면 이 활구가 큰 역할을 한 거라는 것만 알아두게."

요동이 긴 설명을 하는 동안에도 황구는 계속해서 진산의 발바닥을 핥아댔다.

정말 포일비가 들어보아도 요동의 설명은 틀리지 않았다. 벙어리를 벗어나게 하려던 노력도 해가 넘기기 전이라는 시한 때문에 성급하게 굴었고, 또 혼수에 빠진 진산의 정신을 돌아오게 하려는 노력도 단오라는 시한에 쫓겨 성급하게 굴 수밖에 없었다. 정말 급할수록 돌아가야 했는데 말이다.

만약 요동의 노력에 의해 진산이 정신을 차린다면 정말 포일비는 개방의 의개로서 얼굴을 들 수 없을 것이었다.

포일비는 문득 자신이 너무 일찍이 개방의 의개가 되고 장로가 된 탓에 일찍 공부와 연구를 끊은 채 너무 안이한 세월을 살아왔다는 생각이 들었다.

어쨌든 이제 이 밤이 가면 오정대연이 열리는 단오였다. 자신의 체면은 차치하고, 일단은 진산의 정신이 돌아오는 게 우선이었다.

황구가 진산의 발바닥을 계속 핥고 있는 가운데 밤이 깊어가도록 다섯 장로의 간절한 시선이 진산을 떠나지 못하고 있었다.

드디어 일 년 중에서 가장 태양의 기운이 왕성하다는 중양절, 단오날이 밝았다.

개방의 드넓은 연무장 한가운데에 개방도들이 밤을 세워 만든 비무대, 백죽대가 백 개의 죽대로 세워졌고, 그 앞으로 오의파와 정의파의 개방도들이 편을 나눠 모여 섰다.

그리고 그 주변으로 오정대연을 구경하려고 천하 각지에서 모여든 외인들이 북적였고, 백죽대의 가까운 곳에는 개방의 수뇌들과 외부에서 초청된 귀빈들이 앉을 천막 몇 개가 자리를 잡았다.

오정대연은 오시(午時)에 시작되기로 되어 있었는데 어느새 해는 중천을 향해 솟아 오르고 있었다.

데에엥!

용사비의 방주 취임식 때 흑도천상회의 무사들이 터뜨린 화탄에 의해 골로 간 장모동을 대신해 이번 오정대연의 사회를 맡은 것은 백리문이라는 개방도의 육결제자였는데, 이자의 말빨도 장모동 못지않았다.

"진행개(進行丐)들은 백죽대 아래에 화주를 대령하시오!"

백죽대 앞에 세워진 연단 위에서 손에 들고 있는 징을 한 번 두드려 주목을 집중시킨 후 백리문이 장중을 향해 소리쳤다.

그 말이 끝나자 진행개들이 화주가 그득하게 담긴 한 말의 술을 백죽대 양쪽에서 들고 나와 각기 하나씩 내려놓았다. 전통대로 두 후보가 백죽대에 오르기 전에 마셔야 할 화주였다.

"이제 오시가 다 되어가니 일 다경 후에는 양 파의 후개 후보들이 등단해야 하오! 양 파의 후보들은 단단히 준비해 주시오!"

다시 한 번 연단 위의 백리문이 장중의 사람들과 준비를 서두르고 있는 양 진영에 다 들리도록 공력이 실린 우렁찬 목소리로 목에 힘을 주며 소리쳤다.

저번 오정대연에 참관인으로 참석했던 일각이 이번에도 참관인 자격으로 자리했다.

귀빈들이 자리하는 한 천막 아래 일각이 일부러 청하여 화화와 나란히 한자리에 앉았다. 저번 오정대연 때 인연을 맺은 후 만자혈인장으로, 다시 군림맹에서 용사비의 신원을 밝히면서 두 사람 사이는 연배를 떠나 더 신뢰가 깊어지고 가까워져 있었다. 다시 천안전주에 복귀한 화화를 축하해 줄 겸 참관인으로 일각이 자청한 바도 없지 않았다.

"그런데 전주의 안색이 생각보다 밝지 못하이. 무슨 또 다른 걱정이라도 있는 건가?"

일각이 진산과 화화의 사연을 알 리 없었다.

사실 일각 옆에 앉아 있으면서도 화화의 마음은 진산에게 가 있었다.

오의파에서는 진산을 혼수상태에서 깨우기 위하여 개방을 나갔던 요동까지 들어와 애를 쓰고 있는 모양이었다. 화화가 보아도 소설우가 후보로 나온다면 오의파에 승산은 없어 보였다.

"……."

화화가 자신도 모르게 오의파 쪽 후보가 대기하고 있을 허름한 전각을 바라보았다. 조금 있으면 진산이나 소설우 중 누군가가 저곳에서 나올 것이지만, 아직까지 별다른 소식이 없는 걸로 봐서 진산이 깨어나고 거기다 벙어리 병신을 벗어나는 것은 힘들어 보였다.

진산을 방주로 승인하겠다는 정의파의 조건이 진산이 벙어리 병신을 벗어나는 것이었으니, 정신을 차리더라도 말 못하는 벙어리까지 벗어나야 진산이 오정대연에 합당한 후보 자격을 얻는 것이었다.

"강호에는 아직 흑도천상회의 난이 끝나지 않았고, 개방에는 파벌 싸움이 끊이지 않으니 제 안색이 좋을 리는 없지 않겠어요."

오의파 쪽 전각을 바라보던 화화가 고개를 돌리고는 씁쓸한 웃음을 지었다.

"허허, 하긴. 두 해 만에 오정대연을 다시 치르다니 개방도 참 곡절이 많구나."

"워낙 양 파의 세력이 팽팽하니 곡절은 앞으로도 쉬이 끝나지 않을 거예요."

"그게 좋은 쪽으로 곡절이 많으면 좋은 건데… 선의의 경쟁이 돼서 말이야. 그렇게 전체적으로 개방이 발전하는 쪽으로 되면 좋을 텐데 말이야."

"그러게요. 하지만 지금 정의파의 수뇌들도 악한 분들은 없으니 대사님께서 바라시는 대로 그렇게 되어가리라 믿어요."

"허허, 개방에 화화 같은 동량이 있으니 크게 걱정은 안 되긴 하지만……."

"동량은요, 무슨. 기해혈이 파괴돼서 힘도 제대로 못 쓰는 걸요."

"천안전주가 어디 힘으로 하는 자린가, 머리로 하는 자리지. 화화가 천안전주로 있는 이상 개방은 끄떡없을 거야. 암, 끄떡없고말고. 그건 그렇고, 흑도천상회 놈들의 움직임은 뭐 잡히는 게 좀 있나?"

여유롭게 화화와 정담을 나누던 일각이 표정을 굳히며 흑도천상회의 얘기를 꺼냈다. 역시 천안전주 화화이니 자신이 모르는 각별한 소식이 없을까 기대하는 눈치였다.

"특별히 포착되는 건 없어요. 다만 짐작컨대 어디선가 큰일을 도모하고 있다는 감은 확실하게 잡히는군요. 제 생각이 틀리지 않다면, 이 봄이 가기 전에 어떤 식으로든 굉장한 도발을 하리라 믿어요."

"흐음, 나도 같은 생각이야. 원래 폭풍전야는 고요한 법이니까."

화화의 의견에 이의가 없는 듯 일각도 고개를 끄덕였다. 그래서 일각은 이곳에 오면서도 소림승들에게 조금도 경계를 풀지 말라는 지엄을 내렸다. 그리고 아직도 군림맹의 군영이 있는 초혼평에 일천의 무승들을 더 보내 만약을 대비케 했다.

"그런데, 혹 신공공문에 대한 소식은 없나?"

일각이 다시 표정을 굳히며 흑도천상회와 더불어 궁금함을 가지고 있던 신공공문에 대한 얘기를 꺼냈다. 지난가을 신공공문이 단독으로 소홍에 있는 흑도천상회의 화물 기지를 공격하다가 흑도천상군의 함정에 걸려 괴멸당한 것은 군림맹과 정도무림에 있어서 가장 안타까운 소식이었다. 거기서 거의 대부분의 문도들이 전멸하다시피하고 문주까지 죽었다는 소식을 들은 후 신공공문에 대한 소식을 접하지 못했기에 혹시나 천안전주 화화에게서는 어쩌면 신공공문의 다른 소식을 들을 수 있을지도 모른다는 기대를 하고 있었다.

"신공공문은 개파한 지 얼마 되지 않은 신흥 문파이지만 앞장서 의협의 도리를 행하는 정도문파의 대명사가 되었어요. 소흥에서 대부분의 문도들이 괴멸당하고 문주까지 죽었지만, 신월호에 있는 공공도에는 의협과 도리를 행하려는 정도 무사들이 신공공문에 가담하기 위해 줄을 서고 있다고 해요."

화화의 말대로 신공공문은 바람처럼 일어났다가 괴멸되다시피 했지만 잠깐 시간에 일어났던 것에 비해 그 명성이 대단했다. 혈난의 초반전, 패배만을 거듭하던 정도무림에서 유일하게 흑도천상군을 쳐부수며 일말의 희망처럼 일어났던 문파였기 때문이다.

강호에는 어느 문파에도 적을 두지 않은 떠돌이 무사들이 많았고, 이런 무사들이 자신의 간판으로 딱 매력을 느낄 만한 문파가 바로 신공공문이었다.

그런 무사들이 신공공문의 간판을 바라보며 공공도로 몰려들고 있었던 것이다.

"허어, 그런 일이! 그럼 다행히 신공공문이라는 이름은 강호에서 영 사라지지 않겠구먼 그래."

"그럼요. 어떤 모양으로든지 머지않아 강호에 신공공문의 깃발을 드높이 들고 모습을 드러내지 않을까 싶군요."

일각의 물음에 대답하며 화화는 문득 이곳에 진산을 대신하여 들어왔다가 종내에는 어떤 연유에서인지 신월비인과 엮여 신공공문의 문주가 된 유옥을 떠올렸다. 일개 이름없는 거지에서 강호의 소용돌이에 휘말려 바람처럼 한순간을 살다 간 사내였다.

데에에엥!

그때, 백리문이 두드린 징 소리가 두 사람의 대화를 끊었다.

"양 파의 후개 후보는 백죽대 앞으로 나오시오!"

징 소리의 여운이 끝나기도 전에 백리문이 소리쳤다.

먼저 백죽대의 양쪽에 설치되어 있는 양 파의 후보가 대기하는 전각문을 열고 나선 것은 조위총이었다.

용사비 때처럼 휘황찬란하지는 않았지만 역시 멋들어진 붉은 무복을 날아갈 듯 차려입고 붉은 두건을 머리에 질끈 동여맨 모습은 차후 개방의 앞날을 짊어질 후기지수로 부족함이 없어 보였다.

조위총이 문 앞으로 나섰다 싶은 순간, 쉬이이잇! 한 마리 새처럼 몸을 날려서는 백죽대 아래에 사뿐하게 내려섰다.

"와아아! 멋지다!"

"조위총 후개 만세!"

"정의파 만세!"

그 모습을 본 정의파 개방도들이 개방이 떠나가라 환호를 해댔다.

"오의파 후보도 어서 나서시오!"

조위총이 백죽대 앞에 당도하도록 오의파 후보가 모습을 보이지 않자 허름하기 짝이 없는 초옥, 오의파의 후보가 대기

하는 전각을 향해 백리문이 소리쳤다.

그런데 백리문의 재촉에 쭈뼛쭈뼛 전각문을 열고 나선 것은 역시 소설우였다.

잔뜩 기대한 채 열리는 전각문을 바라보고 있던 화화의 얼굴에 실망의 빛이 스치고 지나갔다.

누가 보아도 한눈에 자신없음이 뚜렷하게 보이는 모습으로 소설우가 백죽대를 향해 걸어왔다.

정의파의 수뇌들도 오의파의 장로들이 어떻게든 진산을 정상으로 만들어 오정대연에 내보내려 하는 것을 알고 있었고, 누가 오의파의 후보로 백죽대를 향해 나올 것인지에 촉각을 곤두세우고 있었다.

아직 모습을 드러내지 않고 있는 오의파의 장로들과 달리 일찌감치 정의파 쪽 천막 아래 나란히 앉아 있던 진종자 등은 오정대연에 나선 오의파의 후보가 소설우라는 것이 확인되자 회심의 미소를 지었다.

자신없는 얼굴로 주춤주춤 걸어나온 소설우가 백죽대 아래에 놓인 술통 앞에 섰다.

"자! 시간이 촉박하니 두 후보는 징 소리와 함께 화주를 드시오!"

데에엥!

말을 끝내자마자 술 마시기를 재촉이라도 하듯 징을 두드렸다.

조위총이 주저없이 두 팔을 뻗어 앞에 놓여 있던 한 말의 화주가 들어 있는 술통을 불끈 잡아 들었다.

그리고 벌컥벌컥! 역시 주저없이 술통의 술을 입으로 부어 넣었다.

소설우의 자신없는 모습은 술을 마시는 것에서도 나타났다.

술통을 잡아 들었지만 술을 그리 좋아하지 않는 듯 선뜻 입으로 가져가지 못하고 있었다.

"오의파 후보는 어서 술을 드시오!"

조위총이 술통의 술을 다 비우도록 소설우가 머뭇거리고 있자 백리문이 소설우를 가리키며 재촉했다.

소설우가 코끝을 쏘아오는 술내음에 인상을 잔뜩 찌푸리고는 마지못해 술통을 입에다 가져다 대었다.

"잠깐!"

백리문의 소설우가 술통의 술을 입으로 넘기려는 순간, 소설우의 뒤쪽에서 다급한 고함이 터져 나왔다.

그 고함은 굉장히 크고 우렁차서 소설우뿐만 아니라 장중의 사람들의 시선이 모두 그 고함의 진원지로 쏠리게 했다.

"아……!"

다른 사람들과 마찬가지로 소리의 진원지를 바라보던 화화의 입에서 자신도 모르는 탄성이 터져 나왔다.

그곳, 소설우가 열고 나왔던 전각의 문 앞에 진산이 서 있었다.

"그 술은 내가 마시겠소!"

아까 한 말이 자신의 목소리라는 것을 장중의 사람들에게 다시 한 번 확인시키고 싶은 듯 아까처럼 우렁차게 소리를 지르며 진산이 소설우 쪽으로 걸어왔다.

그 소설우의 뒤로 진땀을 닦으며 전각 문 밖으로 나서는 오의파의 네 장로와 요동이 보였다. 아마도 지금 이 순간까지도 진산의 상세를 바로잡기 위해 진력을 다한 모양이었다.

"어떻게 된 거야? 벙어리 소개잖아!"

"그러게! 포의개께서 계속 치료를 하시더니 벙어리를 고쳤나 보네! 목소리가 무지하게 우렁찬데 그래!"

"그러게! 저 친구가 소설우 대신 오의파 후보로 나서겠다는 거야, 뭐야?"

진산에 대한 사연을 모르는 대부분의 개방도들이 백죽대를 향해 씩씩하게 걸어오는 진산을 보며 웅성거렸다.

성큼성큼 다가온 진산이 소설우가 들고 있던 술통을 빼앗듯이 잡아 들더니 조금도 망설이지 않고 벌컥벌컥! 단숨에 술통의 술을 들이켰다.

"끄으윽!"

술을 다 마신 진산이 개트림을 크게 한 번 하더니 술이 비었다는 것을 확인시키기라도 하듯 휘익! 머리 뒤로 빈 술통을 던졌다.

투웅!

바닥에 한 번 튕겨지며 떨어진 술통에는 술이라곤 한 모금도 남아 있지 않았다.

마침 다른 장로들과 함께 걸어나오던 요동이 자신들 쪽으로 굴러오는 그 빈 술통을 발을 들어 잡았다.

"자네들에게 따로 말 안 했지만, 그저께 밤에 내가 저놈에게 먹였던 생기속근환은 환자가 정신을 차렸을 때 굉장한 갈증을 유발시키지. 그리고… 저놈이 적주발광신체라고 했나? 술이 취하는 문제는 크게 걱정하지 않아도 될 거야. 거기, 생기속근환에 술기운을 이기는 보완도 충분히 들어 있었으니 말일세."

거기에 대해 따로 설명할 시간도 없었던 듯 발로 잡았던 빈 술통을 옆으로 툭! 차내며 온화한 웃음을 지으며 요동이 말했다. 그 요동의 옆에는 요동이 활구라고 명하는 황구가 헥헥! 지친 모습으로 혀를 빼물고 따르고 있었다. 이틀 내내 진산의 냄새 나는 발바닥을 핥아댔으니 아무리 개라도 지치지 않을 수 없었을 것이다.

순식간에 후보가 바뀌자 진종자, 소춘풍 등 정의파의 장로들이 크게 당황하고 있었다. 어떻게 했는지 벙어리에서 벗어난 멀쩡한 모습으로 나타나 한순간에 술통을 비우고 후보로 나섰으니 놀라지 않을 수 없었던 것이다.

"두 후보는 백죽대로 오르시오!"

데에엥!

다시 징을 두드리며 백리문이 소리쳤다.

파앗! 팟!

두 사람이 동시에 바닥을 차고 백죽대 위로 몸을 날렸다.

그리고 두 사람 다 한 마리 새처럼 백죽대를 구성하고 있는 죽대를 딛고 사뿐히 내려앉았다.

두 사람이 백죽대 위로 마주 서자 양 파의 장로와 개방도들도 침을 꿀꺽 삼키며 두 사람을 바라보았다. 구경을 온 외인들도 잔뜩 흥미로운 표정을 지은 채 그들을 바라보고 있었다.

"두 후보는 비무를 시작하시오! 그동안 해왔던 오정대연의 전통대로 백죽대에서 바닥으로 먼저 떨어지는 사람이 지는 거요!"

데에에엥!

다시 징을 두드리며 지금까지 질렀던 소리 중에서 가장 큰 소리로 백리문이 소리쳤다.

쉬이이잇!

시작을 기다리고 있었다는 듯 조위총이 딛고 있던 백죽대를 박차고 바람처럼 진산을 향해 쏘아져 왔다.

원래 이런 비중이 큰 비무에서는 서로를 견제하는 시간이 있기 마련인데, 조위총이 다짜고짜 자신을 향해 쏘아져 오자 진산이 멈칫, 의외의 표정을 지었다.

하지만 곧,

쿠우우우!

진산이 전신에서 팽팽한 기류를 일으켜 세우며 천주부동의 자세를 취했다. 돌진해 오는 상대를 정면으로 맞닥뜨리겠다는 의지의 표현이었다.

하지만 진산을 향해 돌진해 오던 조위총이 진산의 바로 앞, 다섯 장 정도의 앞에서 쉬이잇! 바람처럼 사라져 버렸다.

"……!"

진산이 멈칫 놀라는 사이, 조위총이 진산의 오른쪽으로 번뜩 도깨비처럼 나타났다. 갈여해로부터 배운 도깨비 신법, 마형귀적이 발휘되고 있었던 것이다.

마형귀적은 보법과 신법이 오묘하게 조화를 이룬 신법이었다.

오행의 변화에 따라 종적이 흐려지는 오행미종보(五行迷踪步)와 몸을 빠르게 움직여 상대로 하여금 한 사람이 아닌 여럿으로 보이게 하는 최상의 신법인 이형환위(移形換位)를 조화시킨 것이었다.

갈여해는 이 마형귀적을 이루기 위해 평생을 바쳤다. 하지만 신법만으로는 무림에서 명성을 얻는 것은 한계가 있었고, 마형귀적을 이루고도 무림에서 찬밥 신세를 면하지 못하던 갈여해는 말년에 이르러 개방의 정의파로부터 그에 대한 보답을 단단히 받을 수 있었다.

오른손을 쓰는 사람에게 취약한 곳은 다른 쪽이 아닌 오른쪽이다. 오른쪽으로 상대가 바짝 다가들면 오른손을 써서 공격할 수가 없고 왼손을 써야 하기 때문이다.

마형귀적의 또 다른 강점은 도깨비 같은 예측할 수 없는 움직임도 있지만, 상대의 신체에 바짝 다가들면서도 몸에서 나오는 기(氣)까지도 감출 수 있다는 데 있었다. 대부분의 신출귀몰한 신법들이 소리없이 상대에게 다가들 수는 있었지만 신체가 움직일 때 나오는 기척까지 감출 수는 없는 법이었다.

그래서 상대가 기감이 뛰어난 무공의 고수라면 상대의 가까이에 다가가면 대부분 움직임을 눈치 채기 마련이었다.

하지만 마형귀적은 신체를 움직일 때 나오는 움직임들, 즉 기를 완벽하게 감출 수 있었다. 그래서 몇 장 가까이까지 다가들도록 상대가 눈치 채지 못한다는 데 그 무서움이 있었다.

"헛!"

자신의 오른쪽 옆으로 번뜩 나타난 조위총을 보며 진산이 본능적으로 오른쪽으로 몸을 비틀며 자신을 향해 뻗어오는 조위총의 손을 피하려 했다.

하지만 조위총의 손이 더 빨랐다.

콰악!

번개같이 움직인 조위총의 두 손이 진산의 팔뚝을 잡았다.

그리고, 패애액!

진산이 조위충의 두 팔에 의해 백죽대 밖으로 무지막지하게 내던져졌다. 개방의 가전권법취팔권의 일백구십초식 중에서 상대를 메어 던지는 호쾌한 수, 발운영일(發雲迎日)이 제대로 시전된 것이다.

하지만 아니었다.

던져져 날아가는 것 같던 진산과 함께 조위충의 몸도 솟구쳐 올랐다. 조위충의 손에 팔뚝이 잡혀 발운영일에 의해 던져진 진산이 던져지는 바로 그 순간에 조위충의 소매를 잡은 것이었다.

그러자 두 사람이 허공을 솟구쳐 백죽대 위의 허공에서 핑글핑글 몇 바퀴를 휘돌았다. 서로가 서로의 소매를 잡은 채 상대를 던지려고 하자 원심력이 작용하여 그런 현상이 나타난 것이었다.

핑글핑글 백죽대 위의 허공에서 두 사람은 서로의 소매를 잡은 채 한참을 더 휘돌았다. 보고 있는 사람들의 눈이 다 어지러울 지경이었다.

"저거, 저거! 어째 저런 이상한 모양이 만들어지는 거야?"

"서로 소매를 잡고 상대를 던지려 하고 있잖아! 소매를 먼저 놓는 사람이 던져져 날아갈 상황이니 누구도 소매를 놓지 않아 저런 이상한 모양이 나오는 거야!"

개방도들이 그 모습을 보며 황망히 소리쳤다.

핑글핑글 백죽대 위에서 휘돌기를 계속하던 두 사람의 모습은 부우욱! 옷이 찢어지는 소리와 함께 바뀌었다.

옷이 찢겨진 사람은 진산이었다. 진산의 누런 광목으로 된 옷이 조위총이 입고 있는 비단옷보다 질기기에서 뒤진 탓이었다.

잡고 있던 진산의 소매가 찢어져 나가며 조위총이 핑글핑글 휘돌며 백죽대 밖으로 던져져 날아갔다.

백죽대에 오르는 양 파의 후보들은 오직 상대에게 위해를 가하지 않는 수, 상대를 백죽대 밖으로 내던지는 수만 쓸 수 있었다. 그러다 보니 오정대연을 벌이다 보면 옷이 찢어지는 일은 비일비재했다. 상대를 던지게 될 때 보통 상대의 옷을 잡아서 던지게 되기 때문이다. 그래서 옷이 찢어져서 보는 낭패를 막기 위해 최대한 질긴 천으로 된 무복을 입었다. 빈한한 오의파의 살림 때문에 덜 질긴 옷을 입을 수밖에 없었던 진산이 옷의 덕을 보리라곤 생각지 못했다.

"아……!"

오의파와 정의파의 진영의 후개들에게서 동시에 탄성이 터져 나왔다. 한쪽은 기쁨의 탄성이었고, 한쪽은 절망의 탄성이었다. 핑글핑글 맴돌며 던져져 날아가는 조위총이 백죽대 밖으로 날아가는 듯이 보였기 때문이다.

하지만 조위총도 그렇게 호락호락하지 않았다.

백죽대 바깥쪽으로 던져져 날아가는 것 같던 조위총의 몸이 점차 백죽대 쪽으로 휘돌아 들어왔다.

원래 허공답보의 초상승 경신술을 익히기 전에는 지지대가 없는 허공에서 방향을 바꾸는 것은 힘든 일이었다. 그런데 조위총은 자신의 핑글핑글 휘도는 몸의 원심력을 이용하여 백죽대 안쪽으로 사선을 그리며 떨어지고 있었던 것이다. 백죽대 밖으로 나갔던 몸을 계속 휘돌려 백죽대 쪽으로 자신이 떨어지도록 유도하고 있었던 것이다.

콰악!

떨어지던 조위총이 백죽대의 가장 가장자리에 있는 죽대 두 개의 끝 부분을 두 손으로 잡았다.

백죽대의 맨 가장자리에 있는 죽대를 잡고 조위총이 아슬아슬하게 떨어지는 것을 모면하고 매달려 있었다.

"저런! 다시 백죽대에 붙었잖아!"

"와! 살았다, 살았어!"

양 진영에서 다시 안타까움의 탄성과 기쁨의 탄성이 동시에 터져 나왔다.

조위총이 백죽대에서 떨어지는 것을 모면하자 멈칫 실망이 깃들었던 진산이 파앗! 딛고 있던 죽대를 차고 조위총 쪽으로 달려갔다. 어쨌든 아직 지금의 상황은 자신에게 절대적으로 유리한 상황이었기 때문이다. 자신은 백죽대 위에 두 발을 딛고 있었고, 죽대를 잡고 매달려 있는 조위총의 두 팔을 죽대에서 풀어내기만 하면 될 것이었기 때문이다.

쉬이이잇!

잡은 기회를 놓치지 않겠다는 듯 진산이 바람처럼 조위총이 있는 쪽으로 날아갔다.

하지만 진산은 자신이 마음먹은 일을 미처 해볼 기회를 갖지 못했다. 조위총이 매달려 있는 죽대 쪽에 닿기도 전에 그가 자신을 향해 날아오고 있었기 때문이다.

두 손으로 매달려 있던 죽대에서 조위총은 매달려 있던 두 팔의 힘에 두 발로 죽대를 미는 힘을 보태어 훌렁! 몸을 뒤집으며 백죽대 위로 날아올라왔던 것이다.

조위총을 향해 달려가던 진산과 모듬발을 세우고 몸을 휘돌려 날아오른 조위총이 서로를 향해 부딪쳐 갔다. 그대로 부딪친다면 두 발을 앞세운 조위총이 훨씬 유리한 입장이었다. 상대에게 충격을 주는 격타술을 써선 안 되는 것이 오정대연의 규칙이었지만, 이런 피치못할 상황은 당연히 감안이 될 것이었다.

다행히 모듬발을 앞세워 돌진해 온 조위총을 피해 진산이 허리를 숙였고, 조위총은 진산을 지나쳐 백죽대의 가운데를 향해 휘잉! 날아갔다.

백죽대에서 떨어지는 것에서 안전한 곳, 백죽대의 한가운데 부분에 조위총이 내려섰고 진산도 몸을 돌려 백죽대의 가운데 쪽으로 향했다.

진산이 백죽대의 가운데로 걸어와 서자 쉬이잇! 쉬잇! 조위총이 마형귀적을 발휘하며 진산의 주위를 맴돌았다.

하지만 조위총은 진산의 주위에서 쉬이잇! 쉬잇! 나타났다 사라졌다를 반복하기만 할 뿐 선뜻 진산에게 대들지는 못하고 있었다. 아까 섣부르게 진산에게 대들었다가 백죽대 아래로 떨어질 뻔한 따끔한 맛을 본 탓이었다.

원래 능력의 차이가 크게 나지 않는 사람들끼리 싸움이 붙으면 먼저 공격하는 쪽이 위험하다는 것이 정설이다. 공격을 하는 것은 몸을 움직여 가야 하는 것이기 때문에 몸의 중심을 흐트러뜨리며 상대방에게 허점을 노출시킬 수밖에 없기 때문이다.

서로 상대의 소매를 잡고 한바탕 힘겨루기를 해본 두 사람은 이미 상대가 함부로 할 수 없는 팽팽한 능력의 소유자라는 것을 알고 있었다.

다시 말해 먼저 공격하는 것이 손해라는 답을 얻은 것이었다.

조위총이 마형귀적을 발휘하며 진산의 주위에서 깐죽거리는 것도 진산이 반격해 오기를 기다리는 행위였다.

쉬이잇! 쉬잇!

조위총이 마형귀적을 발휘하며 계속 진산의 주위에서 깐죽거렸지만 진산은 천주부동의 자세를 취한 채 끄떡도 하지 않았다.

한 식경 정도가 지나자 진산은 조위총이 마형귀적을 발휘하든 말든 백죽대 위에 가부좌를 틀고 앉더니 운기조식이라도 하는 듯 지그시 눈을 감고 있었다. 백죽대는 한 자 정도의 거리를 두고 세워져 있었고, 네 개의 죽대 위에 엉덩이를 걸칠 만했던 것이다. 함부로 상대를 격타할 수 없으니 경공이 우선시되는 오정대연이지만 결국은 공력의 싸움이 될 거라고 진산은 생각하는 듯했다.

한 식경 정도가 더 지나자 백죽대 위에서는 묘한 장면이 연출되었다.

진산의 주위에서 마형귀적을 발휘하며 깐죽거리던 조위총도 진산의 맞은편 이십여 장 거리에 가부좌를 틀고 앉은 것이었다. 진종자로부터 공력을 아끼라는 전음을 전해 들은 탓이었다.

그렇게 두 사람이 가부좌를 틀고 마주 앉은 채 오정대연이 진행되고 있었다.

한 시진이 넘도록 두 사람은 오래 버티기 시합이라도 하는 듯 그 자세를 유지하며 움직이지 않았다.

"이거 뭐야? 떨어뜨리기 시합이 아니라 백죽대에서 오래 앉아 있기 시합을 하는 건가?"

"개방의 오정대연을 보려고 삼백 리 길을 걸어왔는데 이거 하품만 하다 가게 생겼네."

자신들이 몸담은 양 파의 앞날이 걸려 있는 개방도들은 그렇지 않았지만 재미있는 비무를 기대하고 들어온 외인들은 하품을 하며 투덜대기 시작했다. 정말 이렇게 지루하고 재미

없는 비무는 처음이었던 것이다.

"야! 일어나서 무슨 짓이든 해라, 해!"

"구경 온 사람들 생각도 좀 해줘야 할 거 아냐!"

그렇게 한 식경을 더 끌어가자 외인들이 참지 못하고 백죽대를 향해 고함을 질러댔다.

외인들의 고함에 자극을 받아서인지 돌부처처럼 앉아 있던 두 사람이 움직이기 시작했다.

쉬이잇! 쉬잇!

한 사람이 몸을 움직이면 다른 사람도 움직이고, 서로가 서로를 쫓아 움직였지만 섣불리 상대를 잡으려고 손을 내밀지는 못하고 있었다. 경신술을 펼치며 움직이기만 할 뿐 실질적으로 상대를 잡으려 하거나 밀려고 하는 동작은 취하지 않고 있었다. 서로가 상대가 먼저 공격해 오기를 기다리며 두 사람이 백죽대 위에서 움직이고 있었다.

다른 점이라면 조위총이 마형귀적으로 번뜩번뜩 도깨비 같은 움직임을 보이는 반면, 진산은 칠성둔보(七星鈍步)의 보법으로 낙타처럼 느릿느릿 움직이고 있다는 것이었다.

조위총이 빠르게 움직이고 진산이 느리게 움직인다고 해서 지금 상황에서 절대 불리한 것이 아니었다.

조위총이 쾌(快)에 중점을 두고 있다면 진산은 중(重)에 중점을 두고 있었다. 어디까지나 지금 비무의 승부는 백죽대에서 떨어지지 않기였으므로 가벼움보다는 무거움이 더 유리할 수도 있는 것이었다.

그래서 진산은 칠성둔보를 시행하면서도 백죽대의 가운데 자리를 가능하면 조위충에게 양보하지 않고 있었다. 만약에 둘이 아까처럼 붙게 되었을 때 위치의 문제가 무엇보다도 중요할 것이기 때문이었다.

지금까지의 상황은 진산에게 절대로 불리하지 않게 진행되고 있었다.

첫 번째 둘이 맞잡았을 때도 진산이 우세했고, 그 우세를 점했기에 계속 주도권을 잡은 채 비무를 이끌어올 수 있었다. 상대는 조급했고, 진산은 느긋했다.

이런 비무는 인내와의 싸움이라고 해도 과언이 아니었다. 거기서 이미 진산이 이기고 있다는 것을 확신한 오의파 장로들의 얼굴에는 여유로운 미소가 피어나고 있었다.

"어! 진산이 좀 이상한데……!"

"그, 그러게! 쟤, 표정이 왜 저래?"

그때, 만족스런 표정을 짓고 있던 호연패와 팽충이 황망히 소리쳤다. 다른 장로들의 안색도 돌변했다. 백죽대 위에서 느긋하게 칠성둔보를 밟으며 여유를 부리고 있던 진산의 얼굴이 돌연 벌겋게 달아오르며 칠성둔보가 흐트러지기 시작했던 것이다.

"저, 저, 저거! 진산, 저놈이 술이 달아오르는 거 같은데……!"

주의깊게 진산을 관찰하던 곡반괴가 황망성을 토했다.

"그, 그렇군! 놈에게 먹인 생기속근환도 이렇게 오래도록 술기운을 눌러주는 건 한계가 있어!"

요동의 안색도 하얗게 변해갔다. 술이라는 것이 절독이나 다름없는 적주발광신체의 진산에게 자신이 먹인 생기속근환이 어느 정도는 술을 견딜 수 있게 해줄 수 있었지만, 이렇게 오랜 시간 동안은 아니었던 것이다. 분명 진산의 표정이나 행동으로 보아 생기속근환이 누르고 있던 술기운이 신체의 각 부위로 치고 올라오고 있는 것이 분명했다.

"우웨엑!"

그것은 곧 현실로 드러났다. 얼굴이 홍시처럼 달아오르던 진산이 백죽대에 오르기 전에 머금었던 술을 폭포수처럼 입 밖으로 토해낸 것이다.

"이런, 제기랄! 정말 술기운이 치고 올라왔어!"

호연패가 버럭 절망스런 고함을 질렀다.

호연패를 비롯한 오의파의 장로들의 얼굴이 절망으로 일그러지는 순간, 혹시나 하던 정의파 장로들의 얼굴은 환희로 물들었다.

역시 이상한 낌새를 채고 진산을 주시하고 있던 조위총의 두 눈도 먹이를 발견한 매의 눈처럼 번뜩 빛났다.

쉬이잇!

조위총이 때를 놓칠 새라 마형귀적을 발휘해 도깨비 같은 움직임으로 진산을 향해 몸을 날려갔다.

"조심해!"

그때 돌연 진종자의 고함이 터져 나왔다. 그 순간 불현듯 진종자는 지난 오정대연이 생각났던 것이다. 그때 용사비가 술을 토하고 비틀대는 유옥을 공격했다가 유옥에게 잡혀 종내에는 생각지도 못했던 무승부라는 참혹한 귀결이 지어졌던 것이 생각난 것이다.

하지만 눈앞에서 진산의 상태를 명확히 확인한 조위총은 움직임을 멈추지 않았다.

쉬이이잇!

조위총이 번뜩 진산의 앞으로 도깨비처럼 들이닥쳐선 정확하게 진산의 먹살을 노리고 한 손을 뻗어갔다.

그러나 역시 조위총의 생각대로는 되지 않았다.

쉬이이잇!

독사의 혓바닥처럼 뻗어오는 조위총의 손을 피해 진산이 바람처럼 그 자리에서 사라졌던 것이다. 바로 개방의 최고신법 취리표홀신법을 발휘한 것이었다.

취리표홀신법이 바람처럼 사라지는 것이긴 했으나 마형귀적만큼 신묘하진 못했다. 마형귀적보다 보이지 않는 거리를 이동하는 것이 훨씬 짧았고, 움직이는 신체에서 발현되는 기를 감추는 것도 훨씬 미치지 못했다.

진산을 향해 닥쳐들던 조위총은 진산이 취리표홀신법으로

사라졌으나 진산의 신체에서 발현된 기의 움직임으로 진산의 행적을 놓치지 않고 있었다.

쉬이이잇!

바람처럼 움직이고는 있었으나 곧 진산의 몸은 조위총에게 포착되었다. 역시 술의 탓인 듯 진산의 움직임은 현격하게 둔해졌기 때문이다.

순간, 조위총이 회심의 미소를 지었다.

그리곤 파앗!

죽대 하나를 있는 힘껏 박차고 할 수 있는 최대한의 가속을 붙여서 드러난 진산의 몸을 향해 두 팔을 내밀고 쏘아져 갔다.

오정대연에서 상대를 다치게 하는 타격은 금지되어 있지만 상대를 미는 것은 잡아 던지는 것과 함께 허용이 되는 기술이었다.

순간적으로 가장 빠른 속도를 자랑하는 궁신탄영(弓身彈影)의 신법을 발휘하니 진산은 곧 조위총에게 따라잡혔다.

화아아악!

자신의 두 팔 앞으로 닥쳐든 진산의 등을 조위총은 있는 힘껏 밀어붙였다. 이미 엄청난 탄력을 받아 있는 궁신탄영에다 자신의 두 팔에 엄청난 진력을 실었으므로 진산의 몸이 백죽대 밖이 아니라 개방 밖으로 날아갈 것이라고 조위총은 생각했다.

"……!"

그런데 있는 힘껏 밀어붙였다고 생각한 진산의 몸은 날아가지 않고 확! 조위총의 가슴팍으로 날아들었다.

놀랍게도 그것은 진산의 윗옷이었다. 누런 광목으로 된 진산이 입고 있던 윗옷이었다.

콰아아악!

자신이 밀었던 것이 진산의 옷이라는 것을 느끼는 바로 그 순간, 조위총은 자신의 등을 미는 엄청난 힘을 느꼈다.

"허엇!"

정말 그것은 주체할 수 없는 힘이었다. 자신의 등을 미는 엄청난 등에 밀려서 던져지듯 날아가며 조위총의 입에서 비명 같은 고함이 터져 나왔다.

던져져 날아가는 몸을 주체하지 못한 채 조위총은 간신히 고개를 돌려 자신의 등을 민 존재를 확인할 수 있었다.

그는 진산이었다. 그는 웃통을 벗고 있었다.

자신이 궁신탄영을 발휘해 진산을 밀어붙이려고 하는 순간에 진산은 취리표홀신법 중에 웃통을 벗어 그 웃통으로 조위총을 속인 것이었다.

빠른 움직임으로 상대에게 자신을 둘로 보이게 하는 이형환위(移形換位)라고도 할 수 있고, 매미가 허물을 벗어 그 허물로 상대를 속인다는 금선탈각(金蟬脫殼)이라고도 할 수 있는 묘수였다.

그 웃통에 속아서 궁신탄영을 발휘하며 자신의 웃통을 밀어간 조위총의 등을 진산은 자신의 진력을 다해 밀어붙였다. 자신이 궁신탄영으로 발휘한 엄청난 속도에 진산의 엄청난 힘이 등 뒤에서 더해지자 조위총은 정말 어쩔 수 없었다.

휘이이익!

처음에 아슬아슬하게 백죽대 너머로 날아가던 때와는 다르게 아주 거센 바람 소리까지 내며 조위총이 백죽대 밖으로 날아갔다.

"아……!"

정의파의 세 장로 입에서 절망의 탄식이 동시에 터져 나왔다. 물론 세 사람의 눈은 백죽대 밖으로 아득히 날아가는 조위총의 신형을 좇고 있었다.

콰앙!

날아간 조위총이 그래도 자기 편인 정의파의 전각 중 하나인 한 이층 전각의 지붕 위로 지붕의 기왓장들을 깨뜨리며 처박혔다.

"와아아아!"

오의파 개방도들에게서 개방이 떠나갈 듯한 환호가 터져 나왔다.

"아……! 진산……!"

화화의 입에서도 기쁨의 탄성이 터져 나왔다.

탄성과 함께 화화의 두 눈에서 주르르 흘러내리는 두 줄기 눈물을 보면서 그제야 일각은 화화와 진산이 심상치 않은 사이라는 것을 알았다.

第四十一章

황제의 붕어(崩御)

◉ 황제의 붕어(崩御) ◉

"폐하께서 붕어하셨다!"

늘 영현제 옆에서 상세를 살피던 태감 서문이 목이 터져라 소리쳐 외치며 영현제의 침전에서 달려나왔다.

"폐하께서, 폐하께서 붕어하셨다! 어서 전전의 문무백관들에게 이 사실을 알려라!"

침전에서 달려나온 서문이 침전 앞에 대기하고 있던 환관들에게 황망히 소리쳤다.

대명(大明)의 만인지상(萬人之上)으로 삼십 년 넘게 용상을 지키던 영현제가 세상을 떴다. 하필이면 일 년 중에 가장 양기가 충만하다는 춘양절, 단오날 해거름 무렵이었다.

젊은 나이에 천제의 자리에 올라 덕치를 펼치며 백성들의 인심을 얻고 백관들의 우러름을 받았으나 어느 때부터인가 색정에 눈이 멀어 실패한 황제로 사람들의 뇌리에 남은 채 영현제는 그렇게 유명을 달리했다.

그 시각, 용사비가 이끄는 묘운과 구왕, 구천에 달하는 흑도천상군은 낙성애(落星崖)라는 천 장 높이의 절벽 앞에 당도해 있었다.

낙성애는 자금성이 있는 북경(北京)에서 일백여 리 떨어진 청원평(請願坪)의 가운데에 장성처럼 만들어져 있는 단애였는데, 워낙 높고 험해서 날개를 달고 있는 새가 아니면 그 낙성애를 넘을 수 없다는 말이 있을 정도였다.

대군이 그 낙성애 앞에 이르자 구왕이 서로 약속이나 한 듯 절애의 한곳을 향해 구방(九方)을 점하고 빙 둘러섰다.

그리곤 모두 두 손을 모으고 운기를 하기 시작했다.

고오오오!

곧 운기를 하는 구왕의 두 손으로 붉은 공 같은 기운이 모여들기 시작했다. 구왕이 일으킨 진기는 모두 흑도천상회의 가전신기인 혈우마령진기(血雨魔領眞氣)였다.

고오오오!

구왕의 손에서 일어난 붉은 진기가 터질 듯 팽팽해져 갔다.

"출!"

순간 월영영의 입에서 외마디 고함이 터져 나왔다.

콰아아아아아!

그러자 구왕이 일시에 절애의 한곳을 향해 두 손에 모으고 있던 진기를 발출했다.

콰아아아아아아!

아홉 가닥의 진기가 폭풍처럼 절애의 한곳을 향해 쏘아져 갔다.

콰아아아앙!

구왕이 쏘아낸 아홉 가닥의 진기가 절애의 한곳에 엄청난 위력으로 작렬하자 바위가 깨어져 튀고 돌가루가 사방으로 자욱하게 날렸다.

우르르르르르!

뒤이어 진기에 맞은 절애 부분이 천둥 같은 소리를 내며 삽 시간에 무너져 내렸다.

그리고 거기에 오래도록 감추어져 있던 동굴의 입구가 악 마의 입처럼 시커멓게 모습을 드러냈다.

"들어오십시오, 소회주님."

묘운이 드러난 동굴의 입구에서 비껴서며 공손하게 용사 비가 들어오기를 권했다.

용사비가 동굴 안으로 들어서자 동굴의 몇 장 안쪽에 다시 견고한 석문이 동굴을 막고 있는 것이 보였다.

"이 석문은 흑도천상회의 장령신물인 이 천상마패에 의해서만 열리게 되어 있습니다."

묘운이 그 석문 앞에서 품에 손을 넣어 천상마패를 꺼냈다. 마을 사람들을 몽땅 죽이며 유옥에게서 빼앗아 손에 넣었던 바로 그 마패였다.

묘운이 천상마패를 손에 들고 석문 한쪽에 파여져 있는 둥근 홈에 그것을 끼워 넣었다.

기이이잉!

그러자 기괴한 소리가 나며 견고한 석문이 서서히 열리기 시작했다.

기이이잉!

석문이 다 열리자 동굴의 안쪽이 드러났는데, 동굴은 끝간 데 없이 이어지고 있었다.

"드십시오, 소회주님. 바로 회주님이 계신 흑도천상회의 금부로 통하는 길입니다."

드러난 동굴 안쪽을 가리키며 묘운이 다시 용사비에게 공손히 청했다.

순간, 조용히 그 모습을 지켜보고 있던 용사비의 눈에서 번뜩 살기 한가닥이 피어올랐다.

"흐흐, 이제 드디어 금부에 들게 된단 말이지?"

스산한 웃음을 지은 채 저벅저벅, 용사비가 묘운을 향해 걸어왔다. 자신을 향해 다가오는 용사비에게서 일어난 살기에 묘운이 멈칫 몸을 움츠렸다.

콱!

다가온 용사비가 번개같은 동작으로 손을 뻗어 묘운의 목줄을 한 손으로 움켜잡았다.

"크으윽! 왜, 왜 이러십니까, 소회주님?"

목이 잡힌 묘운이 황망히 물었다.

"무슨 개 같은 짓들이냐?"

목줄을 잡은 채 용사비가 묘운을 씹어먹기라도 할 것 같은 섬뜩한 표정으로 물었다.

"개, 개 같은 짓이라뇨?"

"금부가 어딘지, 회주가 누군지 일언반구의 말도 없이 이 시키면 동굴로 날 밀어 넣는 게 개 같은 수작이 아니고 뭐냔 말이다!"

아직까지 흑도천상회의 금부와 회주는 한 번도 용사비에게 소개된 적이 없었다. 누구에게 물어도 거기에 대해 속시원하게 대답해 준 적이 없었고, 이제 금부로 가는 길이라고 하면서도 금부나 회주에 대한 설명이 없는 것이 용사비를 분노케 했던 것이다.

"소, 소회주님께서 양해하셔야 합니다. 이, 이건… 어디까지나 회주님께서 당신의 신상과 금부에 대해 소회주님께 비밀에 부치라는 엄명을 내리셨기 때문입니다. 그, 그리고 지금 금부에 가는 것은 소회주님 혼자만 가시는 것이 아니라 저와 구왕, 그리고 여기 있는 흑도천상군 모두가 가는 것입니다. 금부에, 회주님 앞에 당도하시면 왜 회주님께서 비밀에 부치라고 하셨는지 아, 아시게 될 것입니다, 소회주님."

용사비의 우악스런 손에 목이 잡힌 채 묘운이 몸을 덜덜 떨며 황망히 말을 이었다.

목줄이 붙잡힌 상태에서 용사비가 확 밀치자 묘운은 동굴 벽에 등짝을 부딪치며 주저앉았다.

"조금이라도 이 용사비를 능멸하는 짓을 했다간 그 순간 목이 꺾일 줄 알아라!"

사색이 되어 주저앉아 있는 묘운을 향해 용사비가 두 눈에서 섬뜩한 살기를 발하며 소리쳤다.

"무, 물론입니다, 소회주님."

덜덜 떨고 있는 묘운을 뒤에 두고 용사비가 몸을 돌렸다.

그리곤 앞장서서 동굴 안으로 들어갔다.

그 용사비의 뒤를 묘운과 구왕, 그리고 구천에 달하는 흑도천상군이 줄지어 따랐다.

정말 동굴은 끝없이 이어지고 있었다. 중간 중간에 흑도천상군들이 밝혀 든 횃불로 동굴 안의 모습을 살펴볼 수 있을 뿐이었다.

용사비가 보건대 동굴은 바위벽을 파서 만든 인공 동굴이었다.

동굴에 들어온 지 한 시진이 넘었으니 들어온 동굴의 길이

만도 오십여 리는 족히 될 터였다. 이런 수십 리 길이의 인공 동굴을 사람의 손으로 뚫었다면 오랜 세월과 엄청난 인력이 소요되었을 것이었다.

"아직도 멀었나?"

들어올 만큼 들어왔다고 생각한 용사비가 바로 뒤를 따르고 있는 묘운을 돌아보며 물었다.

"아직 온 것만큼은 더 가야……."

"……!"

용사비의 눈치를 보며 묘운이 말끝을 흐렸다.

그렇다면 들어온 길이 오십여 리니 이 인공 동굴은 백여 리나 된다는 것이었다. 천하의 용사비도 인공 동굴의 엄청난 규모에 내심 놀라움을 금치 못했다.

이런 엄청난 인공 동굴 너머에 웅크리고 있는 금부, 그 금부에 있을 회주에 대한 용사비의 궁금증이 더해져만 갔다.

영현제가 신하들을 거느리고 집무를 보던 자금성의 전전에 영현제의 빈소가 차려졌다.

영현제를 모시던 문무백관들은 흰 무명으로 된 상복으로 의관을 차리고 영현제의 초상 앞에서 통곡했다.

"흐흐흑, 폐하. 신들은 어찌하라고 유지(有志)한 말씀도 없이 천상으로 드셨나이까? 이 나라를 다스릴 천제의 자리가 저

렇게 비어 있는데 장차 이 일을 어찌하면 좋단 말이옵니까,
폐하."

그중에서도 일인지하(一人之下) 만인지상(萬人之上)인 승상
안사의 통곡 소리가 유독 구슬펐다.

승상 안사는 당금 조정에서 동의당이나 서화당에 들지 않
은 거의 유일한 고관이었다.

쉰이 채 되지 않은 나이에 일찍이 영현제의 눈에 들어 승상
이 된 그가 중심을 잡고 있었던 덕에 황제의 부재에도 불구하
고 그나마 이 나라의 조정이 유지될 수 있었다고 해도 과언이
아니었다.

영현제의 태치(怠治)와 동의당, 서화당의 당파 싸움에 황제
의 후계도 정하지 못한 채 영현제가 불귀의 객이 되고 말았으
니 진심으로 나라의 후일을 걱정하는 그로서는 통탄하지 않
을 수 없었던 것이다.

"흐흐흐흑, 폐하! 어찌하면 좋겠사옵니까? 지금이라도 명
찰한 유지를 내려주시옵소서!"

"흐흐흑, 폐하! 이 나라를 굽어 살피시옵소서!"

"으흐흑, 폐하! 어찌 저희만 두고 가신단 말입니까!"

안사의 통곡이 계속되자 다른 신하들도 덩달아 바닥에 엎
드려 흐느끼며 슬픔을 가누지 못했다.

"허어, 승상. 그렇게 비통해만 한다고 작금 황실의 일이 해
결되는 것은 아니지 않습니까."

그때 대학사(大學士) 정인걸이 통곡하는 안사의 어깨를 두드렸다.

대학사 정인걸은 안사와 오랜 정치적 동지였지만 서화파의 우두머리가 되면서 최근엔 조금 소원한 사이가 되어 있었다.

"폐하께서 붕어하신 슬픔이 크지만 어서 냉정을 되찾고 후제를 정해야 하오. 후제가 정해지지 않으면 폐하의 용체를 어떻게 입관시키겠소이까."

정인걸의 말은 옳은 말이었다.

후제도 정해지지 않은 상태에서, 용상을 비워둔 상태에서 영현제를 입관시킬 수는 없는 것이었다.

"흐음, 그럼 어찌하면 좋겠소, 정 대학사?"

옷깃으로 눈물을 여미며 애써 정신을 수습한 안사가 정인걸에게 물었다.

"비록 국상 중이긴 하나 마침 삼공육부(三公六府)의 대신들이 다 모인 자리이니 여기서라도 후제에 대한 논의를 서둘러 했으면 하오."

"옳소. 지금이라도 서둘러 후제에 대한 논의를 해야 하오."

"맞아요. 그렇게 해야 합니다."

정인걸이 말하자 그와 같은 서화당의 대신들 몇몇이 나서며 정인걸의 의견에 적극적으로 동조했다.

"좋소이다. 국사를 논할 자리가 아니긴 하오만… 상황이 상황이니만큼 미룰 수가 없겠구려. 여기 모인 대신들께서는 후제에 대하여 각자의 고견을 기탄없이 말해주시오."

안사가 자리에서 일어나 승상다운 기도를 보이며 장중의 대신들을 향해 무거운 목소리로 말했다.

"어험, 소신이 한마디 하겠소."

기다렸다는 듯 커다란 헛기침으로 자신의 존재를 알리며 자리에서 일어난 사람은 우시랑(右侍郎) 두건덕이었다. 그 역시 정인걸과 함께 서화당을 대표하는 대신들 중 한 사람이었다.

"정말 작금의 황실과 조정의 상황은 건국 이래 최대의 난관에 봉착해 있다 해도 과언이 아니오. 불행히도 천상에 드신 황제 폐하께서는 단 한 분의 황자(皇子)도 슬하에 두지 못하고 겨우 공주 한 분을 슬하에 두셨소. 전래에 공주로 하여금 황제의 위를 계승케 한 역사가 없으니 당치 않은 얘기고… 그렇다면 폐하의 아우들인 왕야들로 하여금 적통을 잇게 해야 하는데, 그것이 또 아시다시피 두 왕야께선 이미 불귀의 객이 되신 상황이고 살아계신 목왕전하께선 기약없는 와병 중에 계시오. 자, 작금의 황실 상황이 이러하니 정녕 누굴 용상에 앉게 해야 한단 말이오?"

두건덕이 장중을 둘러보며 물었지만 선뜻 대답하는 사람이 없었다.

정말 작금의 황실은 난망하기 이를 데 없는 상황에 처해 있었다. 다른 대신들이 말이 없자 두건덕이 하던 말을 이어갔다.

"하지만 목왕 전하께서 비록 의식이 없는 와병 중이라고 해도 일단은 목왕 전하께서 황제의 위를 이어야 한다고 생각하오. 병중이라고는 하나 엄연히 황통에서 가장 가까운 존속이시니 말이오. 일단 목왕 전하로 하여금 황위를 잇도록 하여 황제 폐하의 국상을 치르고 난 뒤 시간을 두고 뒷일을 도모하는 것이 옳을 듯하오. 어떻게들 생각하시오?"

두건덕은 일단 목왕으로 황위를 잇게 한 뒤 천천히 후일을 도모하자는 것이었다. 일단 그렇게 미봉을 해놓으면 세력으로 다소나마 우위에 있는 자신의 파가 유리할 것이라 생각하고 있는 모양이었다.

"신, 위정이 한마디 하겠소!"

그때 우렁우렁한 목소리와 함께 몸을 일으킨 사람은 형부상서(刑部尙書) 위정이었다.

원래 그는 변경에서 군사들을 지휘하던 무관 출신이었는데, 작년에 황명으로 형부상서에 부임하여 하루아침에 입신양명한 인물이었다. 무관 출신답게 철탑 같은 강건한 몸을 자랑했는데, 소견을 발표하는 목소리도 전전이 울리도록 유별나게 컸다.

"신, 형부상서 위정은 냉궁에 계시는 황후 마마를 후제로

천거하는 바이오!"

"……!"

실로 놀라운 발언이었다.

쩌렁한 그의 고함이 전전에 울려 퍼지자 두건덕을 비롯한 서화당 대신들의 얼굴이 황망지경이 되었다. 위정은 주로 동의당의 대변인 역할을 했는데, 이는 동의당의 의견이나 진배 없었기 때문이다.

"무, 무슨 말이오? 지, 지금 황후 마마를 용상에 앉히자고 하셨소?"

혹시 잘못 들은 것이 아닌가 하는 표정으로 정인걸이 자신의 귀를 후비며 위정에게 물었다. 더구나 동의당은 지금까지 줄곧 황제의 사촌인 해왕의 아들 제명 왕자를 황태자로 봉할 것을 주창해 왔기 때문에 정인걸은 위정의 돌연한 주장에 더 당혹할 수밖에 없었다.

"지금 황후 마마께서는 그 누구보다도 높은 덕성을 쌓아 만백성들의 추앙을 받고 있소! 더구나 그분의 현성하신 품성과 명찰한 지혜는 황실과 조정에서도 증명된 지 오래요! 신, 위정은 현 황실의 상황에서 절대로 그분만 한 후제를 찾을 수 없다고 생각하오!"

다시 우렁우렁한 위정의 목소리가 전전을 흔들었다.

"하, 하지만 여인으로 하여금… 더구나 화, 황후라고는 하나 황실의 혈통도 아닌 여인으로 하여금 어찌 황위를 잇게 한

단 말이오! 이, 이건 말도 안 되오!"

"그, 그렇소! 이건 정말 말도 안 되는 주장이오!"

두건덕을 비롯한 서화당 대신들이 말도 안 된다는 표정으로 손을 저었다.

"말도 안 되긴 무엇이 말도 안 된다는 거요! 중국의 선제(先帝)들 중엔 엄연히 황후의 몸으로 황위를 계승하시어 한 시대를 통치하신 측천무후가 계시오!"

"츠, 측천무후라고……!"

위정의 고함이 다시 전전을 흔들었다.

측천무후라는 말이 나오자 서화당 대신들의 얼굴이 하얗게 변해갔다.

측천무후는 당나라 때 후궁으로 황궁에 들어왔다가 황후의 위에 오른 뒤 남편인 황제가 죽자 그 뒤를 이어 황위를 차지했던, 중국 역사를 통틀어도 그 유래를 찾아볼 수 없는 여인이었다.

그 측천무후의 전례를 들어 지금 동의당에서는 황후를 제위에 앉히겠다고 공언하고 있는 것이다.

"이, 이런 말도 안 되는……!"

"지, 지금 이 나라에 또 하나의 측천무후를……!"

서화당 대신들이 낯색이 하얗게 질린 채 말을 잇지 못하고 있었다. 너무나 상상을 초월한 주장을 동의당에서 하고 나왔기 때문이다.

"그리고 이 위정의 의견은 소신을 포함한 동의당 대신들의 전체 합안(合案)이라는 걸 알아두시오!"

위정의 단호하고도 쩌렁한 고함이 한 번 더 전전을 흔들었다.

第四十二章

드러난 금부(金部)와 회주(會主)

◉ 드러난 금부(金部)와 회주(會主) ◉

묘운의 말대로 오십여 리나 더 가서 인공 동굴은 막장을 드러냈다.

막장에 다다르자 평평하게 계속 이어지던 동굴은 위쪽을 향해 급하게 경사를 이루었고, 그 위쪽으로 돌계단이 이어져 있었다.

묘운이 앞장 서서 용사비를 인도하고, 그 용사비의 뒤를 구왕과 흑도천상군이 따르며 일행은 돌계단을 따라 위로 올라갔다.

돌계단의 끝에 이르자 이제 동굴은 더 이어지지 않고 두터운 석판이 천장을 이루고 있었다.

용사비보다 한발 앞서 천장 아래에 다다른 묘운이 그 아래에 설치되어 있는 석벽돌 하나를 조심스럽게 눌렀다.

그러자, 그그그궁!

그것이 기관장치였던 듯 천장을 이루고 있던 석판이 소리를 내며 옆으로 열렸다.

그 석판이 열리자 천장에서 환한 빛이 서광처럼 안으로 비쳐 들어왔다.

"자! 오르십시오, 소회주님! 고대하시던 금부입니다! 회주님께서 기다리고 계십니다!"

열린 천장을 가리키며 잔뜩 상기된 모습의 묘운이 용사비를 향해 말했다.

"……."

환한 빛이 들어오는 밖을 잠시 살피던 용사비가 드러난 밖을 향해 성큼성큼 계단을 올라갔다.

용사비가 올라선 곳은 거대한 대전이었다.

자단목으로 만들어진 초호화 가구들이 곳곳에 배치되어 있었고, 사방의 벽에는 용과 함께 하늘에 사는 신성한 동물 중 하나인 봉황의 그림이 섬세하고도 찬연하게 그려져 있었다. 용사비가 올라온 동굴의 입구는 바로 그 대전의 한가운데 바닥에 나 있었다.

"뭐야, 이 어마어마한 대전은……?"

화려한 대전을 둘러보며 자신을 뒤따라 올라온 묘운에게

용사비가 경계의 빛을 풀지 않은 채 물었다.

"이곳은 자금성입니다, 소회주."

"자금성?"

봉황과 황룡의 문양은 황실이 아니면 쓸 수 없게 되어 있었다.

봉황의 그림과 화려하고 거대한 대전의 꾸밈새에 용사비도 황궁의 대전이 아닌가 하며 의심하던 차였다.

"그, 그럼 금부가 자금성에 있었단 말인가?"

"그렇습니다, 소회주님."

용사비가 이채를 띠며 재차 묻자 묘운이 빙긋 웃으며 고개를 끄덕였다.

"황궁이라고?! 그, 그렇다면 대체 회주는 누구란 말인가?"

금부가 황궁에 있다면 회주 또한 황실의 누구일 터였다. 용사비가 놀라움을 감추지 못하며 묘운에게 다그쳐 물었다.

"저 문을 열고 나가보시지요, 소회주님."

묘운이 빙긋이 웃음 짓는 얼굴로 정면의 현관문을 가리켰다.

"……."

상기된 얼굴로 묘운이 가리킨 현관문을 바라보던 용사비가 곧장 현관문을 향해 스스럼없이 걸어갔다.

왈칵!

현관문 앞에 당도한 용사비는 두 손으로 힘차게 현관문을 활짝 열어젖혔다.

눈앞으로는 푸른 잔디가 깔린 드넓은 정원이 펼쳐져 있었다. 정원 저 너머로 보이는, 솟아 있는 고색창연한 전각들과 웅장한 담장들이 이곳이 황궁임을 알리고 있었다.

그리고 용사비가 열고 서 있는 현관문에 연이어 정원을 가로지르며 나 있는 흰 대리석이 바둑판 문양으로 깔려 있는 길 위에 한 여인이 뒷짐을 지고 서 있었다. 그리고 여인의 옆에는 황후의 호위장군인 노황 장군이 장천도를 세워 들고 철탑처럼 서 있었다.

황금으로 만든 금잔화로 장식된 검은 가발을 쓰고 봉황의 무늬가 화려하게 수놓아져 있는 넓은 소매깃의 녹색 장의는 예사 사람이 착용하는 것이 아니라는 것을 한눈에 알 수 있게 하였는데, 흔들림 없는 뒷모습의 자태는 함부로 침범할 수 없는 고결함과 장중함을 더불어 풍기고 있었다.

"회주님!"

용사비의 뒤에 서 있는 묘운이 휘익! 여인을 향해 몸을 날려갔다.

"흑도천상회의 우천공 묘운이 흑도천상회의 회주님을 뵈옵니다!"

쿵! 소리가 나도록 여인의 뒤, 대리석 바닥에 묘운이 머리를 박으며 부복했다.

"……!"

그것을 보며 용사비가 멈칫 이채를 띠었다.

황궁이 흑도천상회의 금부라는 것도 놀라웠지만 회주가 여인이라는 것은 더 놀라운 일이었기 때문이다.

휘휘휘휙!

더 기다릴 수 없다는 듯 월영영을 비롯한 구왕도 여인의 가까이로 몸을 날려갔다.

"접왕 월영영이 회주님을 뵈옵니다!"

"갈왕 마현탁이 회주님을 뵈옵니다!"

"봉왕 백운아가 회주님을 뵈옵니다!"

월영영을 필두로 구왕도 앞다투어 여인의 뒤로 달려가선 분분히 머리를 바닥에 박으며 부복했다.

묘운과 구왕의 부복이 끝나자 여인이 천천히 고개를 돌렸다.

그러자 그 온화하면서도 범접할 수 없는 차가움을 동시에 가지고 있는 중년 여인, 황후의 얼굴이 용사비에게도 보여졌다.

여인은 당금 황실의 황후 당금령이었다.

열여섯에 황태자비로 황실에 들어와 스물둘에 황후가 되고, 후덕한 황후로 황실의 살림을 이끌어가다 황제의 실정에 분노하여 스스로 냉궁에 자신을 유폐시키며 황제가 깨달음을 얻기를 소망했던 바로 그 황후였다.

현관 앞에 망연히 서 있는 용사비를 돌아보는 황후의 두 눈에서 범접할 수 없는 서기가 서리서리 번져 나왔다.

"어, 어서 예를 올리십시오, 소회주님! 이분이 바로 당금 황실의 황후이시며 흑도천상회의 회주이신 당금령이십니다!"

묘운이 부복한 채 용사비를 향해 소리쳤다.

"……!"

복장과 기도를 보고 예사롭지 않은 여인임은 짐작하고 있었지만 묘운이 여인의 정체가 황후임을 알리자 용사비의 두 눈이 놀라움으로 부릅떠졌다.

"이리 가까이 오너라."

놀라움을 감추지 못한 채 망연히 서 있는 용사비를 향해 황후가 조용히 입을 열었다.

낮은 음성이었지만 그 목소리에는 거부할 수 없는 위엄이 담겨 있었다.

"……."

무엇엔가 홀린 듯한 얼굴을 한 채 용사비가 여인을 향해 다가갔다.

"네가 바로 흑도천상회의 소회주 용사비로구나. 능지호의 안목이 크게 나쁘지 않았구나. 한눈에 보아도 준걸이야."

다가온 용사비를 훑어보는 황후의 얼굴에 만족스런 미소가 피어 올랐다.

"이제 너는 무림의 지존, 나는 이 나라를 다스리는 무후가 된다. 흑도천상회는 무림과 황실의 역사를 통틀어 황실과 무림을 동시에 지배하는 최초의 집단이 될 것이야."

고래로부터 황실과 무림은 상호불가침의 원칙을 지키고 있었다.

무림의 정과 사, 그리고 각파의 분할과 대립은 황실이나 관에서 관할하기 어려울 정도로 복잡다난했고, 그래서 황실은 아주 특별한 일이 아니면 무림의 일에 관여하지 않고 무림 또한 황실이나 관의 비위를 거슬리지 않으려고 노력했다. 가능하면 서로를 존중해 주고 서로에게 존중받는 그런 관계를 유지해 온 것이 관례였던 것이다.

그런데 지금 황후는 황실과 무림을 동시에 지배하겠다고 선언하고 있었다.

역사를 통틀어 없던 일이었다. 황후는 지금 누구도 꿈꾸지 못했던 새로운 역사를 쓰려 하고 있는 것이었다.

"회주께 경배를! 용사비는 장강의 물이 마르는 그날까지 회주께 하복(下復)하고, 죽어서도 흑도천상회의 충혼의백이 되겠습니다."

쿵!

용사비가 황후의 태산같은 기도 앞에 자기도 모르게 바닥에 머리를 박으며 부복했다.

"흑도천상(黑道天上) 만인지복(萬人之服)!"

용사비의 뒤를 이어 정원으로 나온 구천에 달하는 흑도천상군이 황궁이 떠나갈 듯한 합창과 함께 황후를 향해 머리를 바닥에 박았다.

흑도천상군과 구왕, 용사비가 머리를 박은 그 앞에 선 황후의 모습은 정말 만인지상의 모습이었다.

드넓은 정원을 검은 물결처럼 가득 메운 채 부복하고 있는 흑도천상군을 굽어보며 황후가 오연한 미소를 지었다.

"사제의례(師弟儀禮)인 구배(九拜)를 올리겠사옵니다."

머리를 박고 있던 용사비가 공손하게 몸을 일으켰다.

무공이나 재량을 전수하는 것을 떠나 일파의 회주와 소회주는 사제지간이 되는 것이 우선이었는데, 그런 절차가 없었던 것이 생각난 것이다. 무림에서는 새롭게 사부를 모시게 될 때 제자가 구배, 즉 아홉 번의 큰절로써 예를 차리는 것이 관례였다.

"소회주, 지금 의례 따위나 차리고 있을 상황이 아니다."

절을 하려는 용사비의 행동을 황후의 차가운 목소리가 가로막았다.

"지금 황실은 국상을 당하여 삼공육부의 대신들이 본 후와 목왕의 후제 계승 문제를 두고 논란이 뜨거운 상태다. 지금 곧장 흑도천상군을 끌고 전전으로 가거라. 그곳에선 지금 본 후를 지지하는 동의당과 목왕을 지지하는 서화당이 치열한 논쟁을 벌이고 있다. 모두 상복을 입고 있지만 우리 편인 동의당은 가슴에 붉은 수실을 달고 있다. 가슴에 붉은 수실을 달고 있지 않은 자는 흑도천상회와 본 후의 적이다. 누구를 막론하고 저세상으로 보내줘라."

동의당과 서화당의 후제를 두고 벌이는 격론은 결론이 나지 않고 계속되고 있었다. 워낙 두 파의 세력이 팽팽한 것도 문제였지만, 후제를 정하는 것에서 밀리면 자파는 끝장이라는 위기감을 가지고 있었기 때문에 어느 한쪽이 쉬이 물러서지 않았다. 냉궁에서의 황후의 온화한 모습은 간 데 없었다. 얼음처럼 황후는 냉혹한 표정으로 차근차근 용사비에게 명령을 내렸다.

"존명!"

용사비가 두 손을 맞잡고 포권하며 머리를 숙였다.

"구문 제독이 이끄는 황실호위대가 전전을 지키고 있지만 그들의 힘은 미미하다. 그들을 쓸어버리고 목왕을 후제로 세우려는 간신들을 멸살하면, 그 후의 천하는 흑도천상회의 것이다! 황실과 무림을 통틀어 흑도천상회의 세상이 되는 것이야!"

차가운 목소리에서 웅혼한 목소리로 변하며 황후의 목소리가 부복하고 있는 구천의 흑도천상군 무리 위로 메아리처럼 울려 퍼졌다.

"흑도천상회 만세!"

"회주님 만세!"

"와아아아!"

부복하고 있던 흑도천상군이 일어나 황후를 향해 황궁이

떠나갈 듯한 환호와 함께 만세를 불렀다. 모두들 천하에 흑도 천상회의 세상이 도래한 듯 지극한 기쁨으로 상기된 모습이었다.

"환호는 전전의 간신들을 쓸어버린 뒤 본 후가 용상에 앉은 뒤에 해도 늦지 않다! 소회주는 어서 흑도천상군을 이끌고 전전으로 가거라!"

황후가 흑도천상군의 환호에 동조하지 않으며 용사비를 향해 차갑게 소리쳤다.

"그럼 사제의례는 간신들을 척살한 뒤에 올리겠사옵니다! 가자!"

용사비가 황후를 향해 다시 한 번 예를 표하고는 불끈 전신에서 차가운 살기를 피워 올리며 흑도천상군을 향해 주먹을 불끈 들어 보였다.

"흑도천상회 만세!"

"소회주님 만세!"

"와아아아!"

이번엔 용사비를 향해 흑도천상군들이 일제히 기세를 드높이며 환호했다.

"제가 전전으로 인도하지요!"

이곳은 황후가 머무는 태화궁(太和宮)이었다. 전전으로 향하는 동문 쪽으로 노황 장군이 장천도를 불끈 쥔 채 앞장섰다. 그 또한 황후의 야망을 위해 일찍부터 발분해 온 사람 중의 하나였다.

"……!"

그런데 노황 장군을 필두로 동문으로 향하던 흑도천상회의 무리가 주춤했다. 그들이 향하던 동문에서 일단의 무리가 몰려 나오고 있었기 때문이다.

"세상 일이 모두 황후의 뜻대로만 되지는 않을 것이오!"

놀랍게도 동문에서 황후가 있는 태화궁의 대정원을 향해 쩌렁한 목소리와 함께 모습을 드러낸 것은 목왕이었다.

"목왕야! 다, 당신이 어떻게……!"

정말 목왕이 이곳에 나타나리라고는 전혀 생각지 못했으므로 얼음처럼 냉정하던 황후의 기도도 크게 흔들렸다. 나타난 목왕의 모습을 다시 확인하며 황후가 믿을 수 없다는 표정을 지었다.

"허허, 언제고 이렇게 황후께서 본색을 드러낼 날이 있을 줄 알았소. 그날이 바로 오늘이었구려."

목왕이 전혀 환자 같지 않은 정연한 모습으로 황후를 바라보며 너털웃음을 지었다.

그 뒤로 봉령 공주와 구표, 수백 명의 금영대 무사들이 따르고 있었고, 그들의 머리 위로 금영대의 황금색 깃발이 펄럭였다.

"……."

현재의 상황이 납득되지 않는 듯 하얗게 질린 채 황후가 다시 목왕의 모습을 살폈다. 정말 몇 년째 혼수상태에 빠져 있던 목왕이 맞는지 확인하는 듯했다.

"그, 그럼… 목왕, 당신은 나를 속이기 위해 지금까지 죽어가는 모습을 하고 침상 위에서 지내왔던 것인가요?"

애써 정신을 가다듬으며 황후가 목왕을 향해 물었다.

"그렇소."

여유로운 웃음을 잃지 않는 모습으로 목왕이 고개를 끄덕였다.

"그렇게 다 죽어가는 모습으로 침상 위에 널브러져 있지 않았더라면 본 왕도 황후, 당신의 손에 불귀의 객이 되었을 것이오. 황제 폐하나 두 왕야처럼 말이오."

"……!"

이어진 목왕의 말에 다시 한 번 황후의 기도가 흔들렸다.

"목왕아, 왕야의 말은 본 황후가 황제 폐하와 두 왕야를 죽이기라도 했다는 것처럼 들리는데, 무슨 근거로 그런 험한 말을 하는 것이오?"

흔들리던 황후가 싸늘한 기운을 풍겨내며 차가운 목소리로 목왕을 쏘아보며 되물었다. 지금까지의 온화하던 황후에게서는 볼 수 없었던 얼음처럼 차갑고 살기 어린 눈빛이었다.

"이 령아가 황후 마마께서 작금의 상황을 이해하시는 데 어려움이 없도록 도와드릴게요."

냉랭한 말과 함께 앞으로 나선 것은 봉령 공주였다. 금영대의 황금색 무복을 단정하게 차려입고 등에는 영현제가 금영대주로 임명할 때 직접 하사했던 현천신검을 차고 있었다.

"그리고 본녀의 말은 황실의 법을 집도하시는 의금부의 최량 부시랑께서 함께 확인한 일이라는 것도 함께 알아두셨으면 해요."

과연 황후가 다시 보니 황실의 법을 집도하는 최량 부시랑이 목왕의 옆에 서 있었다. 그 최량 부시랑을 따르는 일백여 의금부 무사들도 무장을 갖춘 채 최량과 함께 출동해 있었다.

의금부에는 최량을 비롯해 세 명의 부시랑이 있는데, 그중 최량은 황실의 혈족들 간에 일어난 범법을 다스리는 부시랑이었다.

"황후의 천인공노할 행위가 여러 가지이지만, 그중 가장 큰 죄는 뭐니 뭐니 해도 황제 폐하를 시해한 것이겠죠."

"……."

봉령이 차갑게 말하자 황후의 미간이 파르르 떨렸다.

"무슨 말도 안 되는 소리냐, 봉령! 황제 스스로 황음에 빠져서 그리 된 것은 만천하가 다 아는 일인데."

황후가 흔들리던 표정을 삽시에 감추곤 차가운 눈빛으로 봉령을 노려보았다.

"선정을 베푸시던 황제 폐하께서 황음에 빠지시게 된 것은 바로 황후, 당신이 폐하가 드시는 수라상의 음식에 탔던 구음백화정분(九陰百花情粉) 때문이에요."

"……."

봉령이 차가운 얼굴로 황후를 가리키며 소리쳤다. 구음백
화정분이라는 말이 봉령의 입에서 나오자 차갑게 가라앉았던
황후의 얼굴이 다시 극렬하게 흔들렸다.

"구음백화정분은 음기가 강한 백 가지 약초에서 채취한 약
재로써 특별한 최음 성분을 내포하고 있는데, 이것에 중독되
게 되면 누구든 통제할 수 없는 색정에 빠져들게 되고 정상적
인 사고력을 잃게 되죠. 황후, 당신은 폐하의 수라상을 점검
하는 환관을 꾀어서 미량의 구음백화정분을 폐하께서 드시는
음식에 타는 수법으로 폐하를 구음백화정분에 중독되게 했어
요. 그래서 성군이시던 황제 폐하를 폐군(廢君)으로 만들고,
종내에는 양기가 고갈되어 붕어하시게 하는 결과를 만들었어
요."

봉령의 차갑고도 준엄한 말이 계속 이어졌다. 이어지는 봉
령의 말에 따라 황후의 얼굴이 붉어졌다 하얘졌다 하며 극심
하게 흔들렸다.

"흥! 잘도 지어내는구나, 봉령!"

더는 두고 볼 수 없다는 듯 황후가 냉소를 흘리며 봉령의
말을 소리쳐 잘랐다.

"이미 당신의 꼬임에 빠져 황제 폐하의 수라상에 구음백화
정분을 탔던 환관 임춘식은 의금부의 뇌옥에 잡혀 있으니 내

말이 지어낸 얘긴지 아닌지는 곧 알 수 있을 거예요."

"……."

임춘식이 잡혀 있다는 말을 듣자 황후의 얼굴이 다시 하얗게 질려갔다. 거기에 아랑곳없이 봉령의 준엄한 말은 계속 이어졌다.

"다음은 본녀에게 백부가 되는 건왕 전하와 정왕 전하에 대해서 이야기하겠어요. 결과적으로 말해서 그 두 분도 황후, 당신이 붕어케 한 거예요."

"무, 무슨 헛소리를 하는 것이냐, 봉령! 이미 건왕을 시해한 것은 정왕으로 밝혀져 의금부의 심판까지 받았거늘!"

봉령이 건왕과 정왕을 거론하자 황후가 펄쩍 뛰며 강하게 반발했다.

이미 정왕이 건왕을 시해한 것으로 의금부에서 결론을 내리고 형을 집행하였으니, 이에 대해 반론을 제기하는 것은 의금부의 시행착오를 지적하는 것이나 마찬가지였다.

"정왕의 오체분시 형집행을 지휘했던 최량 부시랑이 여기 있는데, 그럼 의금부의 조사가 잘못되었던 것이란 말이냐?"

봉령의 뒤에 서 있는 최량을 가리키며 황후가 강한 어조로 반발했다.

"흐흑, 죽여주십시오, 전하."

그때, 최량이 갑자기 목왕을 향해 털썩! 두 무릎을 꿇으며 부복했다.

"의금부의 부시랑이며 황실의 집정관으로서 분별력을 잃고 무고한 정왕 전하를 극형으로 다스린 소신의 패행을 지금 이 자리에서 지엄히 다스려 주옵소서. 이 최량이 죽을 죄를 지었나이다, 흐흐흑."

최량이 목왕을 향해 부복한 채 복받치는 격정을 감당할 수 없는 듯 흐느꼈다.

"그것은 우리 모두가 황후의 간계에 놀아난 탓이었던 것으로, 결코 최 부시랑의 탓만이 아니니 그만 일어나시오."

목왕이 흐느끼는 최량의 어깨를 두드리며 조용히 최량을 달랬다.

정왕이 건왕을 시해한 것으로 결론을 내린 것은 의금부와 황실 전체가 판단하여 내린 것으로, 정왕이 죽은 것이 결코 형을 집행한 최량의 잘못이라고 할 수 없는 것이었기 때문이다.

"모두 같이 무슨 수작을 부리고 있는 것이냐? 건왕을 죽게 만든 자단목 침상을 만든 장인 한정에게 사주한 것은 정안궁의 대종사관 막정필임이 밝혀졌거늘! 그로 인해 정왕이 사주한 일임이 밝혀진 것이거늘!"

최량까지도 지난날의 판단이 잘못되었다고 나서자 황후의 당혹감은 더 높아졌다.

당시 금영대와 의금부의 조사에서 장인 한정이 자신에게 자단목 침상을 수주한 자를 그린 초상화로 정왕이 기거하는 정안궁의 대종사관 막정필임이 밝혀졌다. 그로 인해 막정필이 지독한 고문 끝에 정왕이 사주한 일임을 고백했고, 막정필도 정왕과 더불어 오체분시의 극형을 받았다.

"맞아요, 그것이 정말 우리 금영대나 의금부의 크나큰 실수였죠. 한정이 그린 초상화만 믿고 그에게 수주한 사람이 막정필이라고 단정한 것 말이에요. 이 또한 알고 보니 당신이 계획적으로 한 일이더군요. 한정에게 막정필과 같은 얼굴을 그리게끔 연습시켜 두었다가 한정이 잡히자 수주한 사람의 얼굴을 막정필의 얼굴로 그리게 했고, 우리 모두는 당신의 간계에 넘어가고 말았죠. 그래서 두 왕야를 모두 잃는 불행한 일을 만들고 말았어요. 이 일에 대한 것도 의금부에 구금되어 있는 한정에게서 직접 확인하실 수 있을 거예요. 한정도 이미 자신의 크나큰 과오를 인정하고 가슴을 두드리며 참회하고 있으니까요."

"……."

황후는 한정을 시켜 건왕을 시해할 계획을 세웠다.

그런데 만약 일이 잘못될 경우에 대비해 정왕을 사주자로 몰아갈 계책을 하나 더 만들어놓았던 것이다. 일거에 두 왕야를 제거할 계책이었고, 그 계책은 당시에는 멋지게 맞아떨어졌던 것이다.

하지만 한정이 막정필을 그리게 한 일까지 실토를 했다면 황후로서도 더 이상 변명할 여지가 없었다. 스스로도 돌이킬 수 없는 상황이라는 것을 안 듯 황후의 안색이 급속히 굳어졌다.

"황제 폐하께서 황자가 없는 것을 기회로 자신이 황제의 위를 이을 야심을 품고 음약을 이용하여 성군을 패군으로 만들어 종내에는 붕어케 하고, 간계로써 두 왕야를 더불어 붕어케 한 죄만으로도 천인공노할 만한 것이거늘, 현덕한 황후인 양 냉궁에 기거하며 무림의 밀파(密派)와 손을 잡고 반란의 거사까지 도모해 온 죄, 황후는 실로 건국 이래 최대의 역적이라 아니할 수 없군요. 당신의 거짓 옥면(玉面)에 속아 한때나마 당신을 존경했다니… 제 좁은 안목에도 통분이 일어나는군요."

봉령이 황후의 죄를 열거하며 피어오르는 분기를 가눌 수 없는 표정으로 황후를 노려보았다. 자신을 비롯해 황실의 사람들은 물론이고 백성들까지 오랜 세월을 황후의 이중성에 놀아난 것에 걷잡을 수 없는 화가 치밀었던 것이다.

"흐흐훗, 그렇게까지 전모가 드러났다면 이제 더 이상 구차하게 변명하지 않겠다!"

이제 더 이상의 가식은 필요 없다는 듯 지금까지의 현덕한 황후에게서는 도저히 나올 수 없는 야릇한 웃음을 토해냈다.

"황실이든 무림이든 천하의 질서는 힘이 세우는 것! 내가 비록 황제의 피를 잇지는 않았으나 오늘부로 명대의 황실에 새 질서를 세우리라! 무후 당금령의 이름으로! 그리고 흑도천상회의 이름으로!"

황후가 주먹을 불끈 쥐며 여자의 말씨라고는 느껴지지 않는 웅후한 용성을 토해냈다. 이제 더는 비틀고 피하지 않고 정면으로 봉령과 목왕을 상대하여 자신의 야망을 이루겠다는 것이었다.

고오오오!

용성을 토하는 황후의 전신에서 감추어져 있던 내기가 휘황한 광휘와 함께 피어올랐다. 봉령은 황후에게서 피어 나오는 광휘가 예사로운 기운이 아님을 한눈에 알아챘다.

"드디어 본색을 드러내는구나! 대명황실의 이름으로 반역의 무리들을 제압하라!"

최량이 의금부의 무사들을 향해 황후를 가리키며 단호한 명령을 내렸다.

"존명!"

차차차창!

의금부의 무사들이 일제히 우렁찬 고함과 함께 메고 있던 장검을 뽑아 들었다.

"잠깐만요!"

황후를 향해 돌진하려는 의금부의 무사들을 제지한 것은 봉령이었다. 봉령은 황후의 뒤에서 눈을 번뜩이고 있는 용사비와 구왕, 흑도천상군에 주목했다. 이대로 의금부 무사들이 행동을 개시한다면 절대로 가만히 있지 않을 무리들이었다.

무공의 수위는 차치하고 수적으로도 금영대와 의금부의 무사들은 흑도천상군의 상대가 될 수 없었다. 봉령은 가능하면 양편의 모든 전력이 나서서 맞부딪치는 것을 막아야 한다고 생각했다.

"지금 황후를 제외한 저 사람들은 무림의 사람들이에요. 황실과 무림은 상호불가침이 원칙이에요. 저 사람들까지 우리 금영대나 의금부가 취조할 필요는 없다고 봐요. 어디까지나 우리가 취조할 사람은 황후 한 사람이라는 것을 알아두세요."

봉령이 황후와 그 뒤의 용사비 무리와 흑도천상군의 행동을 예의주시하며 최량에게 말했다. 황후 외에 무림에 적을 둔 용사비나 흑도천상군은 간여하지 말라는 간접적인 예시가 들어 있는 말이었다.

"황후의 신병은 이 봉령이 직접 접수하겠어요! 황제 폐하께서 내려주신 현천신검으로요!"

촤앙!

봉령이 어깨에 메고 있던 현천신검을 뽑아 들며 황후를 향해 한 발 앞으로 나섰다.

"흐흐흐흐흐흣!"

황후에게서 더욱 야릇한 웃음소리가 터져 나왔다.

후우우우우우!

더불어 두 눈에서 피어 나오는 섬뜩한 살기와 전신에서 광휘처럼 피어 나오던 기운은 둥근 달 같은 모양을 형성해 황후를 감싸고 있었다.

"봉령, 네 따위가 감히 나를 제압할 수 있을 것이라고 생각하느냐?"

후우우우!

불꽃처럼 일어난 붉은 기운에 휩싸인 채 섬뜩한 살기를 피워내는 모습의 황후가 봉령을 가리키며 소리쳤다.

"현천신검의 이름으로 황실의 반역자 당금령을 체포하겠다!"

파아앗!

순간 봉령이 뾰족이 소리치며 현천신검을 내밀고 황후를 향해 쏘아져 갔다.

콰아아아!

황후를 향해 쏘아져 가는 봉령의 현천신검에서 줄기줄기 서광이 뻗어 나와 황후를 공격해 갔다.

바로 그 순간,

쉬이이잇!

황후를 향해 닥쳐드는 봉령과 황후 사이로 한 인영이 번개같이 닥쳐들었다.

콰아앙!

굉음과 함께 황후를 향해 뻗어 나가던 현천신검의 검기가 인영이 쏘아낸 반탄강기에 맞아 봉령 쪽으로 되튕겨져 나왔다.

"웃!"

자기도 모르게 비명을 지르며 봉령이 흠칫 뒤로 물러났다. 자신의 앞으로 쏘아든 인영의 반탄강기에 자신의 현천신검에서 쏘아져 간 기운이 자신을 향해 되돌아왔기 때문이다. 단지 되돌려져 왔을 뿐만 아니라 그 사이로 쏘아든 인영이 자신의 어떤 기운을 보태기라도 한 듯 훨씬 강력해져 있었다.

투타타탕!

봉령이 물러나며 되돌아온 검기를 현천신검을 좌우상하로 휘둘러 다급히 쳐냈다. 그러고도 몇 걸음을 더 물러난 뒤에야 주르륵! 두 발로 바닥을 끌며 간신히 몸의 균형을 잡으며 멈춰 설 수 있었다.

"대주님, 괜찮으십니까?!"

구표가 황급히 봉령의 곁으로 달려가며 물었다.

"저리 비켜!"

자존심이 잔뜩 상한 듯 봉령은 얼굴을 붉히며 다가오려는 구표를 손을 흔들어 제지했다.

황후를 공격하려던 봉령을 가로막은 사람은 용사비였다.

용 무늬가 그려진 붉은 장포를 휘날리며 오연한 모습으로 황후의 앞을 막고 우뚝 서 있었다.

"흥! 황후가 끌어들인 중원 밀파의 우두머리인 모양이구나! 황실의 일에 끼어들지 않았으면 했건만, 본 공주를 공격하다니, 크게 책벌을 받을 것이다!"

봉령이 냉소를 짓곤 용사비를 노려보며 소리쳤다.

"중원 밀파가 아니라 흑도천상회라 불러주시오."

용사비가 철탑처럼 우뚝 선 모습으로 봉령을 굽어보며 말했다.

"그리고 흑도천상회의 회주는 소생이 아니라 여기 계신 황후 마마이시오. 소생은 그 뒤를 이을 소회주 용사비이고. 회주께서 위급한 상황인데 어찌 그 제자나 다름없는 소회주가 가만히 있을 수 있겠소. 아무리 황실과 무림 사이에 상호불가침의 원칙이 있다고 해도 말이오."

"……!"

용사비가 흔들림없는 얼굴로 말했다. 용사비의 말에 봉령은 흠칫, 다시 한 번 놀라고 있었다.

황후가 단순히 흑도천상회라는 중원 밀파와 손을 잡고 황위를 찬탈하는 데 조력을 구하려 하는 줄로 알고 있었지, 설마 중원무림 밀파의 우두머리까지 되어 있으리라고는 미처 생각지 못하고 있었던 것이다.

'황후의 대계는 대체 어디까지 미쳐 있는 것이란 말인가?'

봉령이 떨리는 마음을 감춘 채 황후를 다시 바라보았다.

아버지인 목왕과 최량 부시랑과 함께 태화궁에 올 때는 황후에 대해 충분히 파악할 만큼 했다고 생각했는데, 황후는 봉령이 생각하는 것 이상의 준비를 하고 있었다. 무후가 되기 위하여 자신의 딸까지 죽이고 이십 년의 장책(長策) 뒤에 황제의 뜻을 이룬 측천무후가 생각나 봉령은 오싹한 느낌마저 들었다.

콰악!

흔들리는 자신의 마음을 다잡기라도 하듯 봉령이 현천신검을 다시 불끈 잡아쥐었다.

"좋다! 흑도천상회인지 흑도지옥회인지 감히 황실의 반역자에 조력하고, 신성한 황실의 경내에 마족(魔足)을 들인 죄! 붕어하신 황제 폐하께서 친히 내려주신 현천신검으로 묻겠다!"

봉령의 뾰족한 고함과 함께 쿠우우우! 서리서리 휘황한 검기가 뻗어 나오는 봉령의 현천신검이 용사비를 향했다.

"좋을 대로!"

여유로운 웃음 한자락을 피워 올리며 용사비가 내리고 있던 두 손을 뒤로 돌려 뒷짐을 졌다. 아예 봉령을 상대로 생각지도 않는다는 표정과 행동이었다.

"치잇! 감히!"

그 행동이 봉령을 자극한 듯했다.

파앗!

봉령의 발이 땅을 박찬다 싶은 순간 그녀의 몸이 유성처럼 하늘로 솟아올랐다. 방금 전 경험한 용사비의 반탄강기를 직접 맞부딪치기보다는 상공에서의 우회 공격을 택한 것 같았다.

눈 깜짝할 새에 봉령의 몸이 용사비의 머리 위로 삼십여 장 이상을 솟구쳤다.

"백락구연(魄落九淵)!"

봉령이 날카로운 기합과 함께 치켜들었던 검을 내려쳤다.

콰아아아!

동시에 검에서 혼백처럼 투명한 강기가 용사비를 향해 벼락처럼 떨어져 내렸다.

백락구연은 황실의 삼대검법(三大劍法) 중에서도 가장 위맹하고 까다로운 검법인 현천구십구식(玄天九十九式)의 한 구절이었다. 이미 황실의 가장 뛰어난 신공인 만류귀원신공을 이룬 봉령은 검에다 만류귀원신공의 기운을 담아 검기로 발출하는 법을 터득하고 있었다. 혼백이 연못으로 떨어져 내린다는 백락구연의 뜻처럼 보기에는 대단치 않아 보였지만, 떨어져 내리는 검기에는 땅을 가를 것 같은 위맹한 강기가 담겨 있었다.

콰아아아!

벼락 같은 검기가 자신의 앞으로 닥쳐드는 동안에도 용사비는 빙긋이 떠올라 있는 웃음과 뒷짐을 지고 있는 두 손을 풀지 않았다. 대신 그의 전신에서는 다른 사람의 눈에는 보이지 않는 투명한 호신강기가 일어나고 있었다.

콰아아아!

용사비의 몸에 가까워질수록 쏘아져 간 봉령의 검기는 더 위맹해졌다. 봉령의 검기가 용사비의 몸통을 난타하여 몸이 산산이 찢겨 나가는 듯 보였다.

하지만 아니었다.

콰콰콰쾅!

용사비의 몸을 난타한다 싶었던 검기들은 용사비의 바로 앞에서 튕겨지며 쏘아져 왔던 방향으로 비산해 갔다.

콰콰콰콰콰콰!

검기는 발출되었을 때보다 훨씬 더 위력적으로 변해 있었다. 단순히 검기를 튕겨낸 것이 아니라 튕겨내는 그 순간에 용사비는 자신의 진기를 순간적으로 담았던 것이다.

"……!"

폭풍 같은 위력이 담겨 되튕겨져 오는 자신의 검기에 봉령이 놀라 다급히 몸을 빼려 했지만 대처하기에는 이미 늦은 듯했다.

콰콰콰콰콰콰!

되튕겨진 검기들이 봉령의 전신을 폭풍처럼 휩쓸고 지나갔다.

"아앗!"

비명과 함께 검기에 찢긴 봉령의 옷 조각들이 허공에 흩날렸다.

"령아!"

"공주님!"

"대주님!"

목왕, 최량, 구표가 동시에 안색이 변하며 봉령을 소리쳐 불렀다.

검기에 충격을 입은 봉령이 비틀거리며 흔들리는 모습으로 땅에 내려서고 있었다.

다행히 패왕갑의를 입고 있어 옷의 여기저기가 찢기긴 했지만 신체에 위해를 입지는 않은 듯했다.

"무형(無形)의 강기벽이라! 생각보다 대단한 수준이구나, 괴수!"

아랫입술을 질끈 물며 봉령이 아무 일도 없었다는 듯 여유로운 모습으로 서 있는 용사비를 쏘아보았다.

"하지만 대국을 다스리는 황실이 그렇게 호락호락할 거라고 생각하면 큰 오산이야!"

뾰족한 고함과 함께 봉령의 두 눈이 섬뜩하게 빛났다. 동시에, 고오오오! 봉령의 몸에서도 둥근 공 같은 기운이 휘황하게 일어나고 있었다.

고오오오오오!

봉령을 감싼 채 일어나는 휘황한 둥근 기운이 점점 커지면서 봉령의 몸이 그 둥근 기운이 커가는 만큼 바람을 탄 연처럼 허공으로 둥실 떠올라갔다.

"만류(萬流)의 기운은 지체(肢體)로 귀원(歸元)한다!"

봉령의 쩌렁한 고함과 함께 고오오오오오! 봉령의 몸에서 일어난 휘황한 둥근 기운은 허공중에서 터질 듯 부풀어 올랐다. 봉령이 만류귀원신공을 극성으로 끌어올리고 있었다.

'저 아이가 황실제일신공인 만류귀원신공을 이루었다니! 큰소리치는 이유가 있었구나!'

황후는 만류귀원신공을 일으킨 봉령을 보며 놀라움을 금치 못하였다.

황후도 암암리에 황실의 무공에 대해 많은 시간을 연구했기에 만류귀원신공이 황실의 삼대신공 중에서도 최고의 신공으로, 보통 사람은 평생의 공을 들여도 이루기 어려운 신공임을 알고 있었던 것이다.

고오오오오오!

봉령이 만류귀원신공의 광휘 안에 담긴 채 둥실둥실 비누방울처럼 허공을 격하여 용사비 쪽으로 날아갔다.

"혼유검저(魂流劍底)!"

일갈과 함께 광휘 안에서 봉령이 검을 찔러냈다.

콰아아아!

봉령의 검에서 한가닥 투명한 얼음조각 같은 검기 하나가 솟구쳐 나왔다.

콰아아아!

봉령의 검끝에서 솟구쳐 나온 검기가 봉령을 감싸고 있는 둥근 기운을 꿰뚫고 나오는 순간, 놀라운 일이 벌어졌다.

콰아아아아아!

봉령의 검끝에서 발출된 검기에 만류귀원신공의 기운이 전이된 듯 검기는 유성처럼 커지고 폭풍처럼 강맹해졌다.

"……!"

강맹해진 봉령의 검기가 자신의 앞으로 들이닥치자 여유롭기만하던 용사비의 표정도 멈칫 굳어졌다.

콰콰콰쾅!

봉령의 검기와 용사비의 무형의 방호강기가 엄청난 굉음을 내며 부딪쳤다.

"후웃!"

타다닷! 용사비가 신음을 토하며 움찔 뒤로 몇 걸음 물러났다. 방호강기가 검기의 위력을 감소시키기는 했으나 전신에 닥쳐든 검기를 다 막지는 못한 모양이었다.

펄럭펄럭!

검기에 잘린 듯 용사비의 붉은 장포 몇 자락이 바람에 실려 날아갔다.

"흐으, 내 무형탄강벽(無形彈剛壁)을 뚫다니. 제법이군, 공주."

용사비가 봉령의 검기가 의외였던 듯 씁쓸한 웃음을 지었다.

고오오오!

몇 걸음 물러난 용사비를 향해 여유를 주지 않겠다는 듯 둥근 기운에 싸인 봉령이 다시 닥쳐들고 있었다.

"겁이 없구나, 공주! 섬문포권(閃門砲拳)!"

광오한 외침과 함께 다가오는 봉령을 향해 용사비가 두 주먹을 불끈 쥐고 앞으로 뻗어냈다. 섬문포권은 흑도천상회의 독문권술인 홍옥금강권(紅玉金剛拳)의 한 초식이었다.

쿠아아아아!

용사비의 두 주먹에서 붉은 모양의 권형(拳形)이 생겨나더니 삽시에 커다란 바윗덩이처럼 커지며 봉령을 향해 뻗어 나갔다.

콰아앙! 콰앙!

두 권형이 봉령을 감싸고 있던 둥근 기운을 통타했지만 봉령에게 아무런 충격도 주지 못하고 둥근 기운에 맞으며 튕겨져 나왔다.

"……!"

회심의 일격이 봉령에게 아무런 충격도 주지 못하자 용사비의 얼굴에 일순 당혹스런 표정이 일어났다.

"나가는 기운에는 신공의 기운을 보태고, 들어오는 기운은 절대 용납치 않는 것이 만류귀원신공의 묘리! 이건 쉽지 않겠구나!"

황후도 그 모습을 보며 표정이 더 굳어지고 있었다.

고오오오오오!

용사비의 약세를 본 듯 봉령이 둥근 기운에 든 채로 용사비를 향해 다시 쏘아져 갔다.

"유유잔혼(悠悠殘魂)!"

츄파파파파파!

일갈과 함께 뻗어낸 봉령의 검끝에서 수십 가닥의 검기가 발출되었다.

쿠아아아아아!

발출된 검기들은 또 원형의 기운을 통과하면서 위력적인 모양으로 변했다.

콰콰콰콰콰쾅!

수십 가닥의 검기가 용사비의 근방으로 유성의 비처럼 떨어져 내렸다.

"후웃!"

용사비가 황망성을 토하며 황급히 몸을 휘돌려 정신없이 검기의 유성들을 피해냈다.

"매영동혼(梅影同魂)!"

쿠콰콰콰콰콰!

이번엔 봉령의 검에서 매화꽃 같은 검기들이 피어나더니 황망해하고 있는 용사비를 향해 쏘아져 갔다. 화산파의 매화검법을 응용해서 만든 초식인 모양이었다.

"허엇!"

파파파파팡!

다시 매화검기가 비처럼 떨어져 내리자 용사비는 정신없이 검기들을 피해냈다. 누가 봐도 봉령이 기선을 제압한 모양이었다.

"대주님 만세!"

"그대로 끝내 버려요, 대주님!"

"와아아아!"

그것을 보며 금영대의 대원들이 환호해 댔다. 반대로 구왕과 흑도천상군은 용사비가 연속해서 밀리자 당혹한 표정을 감추지 못했다.

"홍! 결국 밑천을 보여줘야 한단 말이지!"

그 순간 용사비가 입술을 질끈 물었다.

그리고는 두 발을 바닥에 굳게 딛고 합장의 자세를 취했다.

"……?"

한창 공격을 받던 상황에서 돌연히 부동자세를 취한 용사비를 보며 사람들이 의문스런 표정을 지었다.

만류귀원신공과 현천구십구식으로 용사비를 몰아쳐가던 봉령도 의아하기는 마찬가지였다.

용사비의 자세는 공격할 테면 공격해 봐라, 라는 식이었기 때문이다.

"홍! 천주부동(天柱不動)으로 버텨보겠다는 건가? 어디 얼마나 버티나 보자!"

봉령이 냉소하며 현천신검을 치켜들었다.

고오오오!

치켜든 현천신검에서 휘황한 광휘가 뭉게뭉게 피어 나오고 있었다.

"다라니 망가망가 아뎀나와 디워니 상가……!"

바로 그때, 합장의 자세를 취한 용사비의 입에서 내용을 알 수 없는 독경 소리가 울려 나왔다.

"상가상가 다리나 상가 와야와야 데야나와 다리나 사와……!"

입을 크게 벌려서 읊는 용사비의 독경 소리는 메아리처럼 장중을 진동시키며 대정원에 울려 퍼졌다.

"웬 독경……?"

용사비를 공격하기 위해 현천신검을 치켜들었던 봉령이 난데없는 독경 소리에 멈칫 동작을 멈추고 의아한 표정을 지었다.

"온데온데 사와라 디미디미 가야와디 온데미 사와라 나와……!"

용사비에게서 독경 소리가 이어지며 그의 몸에서 휘이이이! 투명한 강기가 빛살처럼 일어나기 시작했다.

"엔디엔디 아디와 데시다 와야 엔디이 데이 데이 가사와나야……!"

휘이이이이!

용사비의 독경 소리가 계속되면서 그의 몸에서 뻗어 나오던 투명한 강기가 회오리를 일으키며 사방으로 불어 나오기 시작했다.

"후웃! 어, 엄청난 냉기다!"

"이, 이게 무슨 조화야?"

휘이이잉!

용사비에게서 불어 나온 냉기가 한겨울의 북풍처럼 주변에 있는 사람들에게 몰아치자 사람들이 몸을 움츠리며 황망해했다.

"다니엔디 나오다 엔디 나와다디다디 엔디이꼬 다와다 인디……!"

휘이이잉!

용사비의 독경 소리가 계속되자 불어 나오는 냉풍은 더욱 거세졌다.

쉬이이잉!

용사비에게서 일어난 냉풍은 북풍한설 같은 기세로 장중의 사람들에게로 휘몰아쳐 갔다.

"으읏! 모, 몸이 얼어버릴 것 같은 냉기야!"

"저, 정말 뼛속이 다 시릴 지경이야!"

휘이이잉!

용사비의 냉풍에 노출된 장중의 사람들이 몸을 움츠린 채 사시나무 떨듯이 몸을 떨어댔다.

"아오아오 가시다이 야이세이 엔데이 엔데 사아와 엔데이……!"

휘이이잉!

계속되는 용사비의 독경과 함께 냉풍만이 불어 나오는 것이 아니었다.

쩌어어엉!

합장을 하고 서 있는 용사비의 몸도 독경과 함께 얼음덩이처럼 투명한 모습으로 얼어가고 있었다.

쩌어어엉!

완전히 하나의 얼음덩이처럼 용사비의 몸이 투명한 얼음 모양으로 변형이 완료되었을 때 독경이 끝났다.

"소, 소회주가 얼음덩이처럼 변했어!"

"저것도 무슨 무공의 일종인가?"

고일역근경에 대한 지식이 없는 흑도천상군이 용사비의 모습을 보며 놀라운 표정을 지은 채 웅성거렸다.

묘운을 비롯한 구왕들 몇몇만이 회심의 미소를 지은 채 그 모습을 지켜보고 있었다.

그것은 바로 용사비가 첩산의 냉풍동에서 이룬 당대 최고의 무공, 고일역근경을 시행한 것이었기 때문이다.

"……?"

만류귀원신공의 둥근 기운 안에서 그 모습을 보고 있던 봉령과 목왕, 금영대원들이 얼음처럼 변한 용사비의 괴이한 모습에 잔뜩 의혹 어린 표정을 지었다.

'독경으로 이끌어낸 무공이라니! 번져 나온 기운이나 지금의 모양으로 보아 굉장히 음랭(陰冷)한 무공 같은데!'

봉령이 의혹 어린 표정으로 용사비를 주의깊게 살폈다.

'어디 반응을 보자!'

봉령이 입술을 질끈 물며 다시 현천신검을 치켜들었다.

고오오오!

다시 현천신검에서 빛살처럼 찬연한 위맹한 검기가 번져 나왔다.

하지만 봉령이 공격 자세를 취하는 데도 얼음처럼 변한 용사비는 여전히 두 손을 합장한 채 돌부처처럼 서 있었다.

입에서 나오던 독경 소리도 멎은 채 오싹한 냉기만이 용사비의 몸에서 찬연하게 번져 나오고 있었다.

"비성도혼(飛星渡魂)!"

쿠파아아!

다시 봉령의 검끝에서 유성 같은 검기가 용사비를 향해 쏘아져 나왔다. 역시 봉령을 감싸고 있는 둥근 기운을 벗어나면서 만류귀원신공의 검기는 더욱 강맹해졌다.

고오오오오오!

유성 같은 검기가 여전히 합장한 부동의 자세로 서 있는 용사비를 꿰뚫을 기세로 쏘아져 갔다.

그런데 그때, 놀라운 일이 벌어졌다.

스아아아앗!

용사비를 향해 쏘아져 간 검기가 용사비를 꿰뚫기는커녕 용사비에게로 흡수되기라도 한 듯 삽시간에 소멸되어 버린 것이었다.

"……!"

생각지 못한 상황에 봉령을 비롯한 고일역근경의 묘리를 알지 못하는 사람들이 흠칫 눈을 홉뜨며 대경했다.

"서, 설마 내 검기를 흡수라도 한 건가!"

봉령이 아연한 얼굴로 용사비를 바라보았다.

고일역근경은 중(重), 즉 무거움의 결정체였다.

무거움이란 단단함과도 상통하지만, 사실 그 극치는 흡인력에 있다. 무거움이 크면 그만큼 인력도 커지게 되는데, 고일역근경은 무거움의 극치로 다른 모든 기운을 끌어들이는 묘리로 운용되는 무공이었다. 봉령이 용사비를 향해 쏘아낸 검기도 용사비가 고일역근경으로 이룬 중력에 흡수되어 버린 것이었다. 그리고 흡수된 것은 고스란히 용사비의 무거움에 보태어져 용사비의 능력을 배가시키는 역할을 했다.

"어디, 다시 한 번!"

파아아앗!

이 상황이 납득이 안 되는 듯 봉령이 다시 현천신검을 용사비를 향해 휘둘렀다.

츄파아아아아!

봉령이 뻗어낸 검기가 다시 만류귀원신공의 테두리를 통과하며 더 강맹해졌고, 이번에는 회오리 같은 검기를 형성해 용사비에게 뻗어갔다.

스아아앗!

그러나 아까와 같은 현상이 또 일어났다. 용사비의 몸을 박살 낼듯 짓쳐들던 회오리 같은 봉령의 검기는 용사비의 몸에 닿는 순간 순식간에 소멸되어 버렸다.

"이, 이럴 수가! 정말 저자의 몸으로 검기가 흡수된다!"

봉령이 도저히 믿을 수 없다는 표정을 지으며 황망성을 토했다.

"나다나다 웬디 마디마디 나다와 웬디 고웬나리……!"

돌연 용사비가 중단했던 독경을 다시 외기 시작했다.

휘이이잉!

그러자 다시 용사비에게서 살을 에는 냉풍이 불어 나오기 시작했다.

"냉철수(冷鐵手)!"

츄파앗!

냉풍에 휘감겨 있던 용사비가 두 손을 합장한 자세 그대로 앞으로 뻗어냈다. 그러자 용사비의 두 손에서 얼음처럼 투명한 손 모양의 강기가 폭풍 같은 기세로 한풍을 휘몰며 쏟아져 나왔다.

콰아아아아아!

그 강기는 한풍을 휘몰며 허공에 떠 있는 봉령을 향해 폭풍처럼 쏘아져 갔다.

"서, 설마……!"

지금까지와는 사뭇 다른 기세에 만류귀원신공의 둥근 기운 안에 들어 있는 봉령의 얼굴에 흠칫 긴장의 빛이 어렸다.

쿠콰콰쾅!

쏘아져 온 손 모양의 강기와 봉령에게서 일어나 있는 만류귀원신공의 둥근 기운이 굉음을 내며 부딪쳤다.

"우흡!"

봉령이 충격을 받은 듯 신음을 토하며 눈을 흡떴다. 용사비의 강기에 자신을 보호하고 있던 만류귀원신공의 둥근 기운이 깨져 버린 것이었다.

"으으윽……!"

만류귀원신공의 둥근 기운이 사라지자 허공중에 떠 있던 봉령이 균형을 잃고 끈 떨어진 연처럼 아래로 추락하기 시작했다.

"려, 령아!"

목왕이 그런 봉령을 보며 황망한 고함을 토했다.

"대주님!"

타앗!

바닥으로 떨어지는 봉령을 향해 구표가 바닥을 박차고 비호처럼 몸을 날려갔다.

파앗!

다행히 바닥에 처박히기 직전의 봉령을 구표가 두 손으로 낚아채 잡았다.

파팟!

구표가 봉령을 안은 채 몸을 한 번 회전시켜서는 안전하게 땅으로 착지했다.

"령아! 괜찮으냐?"

목왕이 안타깝게 소리치며 봉령 쪽으로 달려오고 있었다.

"놔!"

순간, 봉령이 자신을 안고 있는 구표의 팔을 홱! 뿌리치곤 바닥으로 훌쩍 내려섰다.

"내가 저 괴수에게 지면 황실이 무너진다! 이건 대명황실의 이름을 걸고 하는 싸움이야! 중원 밀파의 괴수 따위에게 황실의 안마당을 내줄 순 없어!"

봉령이 입가에 흐르는 피를 닦으며 불끈 현천신검을 다시 잡고 용사비를 향해 섰다. 다행히 가벼운 내상 정도에 그친 모양이었다.

쿠우우우우우!

봉령이 다시 만류귀원신공을 극성으로 끌어올리고 있었다. 그리고는 거침없이 용사비를 향해 나아갔다.

"잠깐만요, 공주!"

바로 그때, 귀에 익은 목소리가 공주의 뒷덜미를 잡았다.

"이 목소린……?"

봉령이 놀라 뒤를 돌아보았다. 목소리의 주인은 이곳 황궁에서 볼 수 있는 사람이 아니었기 때문이다.

목소리의 주인은 봉령의 생각대로 은영매루의 루주 검매홍이었다.

검매홍이 동문을 향해 막 들어서고 있었는데, 그 검매홍의 뒤를 철장을 든 노승과 백의의 청년이 따르고 있었다.

"거, 검루주! 여, 여길 어떻게……?"

검매홍과 면식이 있는 봉령과 구표가 동시에 놀라고 있었다.

"아니, 저놈은……!"

그리고 들어서는 세 사람을 보며 놀란 사람이 또 한 명 있었다. 용사비였다.

용사비가 놀란 것은 검매홍의 노승과 함께 검매홍의 뒤를 따라 들어온 백의 무복의 사내 때문이었다. 그는 놀랍게도 용사비 자신과 오정대연을 펼쳤던 유옥이었기 때문이다.

"저자가 지금 사용하고 있는 무공은 흑도무림의 최고무예라 할 수 있는 고일역근경이에요, 공주."

세 사람이 공주를 향해 다가왔다. 그리고 검매홍이 공주를 향해 계속 말을 이었다.

"공주의 무위가 정천에 달해 있지만 저자만큼은 당할 수 없을 거예요. 저자를 상대할 사람은 따로 있어요. 고일역근경을 상대할 수 있는 유일한 정도 무공이 달마역근경인데, 여기 그 달마역근경의 화후를 이룬 사람이 있거든요, 공주."

"달마역근경의 화후를 이룬 사람이 있다구요?"

검매홍의 말에 봉령이 믿을 수 없다는 표정으로 되물었다.

공주도 달마역근경에 대해서는 익히 들어 어느 정도는 알고 있었기 때문이다. 달마역근경은 소림 무술의 시조인 달마대사가 창안한 무공으로, 정도무림 최고의 무공이지만 무림의 역사를 통틀어 그 누구도 그 화후를 이룬 적이 없다고 알고 있었다.

"바로 이 청년이에요."

검매홍이 유옥을 가리켰다.

용사비가 진산으로 알고 있는 바로 그 유옥이었다.

"……!"

봉령도 그제야 유옥을 확인하고는 멈칫 놀랐다.

이미 고구소축과 불해사에서 두 번에 걸쳐 면식이 있던 청년이었기 때문이다. 그때와는 너무나 달라진 기도와 복장 때문에 선뜻 유옥을 알아보지 못한 것이다.

"이 사람은 개방 오의파의 후개 후보라는, 고구소축에서 봤던 그때 그……!"

"맞아요. 바로 그 사람이에요. 하지만 이제 이 청년은 그때와는 엄청나게 다른 일신의 변화를 겪었어요. 공주께서 보았던 그때의 그 청년이 아니라는 거죠."

봉령이 유옥을 알아보자 검매홍이 유옥을 가리키며 여유로운 웃음을 지은 채 말했다.

"옥아, 초면이 아니니 공주님께 직접 인사를 드리도록 해라."

검매홍이 유옥에게 생긋 웃음을 지어 보이며 공주를 가리켰다.

유옥은 두 번이나 공주를 만난 적이 있었지만 한 번은 제정신이 아니라서, 한 번은 경황이 없어서 인사를 나누지 못했다.

"무림말학 유옥이 공주님을 뵙습니다."

유옥이 한 발 앞으로 나서 봉령을 향해 포권지례를 취했다. 두 번에 걸쳐 봉령이 보았던 유옥과는 다른 어엿한 무림인의 기도가 유옥에게서 풍겨 나왔다.

"그리고 이 대사님은 소림 방장 무허 대사님이에요. 이 청년이 달마역근경을 익힐 수 있도록 조력을 아끼지 않으신 분이죠."

검매홍이 이번엔 무허 대사를 가리켰다.

"나무아미타불 관세음보살. 빈승이 부족하여 무림을 도탄지경으로 빠뜨리고 황실까지 혼란에 들게 하였나이다."

무허 대사가 봉령을 향해 합장을 하며 불호를 외웠다. 정도
무림의 수장이랄 수 있는 소림 방장으로서 흑도천상회의 발
호를 막지 못한 책임을 표현하고 있었다.

"어찌 대사님만의 책임이겠어요. 지금도 절대 늦지 않았으
니 황실과 정도무림이 힘을 합쳐 악도들을 분쇄해야지요."

봉령도 가볍게 읍을 하며 무허 대사에게 인사를 받았다.

"제대로 된 인사는 황실까지 쳐들어온 악도들을 물리친 뒤
에 해야 할 듯하군요."

검매홍이 목왕을 의식하며 장중을 둘러보며 말했다.

왕야가 가까이 있으니 제대로 인사를 차려야 하나 지금 그
럴 자리가 아니었기 때문이다.

순간, 누가 시키지도 않았는데 유옥이 뚜벅뚜벅 거침없는
걸음으로 용사비 앞으로 걸어나갔다.

第四十三章

양웅불구립(兩雄不俱立)

◉ 양웅불구립(兩雄不俱立) ◉

걸어나간 유옥이 용사비의 앞으로 우뚝 마주 섰다.

얼음처럼 차가운 고일역근경을 일으키고 있는 용사비와 마주 서자 유옥이 아무런 기운을 일으키지 않았는 데도 불구하고 두 사람의 기도가 팽팽하게 맞서 태화궁의 정원을 가득 채우는 듯 보였다.

"진산, 이놈! 끝까지 이 용사비가 가는 길에 초를 치겠다는 거냐?"

살기가 이글거리는 눈으로 용사비가 마주 선 유옥을 잡아 먹을 듯 쏘아 보았다. 비록 아무런 기운을 일으키지 않았지만 용사비도 마주 선 유옥에게서 범상치 않은 기도를 느끼고 있었다.

"난… 진산이 아니야."

담담히 말하는 유옥의 눈동자가 푸른 가을하늘처럼 맑았다.

유옥의 피부는 모태에서 갓 나온 아기처럼 깨끗했으며 표정에는 일체의 번뇌도 없어 보였다.

"진산이 아니라고?"

"난 감숙성 매래현의 찢어지게 가난한 마을 유가촌에서 태어나 주린 배를 잡고 자란 유옥이야. 굶어 죽지 않기 위해 마을에서 나와 거지가 되었고, 일반 거지보다 나은 거지가 되기 위해 개방도를 소원했어. 그러다 호 장로님을 만났고… 어쩌다 진산 행세를 하게 되다가 너와 오정대연을 치르기도 했는데, 그건 절대로 내 뜻이 아니었어."

"……!"

유옥의 말은 조용했지만 알 수 없는 현기가 들어 있어서 멀리까지 퍼져 나갔다. 유옥의 이어지는 말에 용사비가 다시 흠칫 놀랐다.

"그, 그럼 호 장로가 널 진산 대신 오정대연에 내보냈다는 거냐?"

"맞아. 전혀 내 의도와는 상관없이 진산이란 이름으로 백죽대에 올랐었지."

대답하는 유옥의 얼굴에서 지난날의 기연을 회상이라도

하는 듯 가벼운 미소가 피어올랐다.

"하지만 지금은… 지금 내가 용사비, 네 앞에 선 것은 단연
코 내 의도에 의한 것이라는 것을 알려주고 싶군."

유옥의 얼굴에 피어올랐던 미소는 삽시에 사라졌다.

대신 냉엄해진 표정, 정연해진 시선으로 용사비를 바라보
았다. 그 시선 속에 알 수 없는 분노가 깃들어 있음을 용사비
는 알 수 있었다.

"흐으, 네 의도에 의한 것이라……. 그럼 내게 갚아야 할
원한이라도 있다는 거냐?"

스산한 웃음을 피워 올리며 용사비가 가소롭다는 표정을
지었다.

"물론."

유옥이 당연하다는 표정으로 고개를 끄덕였다.

"난 너와 오정대연 외에 사적으로 지은 원한이 없는데……?"

"네가 흑도천상회라는 나쁜 놈들이 모인 집단의 소회주이
니까."

"흑도천상회가 왜 나쁜 모임이라는 거지?"

"흑도천상회는 한낱 쇠붙이 마패 하나를 차지하기 위해
나의 큰아버지를 비롯한 수십 명의 마을 사람들을 죽게 했
어."

"흐흐, 대(大)를 위해 소(小)가 희생되는 건 어쩔 수 없는 세
상의 이치다. 네가 보기엔 한낱 쇠붙이였는지 몰라도, 천상마

패는 그만한 값어치가 있는 것이었지."

"세상에 사람의 목숨보다 값어치 있는 것이 있다고는 생각지 않아."

"흐흐, 그것도 사람에 따라서가 아닐까? 사람에 따라서 벌레만도 못한 목숨도 있고, 하늘만큼 고귀한 목숨도 있고……."

"절대로 우리 마을 사람들의 목숨이 벌레만도 못하다고 생각하지 않아. 그리고 흑도천상회는 정말 내게 하늘만큼이나 소중한 또 한 사람의 목숨을 앗아갔어."

"그게 누군데?"

"평생을 함께하기로 했던 내 아내, 내 처를 죽게 했어."

두말할 것도 없이 은소소를 말하는 것이었다. 그 말을 하면서 맑게 개어 있는 하늘처럼 맑던 유옥의 두 눈에서 불꽃같은 살기가 피어올랐다.

고오오오오!

유옥의 전신에서도 그 내용을 알 수 없는 맑은 현기가 피어올랐다.

유옥은 아직도 은소소가 대화양조장에서 죽었다고 생각하고 있었다.

그리고 그것은 유옥이 달마역근경을 이루고 이곳에서 투지를 불태우게 하는 원동력이 되었다.

"흐흐흐흐!"

현기를 피워내는 유옥을 보며 용사비가 섬뜩한 웃음을 흘려냈다.

"그래서 나와 흑도천상회를 분쇄해서 아내와 마을 사람들의 원수를 갚겠다고? 뜻은 가상하다만, 감히 이 용사비의 앞을 막은 귀결이 어떻게 나는지 어디 보자."

섬뜩한 말을 뱉으며 용사비의 전신에서 쉬이이이! 더욱 가공한 냉기가 불어 나왔다.

쉬이이이이이잉!

지금 용사비에게서 불어 나오는 것은 냉기가 아닌, 냉풍이었다.

한겨울의 한풍 같은 차가운 바람이 소리를 내며 용사비의 몸에서 뿜어져 나왔다.

"허어엇! 추워!"

"정말 이게 무슨 조화냐! 계속 맨몸으로 맞다간 동사할 수도 있는 찬바람이다!"

용사비에게서 불어 나오는 바람에 휩싸이며 금영대원들과 의금부 무사들이 사시나무 떨듯 몸을 떨며 옷깃을 여몄다.

휘이이이이이잉!

그 냉풍을 가장 강하게 맞는 사람은 용사비의 맞은편에 있는 유옥이었다.

휘이이이이이잉!

용사비에게서 불어쳐 오는 냉풍이 금세라도 유옥을 얼려 버릴 듯 스산한 소리를 내며 그녀의 몸을 휘감았다.

휘이이이이잉!

악마의 손길 같은 냉풍에 휩싸여 있던 유옥이 가만히 두 손을 합장했다.

"고도 마라마라 한다나라나라 다나라 요도나라……."

두 손을 합장한 유옥의 입에서 조용한 경문 소리가 새어 나왔다.

"한디마디 오니나디 화아니 아디 혼디세예 가야니 혼디……!"

일부러 크게 소리를 내는 것도 아니었건만 유옥이 읊는 경문 소리는 태화궁의 드넓은 정원에 청아한 메아리처럼 울려 퍼졌다. 바로 달마역근경의 경문이었다.

"달마역근경이로군요?"

"맞아요."

봉령이 유옥의 경문에 느껴지는 바가 있는 듯 반가이 소리치자 검매홍이 웃음 지은 얼굴로 고개를 끄덕였다.

"내요라나마하간디 야슬나하마 나하간디 요로하나야디 야……!"

이어지는 경문 소리와 함께 유옥의 몸에서 후우우우! 뜨거운 김 같은 기운이 뭉게뭉게 피어 나오기 시작했다.

"하나라야디 가나야디 내온내오야하다디 가야디 아야나라……!"

단지 김같이 보일 뿐만 아니라 김처럼 따스한 기운이 깃들

172 진골후개

어 있었다.

후우우우우우!

유옥에게서 일어난 따뜻한 기운도 용사비에게서 일어나는 냉풍처럼 강맹해지기 시작했다.

후우우우우우우!

곧 유옥의 몸에서 따스한 김처럼 일어나던 기운은 온풍이 되어 소리를 내며 불어 나왔다.

후우우우우우우!

그러더니 용사비에게서 불어 나오고 있는 냉풍과 싸우기라도 하듯 곧장 용사비의 냉풍을 밀어내며 사방으로 몰아쳤다.

쉬이이이이잉!

후우우우우우!

용사비에게서 불어 나오는 냉풍과 유옥에게서 불어 나오는 따뜻한 기운이 허공중에서 부딪치고 뒤섞여 갔다.

"후웃! 이건 따뜻한 기운이다!"

"몸이 다 얼어가는 것 같았는데 사, 살 것 같다!"

"정말 한겨울에 따뜻한 봄 햇살을 맞는 기분이야!"

용사비의 몸에서 뿜어져 나오는 냉풍에 사람들이 살았다는 표정으로 움츠리고 있던 몸을 폈다. 유옥의 몸에서 불어 나온 따뜻한 기운이 용사비에게서 나온 냉풍을 순화시키고 있었던 것이다.

"이, 이놈이⋯⋯!"

용사비는 그제야 유옥의 진가를 알았다.

내기를 발산하여 냉기를 발출하는 것도 쉬운 일이 아니지만 반대로 온기를 발출하는 것도 결코 쉬운 일은 아니었기 때문이다. 유옥이 냉의 극치인 자신의 고일역근경에 맞설 만한 어떤 무공의 화후를 이루었음을 직감한 것이다.

"도호마라마라 수우마라 온도마라 도호라 도호⋯⋯!"

유옥에게 질 수 없다는 듯 용사비도 두 손을 합장한 채 경문을 읊었다.

그러자,

쉬이이이이잉!

더욱 강맹한 냉풍이 용사비에게서 불어 나왔다.

"데베마데 온데니 데예다야 온데니 다야라 하니다야⋯⋯!"

유옥도 계속해서 합장한 채 경문을 읊었다.

후우우우우우!

용사비의 냉풍에 밀리지 않으려는 듯 유옥의 몸에서 불어 나오는 온풍도 기세를 더했다.

쉬이이이이이잉!

후우우우우우우!

용사비에게서 불어 나오는 냉풍과 유옥에게서 불어 나오는 온풍이 회오리를 일으키며 두 사람 사이에서 격렬하게 부딪치고 있었다.

"나무아미타불. 달마 대조사와 고일, 일천 년이나 지난 지
금에서야 달마역근경과 고일역근경으로 후인(後人)들을 통해
서나마 묵은 승부를 가리게 되는군."

그 모습을 보던 무허 대사가 합장을 하며 불호를 외웠다.

달마와 고일은 불가의 사람으로서, 친구로서 중국에 왔지
만 종내에는 흑도천상회와 소림사로 서로 다른 길을 갔다. 달
마가 소림 무술을 창안하며 불승들의 우러름을 받는 빛 속에
있었다면, 고일은 아무도 바라보지 않는 음지에 있었다.

고일역근경은 달마에 비해 외면받던 고일의 한이 담긴 무
공이었고, 달마역근경을 이기기 위해 만든 무공이었다.

"도혼나라 다야니 헨데 야니야니 도혼야디 자아한
디……!"

"하니다야 하니얀디 가하나 얀디 하나하나 나하나 하라다
하……!"

쉬이이이이이잉!

후우우우우우우!

두 사람의 경문 소리와 함께 그들의 몸에서 더욱 강맹하게
일어난 냉풍과 온풍은 둘 사이에서 무서운 회오리를 이루며
팽팽하게 부딪치고 있었다. 합장을 한 채 경문을 외며 온풍과
냉풍을 뿜어내는 두 사람은 기면(嗜眠)에라도 든 듯 정연히
가라앉은 표정을 하고 있었다.

"달마역근경이 온양한 무공의 극치라면, 고일역근경은 음랭한 무공의 극치야. 두 사람 다 고일역근경과 달마역근경의 양경(兩經)과 경위일체(經緯一體)를 이루어 혼원무극(混元無極)의 경지에 든 게야."

무허 대사가 두 사람을 번갈아 보며 남이 들어선 그 내용을 쉽게 알 수 없는 말을 혼잣말처럼 중얼거렸다.

"사람들을 뒤로 물리시오, 공주. 모르긴 해도 지금 이 자리에선 경천동지할 엄청난 일이 일어날 것 같소이다."

"알았어요, 대사님."

두 사람에게서 심상치 않은 낌새를 느낀 무허 대사가 봉령을 향해 말했다.

"무사들을 뒤로 물러나게 해라, 구표."

"존명."

그렇지 않아도 팽팽히 맞서 있는 두 사람에게서 심상치 않은 낌새를 느끼고 있던 봉령이 구표에게 명했다.

"지금의 자리에서 모두 뒤로 백 보쯤 물러나라!"

구표가 명하자 자리를 지키고 있던 금영대원들과 의금부의 무사들이 모두 우루루루! 뒤로 물러났다. 그들과 함께 봉령과 무허 대사, 검매홍도 서 있던 자리에서 뒤로 물러났다.

심상치 않은 낌새를 느낀 구왕과 묘운도 흑도천상군과 함께 뒤로 물러났고, 이제 드넓은 정원의 가운데에는 유옥과 용사비만 남았다.

쉬이이이이잉!

후우우우우우!

용사비와 유옥에게서 일어난 냉풍과 온풍은 계속 회오리를 일으키며 부딪치고 있었다.

"흐흐흐! 고맙다, 애송이! 강자의 역량은 그만한 상대가 있을 때 빛이 나는 법! 마침 주변에는 내 역량을 알아서 소문내줄 만한 사람들이 모여 있으니, 너를 겪어 만천하에 이 용사비의 능력을 알리리라!"

스산한 웃음과 함께 소리치는 용사비에게서 쉬이이잉! 더 강력한 냉풍이 불어 나왔다.

"창천무극(蒼天無極)! 하늘의 기운을 받아들인다!"

이어 용사비가 합장하고 있던 두 손을 하늘을 향해 불끈 치켜들었다.

쿠르르릉!

용사비의 머리 위 하늘에서 천둥소리 같은 굉음이 들려왔다.

고오오오오오!

그리고 아득한 하늘에서부터 용사비를 향해 창천의 기운이 폭포수처럼 쏟아지는 것이 보였다.

"무토근원(巫土槿源)! 땅의 기운을 받아들인다!"

드드드드드드!

순간 용사비 주변의 땅에서 굉음과 함께 지진이라도 난 듯 땅이 흔들리기 시작했다.

드드드드드드!

땅의 흔들림이 더 심해지더니 투두둑! 투둑! 땅거죽들이 터져 나가며 그 안에 있던 땅의 푸른 기운들이 밖으로 터져 나왔다.

고오오오오오!

그 푸른 기운은 곧장 용사비를 향해 회오리 같은 기운을 형성하며 모여들었다.

쿠오오오오오오!

하늘의 기운과 땅의 기운이 용사비에게 폭멸할 듯이 모여들고 있었다.

모여든 기운들은 용사비를 휘감으며 굽이쳐 돌았고, 용사비는 땅과 하늘의 기운으로 충만하여 금방 폭발이라도 할 것 같은 모습이 되어 갔다.

"저런! 놈이 선수를 쳤어!"

그것을 보던 무허 대사가 안타까운 표정을 지으며 소리쳤다.

"고일역근경이나 달마역근경이나 주위의 자연강기를 빨아들이면 그 공력이 극대화되는데, 놈이 먼저 주위의 창천의 기운과 무토의 기운을 다 빨아들여 유옥의 몫을 없애 버렸어!"

무허의 안타까운 탄식이 이어졌다.

"고일무한강기(高一霧寒罡氣)!"

용사비가 쩌렁한 일갈과 함께 하늘을 향해 치켜들고 있던 두 팔을 맞은편의 유옥을 향해 내뻗었다.

콰아아아아아!

엄청난 한기가 담긴 강기가 용사비의 두 팔에서 뻗어 나와 합장을 하고 있는 유옥을 덮쳐 갔다.

콰아아아아아!

용사비의 강기가 순식간에 파도처럼 유옥을 휩쓸고 지나갔다.

쩌어어엉!

용사비의 강기가 지나가자마자 유옥의 전신이 얼음으로 뒤덮였다.

"고일냉혼강기(高一冷魂罡氣)!"

용사비가 틈을 주지 않고 다시 강맹한 강기를 유옥을 향해 밀어냈다.

콰아아아아아!

용사비의 강기가 휩쓸고 지나가자 유옥의 몸은 얼음으로 뒤덮이다 못해 고드름까지 주렁주렁 달렸다.

"어떻게 된 거죠? 고스란히 놈의 냉한강기를 맞고 있다니!"

"나무아미타불. 싸움은 이제 시작입니다. 좀 더 지켜보죠."

그 모습을 보던 검매홍이 안색이 변하며 무허 대사에게 묻자 무허 대사는 무언가 믿는 구석이 있는 듯 불호를 외며 담담한 얼굴로 대답했다.

"고일빙류강기(高一氷流罡氣)!"

콰아아아아!

다시 용사비가 발출한 강기가 유옥을 뒤덮었다.

용사비의 세 번째 냉한강기를 고스란히 맞은 유옥은 얼음에 뒤덮여 그 모습이 보이지도 않는 지경이 되었다.

"어, 어떻게 된 거지? 결국 우리 소회주님의 음랭한 기운이 놈의 온유한 기운을 완전히 제압한 건가?"

멀리서 그 모습을 지켜보고 있던 접왕 월영영이 기대에 찬 얼굴로 소리쳤다.

정말 얼음 속에 있는 유옥의 몸은 완전히 얼어버린 것 같았다.

그러나 아니었다.

츠으으으으으!

유옥의 몸에서 발현된 온유한 기운에 의해 유옥을 뒤덮고 있던 얼음이 삽시에 녹아가고 있었다.

츠으으으으으!

순식간에 얼음이 녹아 목욕이라도 하고 나온 것 같은 맑은 모습의 유옥이 나타났다.

고오오오오오!

감고 있던 눈을 뜨자 그 안의 검은 눈동자가 옥구슬처럼 맑게 빛났다.

"아! 그래요! 저 아인 상대의 강기를 그대로 몸으로 흡수하는 대나이흡공법(大羅利吸功法)을 운용한 거예요! 그래서 방금 선취당한 창천과 무토의 기운을 고스란히 되돌려받았어요!"

"허허, 그렇군요. 루주께서 옳게 본 것 같소이다."

유옥의 모습을 보던 검매홍이 반색을 하며 소리치자 무허대사도 흡족한 미소를 지으며 고개를 끄덕였다.

"이, 이놈이……!"

그제야 상황을 파악한 용사비가 유옥을 쏘아보며 뿌드득! 이를 갈았다.

"으아아아! 죽인다, 이놈!"

순간 용사비가 악에 받친 고함을 지르며 두 손을 불끈 치켜들었다.

쿠아아아아아!

그 치켜든 용사비의 두 손에 거대한 초생달 모양의 강기가 순식간에 형성되는 것이 보였다.

"이 신월강기는 내 신체와 연결된 채 운용되기 때문에 흡공력 따위에 흡수되지 않는다!"

쿠우우우우!

강기로 만들어진 거대한 신월을 두 손으로 잡고 치켜든 채 용사비가 쩌렁히 소리쳤다.

"이야아앗! 받아랏! 고일신월강기는 대지도 두 쪽 낸다!"

콰아아앗!

일갈과 함께 용사비가 치켜들고 있던 신월강기를 유옥을 향해 내려쳤다.

콰아아아아아!

마치 거대한 검처럼 생긴 초생달 모양의 신월강기가 유옥을 위에서 아래로 두 쪽 낼 듯 유옥의 머리 위로 떨어져 내렸다.

콰아아앙!

굉장한 폭음을 내며 유옥을 향해 떨어져 내린 거대한 신월강기가 폭발하듯 유옥을 때렸다. 사방으로 냉음한 기류가 터져 나가며 생긴 희뿌연 냉기에 가려 유옥의 모습은 보이지도 않았다.

"헛!"

"어, 어떻게 된 거야? 당한 건가?"

금영대원들이 그 모습을 보며 분분히 황망성을 토했다. 그대로 유옥이 신월강기에 맞아 박살이라도 난 것처럼 보였기 때문이다.

하지만 아니었다. 희뿌옇던 냉기가 가라앉으며 유옥의 모습이 드러났는데, 그는 머리 위로 떨어진 신월강기를 자신의 바로 머리 위에서 두 손으로 받쳐 잡고 있었다.

"아! 두 손으로 그 무지막지한 강기를 막아냈구나!"

"허엇! 아직 멀쩡하잖아!"

유옥의 그런 모습이 드러나자 기쁨에 겨운 탄식과 안타까운 탄식이 두 진영에서 교차했다.

후우우우우우!

순간, 신월강기를 잡은 유옥의 두 손에서 공력이 발출되기 시작했다.

츠으으으으으으!

마치 뜨거운 불이 얼음을 녹이듯 잡혀 있던 신월강기가 유옥의 두 손에서부터 순식간에 녹기 시작했다.

"어헛!"

자신이 발출해 낸 신월강기를 녹이며 자신을 향해 치고 들어오는 유옥의 온유한 강기를 느낀 용사비가 흠칫 놀라며 뒤로 물러섰다.

"달마열화천강(達磨熱火天罡)!"

순간, 유옥이 쩌렁한 고함을 지르며 쌍장을 밀어냈다.

콰아아아아아!

유옥의 쌍장에서 뿜어져 나온 것은 열화의 기운이 가득 담긴 불덩이였다.

콰아아아아아!

순식간에 불덩이가 된 쌍장이 용사비의 전신을 뒤덮었다.

"후웃!"

용사비가 황망한 신음을 토하며 다급히 뒤로 몸을 물렸다.

그러나 유옥이 발출해 낸 불 기운에 의해 그가 아끼는 붉은 용포 이곳저곳에 불이 붙거나 그을리는 것을 막지는 못했다.

쿠아아아아아!

용사비는 다급히 냉한강기를 몸에서 발출해 자신의 옷에 붙은 불을 껐다.

"이, 이놈이……!"

자신이 아끼는 붉은 용포의 이곳저곳이 타거나 그을려 있는 것에 용사비의 분노가 폭발할 듯 끓어올랐다.

쿠아아아아아!

용사비가 전신이 터져 나갈 듯한 강맹한 강기를 일으켰다.

"고일폭완강(高一暴完罡)!"

"고일폭천강(高一暴天罡)!"

"고일대천강(高一大天罡)!"

"고일역하강(高一逆河罡)!"

"고일망월강(高一網月罡)!"

순식간에 용사비가 쿠콰콰콰콰콰! 다섯 가지의 초식을 외치며 번뜩번뜩 양손을 움직여 폭포수 같은 강맹한 강기를 뻗어냈다.

콰콰콰콰콰쾅!

용사비에게서 뻗어 나온 강기들이 마치 폭격이라도 하듯 두 손을 모은 채 서 있는 유옥을 때려댔다. 용사비의 강기에 유옥의 주변 땅이 터져 나가고 돌덩이가 사방으로 튀며 자욱

한 흙먼지가 일었다.

"……."

봉령 등이 유옥의 안전을 걱정하며 자욱하게 일어난 흙먼지 속을 바라보았다.

하지만 곧 먼지가 가라앉으며 드러난 유옥의 모습은 아무런 일도 없었다는 듯 정연한 모습 그대로였다.

오히려 내재된 기운이 터져 나오기라도 할 듯 충만에 겨운 모습이었는데, 전신에선 여전히 온유한 기운이 은은한 불길처럼 유옥을 감싸 돌고 있었다. 흡정대나이용법으로 용사비의 강기를 고스란히 흡수하고 있었던 것이다.

그에 반해 용사비는 자신의 옷이 그을리면서 이성을 잃어 마구잡이로 발출한 강기로 허기(虛氣)가 생겨 헉헉! 가쁜 숨을 쉬고 있었다.

"그런 식으로는 안 돼, 소회주! 너는 지금 놈의 간계에 놀아나고 있는 거야!"

헉헉! 가쁜 숨을 쉬고 있는 용사비를 향해 고함을 지른 것은 놀랍게도 멀찍이 떨어져 그 모습을 보고 있던 황후였다.

"……."

그 지적에 용사비는 순간 자신의 잘못을 깨달았다.

"심기(心氣)가 좌우하는 강기 대결을 지양하고 근신공박을 펼치는 것이 좋겠어!"

황후의 훈수가 이어졌다.

두 사람의 공력과 그 공력으로 만들어내는 강기의 대결은 두 사람의 공력이 워낙 팽팽했기 때문에 심기가 우위에 있는 사람이 우세를 점할 가능성이 높았다.

심기의 강함은 그 사람이 살아온 내력과도 무관치 않은데, 배 굶기를 밥 먹듯이 한 어린 시절부터 빌어먹는 거지로, 그리고 호연패를 만나면서 겪었던 갖가지 역경들에 의해 유옥의 심기는 강철처럼 강해져 있었다.

하지만 용사비는 어릴 때부터 일찍이 정의파의 후개 후보로 점지되어 유아독존으로 정의파의 사람들에게 떠받들어 살아왔기 때문에 작은 일에도 곧잘 심기가 흐트러졌다.

더구나 심기의 싸움은 한번 우세를 점하면 다시 그 우세를 빼앗아오기가 힘들었다. 한번 흔들린 마음은 통제하기가 힘들었는데, 상대의 대응이 더욱 큰 부화를 불러오기 때문이었다.

"……."

황후의 조언을 들은 용사비가 잽싸게 머리를 굴렸다.

황후의 말이 일리가 있었기 때문이다.

사실 유옥이 공력은 높았지만 무사로서의 실제적인 경험, 실제 상대와 목숨을 건 비무의 경험은 무척 적었다.

지난 오정대연에서 용사비와 비겼던 것도 명록수와 금나포악쇄를 동원한 호연패의 작전이 먹혀 무승부라는 귀결을 만들었던 것이지, 유옥의 능력이 용사비와 달아가서 그런 귀결을 만든 것은 결코 아니었다.

몇십 장의 거리를 두고 벌이는 강기의 대결은 공력과 심기가 승부를 가르는 결정적 역할을 하지만, 신체가 맞닿는 가까운 거리에서 주먹과 발로 치고 박는 근신공박에서는 공력보다 경험과 기교가 더 큰 역할을 하게 된다.

황후의 조언이 옳다고 생각한 유옥은 즉시 그것을 행동에 옮겼다.

파앗!

용사비가 딛고 있던 땅을 박차고 유옥을 향해 몸을 날렸다.

몸을 날렸다 싶은 순간, 벌써 용사비의 몸은 유옥의 앞에 당도해 있었다.

지난날 오정대연에서 써먹기 위해 고신사무에게 배웠던 귀신같은 신법, 귀변팔법을 운용한 것이다.

"……!"

돌연한 용사비의 행동에 조용히 흡정대나이용법으로 자신의 몸속으로 들어온 용사비의 기운을 조용히 갈무리하고 있던 유옥이 흠칫 놀랐다.

"개산권(開山拳)!"

유옥의 앞으로 닥쳐들자마자 용사비의 주먹이 번개같이 유옥의 가슴팍을 향해 뻗어갔다.

퍼퍼퍼퍽!

그것은 한 발로 그치지 않고 연환타로 이어졌다. 순식간에 네 방의 주먹이 유옥의 가슴팍을 연타했다.

"흐읔!"

돌연한 근접 공격에 방비할 준비를 하지 못한 유옥이 그대로 난타당하며 주춤 뒤로 물러났다.

"철환각(鐵還脚)!"

퍼억!

물러나는 유옥의 면상을 용사비의 강철 같은 발이 화살처럼 쫓아가 꽂혔다.

"우욱!"

유옥이 충격을 받으며 뒤로 다시 주춤 물러났다.

근신공박에서 뒤로 물러나는 것은 가장 불리한 행법이었다.

그런 유옥을 쫓아 쉬이잇! 용사비가 바람처럼 따라 들어갔다.

파파파팟!

그 기세를 이용해 용사비가 유옥을 향해 연속으로 발차기를 해댔다.

퍼퍼퍼퍽!

물러나는 유옥의 면상과 몸통에 연속해서 용사비의 발차기가 먹혀 들어갔다.

파파파팟!

철환각이 다시 연환각(連環脚)으로 이어져 연속적으로 유옥의 면상과 몸통을 걷어차 갔다. 그야말로 유옥이 정신을 차릴 틈을 주지 않는 연환 공격이었다.

"저런! 달마역근경을 운용하던 천주부동의 자세를 채 풀지도 못하고 기습을 당했군요!"

"경험과 기교가 우선시되는 근신공박이라면 우리 아이가 불리할 텐데……!"

검매홍과 무허 대사가 용사비에게 밀리는 유옥을 보며 당황해했다.

용사비와의 싸움은 고일역근경, 즉 경기의 싸움이 될 것이라 생각했다. 그리고 이런 근신공박의 난타전을 벌이게 되는 것에 대한 대비는 생각지 못했던 것이다.

퍼퍼퍽! 파파파팍!

마치 바람개비처럼 용사비의 주먹과 발이 연속적으로 유옥을 때려갔다. 유옥의 면상에서 피가 튀었지만 유옥은 용사비의 주먹과 발을 피해 물러나기에 바빴다.

"전신쌍파각(全身雙破脚)!"

용사비가 우세를 점한 김에 아예 결판을 낼 작정인 모양이었다. 파앗! 두 발에다 잔뜩 경력을 실어서는 몸을 날려 두 발을 모듬지어 유옥의 가슴팍을 차갔다.

떠엉!

마치 쇠북을 때리는 것 같은 굉음을 내며 모듬발을 맞은 유옥이 끈 떨어진 연처럼 튕겨져 날아갔다.

"아……!"

봉령이 자기도 모르게 안타까운 탄성을 질렀다.

쾅당탕!

삼십여 장을 튕겨져 날아간 유옥이 정원 잔디밭에 사정없이 처박혔다.

"끝내준다, 애송이!"

잔디밭에 처박힌 채 정신을 차리지 못하고 있는 유옥을 향해 어느새 번뜩 귀변팔법으로 움직여 온 용사비가 덮쳐들고 있었다.

쾅아아아!

경기가 잔뜩 실린 용사비의 두 손이 정신을 차리지 못하고 있는 유옥의 목줄을 향하고 있었다. 그렇게 두 손으로 유옥의 경동맥을 눌러 완전히 유옥을 제압할 속셈인 모양이었다.

"아! 안 돼!"

다시 봉령의 입에서 안타까운 탄성이 터져 나왔다.

쾅악!

하지만 다행히 용사비의 손에 잡힌 것은 유옥의 목이 아니었다.

유옥이 가까스로 두 손을 내밀어 용사비의 두 손을 맞잡았던 것이다.

이제 두 사람은 두 손을 깍지 낀 모습으로 용사비가 유옥의 위에 올라탄 형국이 되었다.

"죽인다, 이놈!"

우우우우웅!

용사비가 깍지를 낀 채 고일역근경의 공력을 운기해 유옥을 공격했다. 손과 손이 맞닿아 있으니 맞닿아 있는 혈맥을 통해 공력을 밀어 넣어 유옥에게 치명상을 입히려 한 것이다.

우우우우웅!

하지만 이에 유옥도 지지 않고 달마역근경의 공력을 두 손으로 운기해 냈다.

쿠쿠쿠쿠쿠쿠!

두 사람의 공력이 맞잡고 있는 두 손에서 불꽃을 일으키며 부딪쳤다.

쿠쿠쿠쿠쿠쿠!

그렇게 두 손을 맞잡은 채 공력과 공력의 싸움을 벌이며 유옥이 서서히 몸을 일으켜 세웠다.

쿠쿠쿠쿠쿠쿠!

이제 두 사람은 마주 선 상태로 두 손을 맞잡고 극렬한 공력 싸움을 벌이고 있었다. 공력이 맞부딪치는 두 손에서 일어난 불꽃같은 기운은 이제 두 사람의 전신으로 번져 갔다.

드드드드드드드!

가공한 두 사람의 공력이 직접 맞닿아 부딪치니 그 진동은 정말 엄청났다. 불꽃같은 기운은 두 사람의 몸 밖으로도 번져 나와 그들이 서 있는 주위의 땅까지 지진이라도 난 듯이 흔들어댔다.

"다시 공력 대결로 들어갔군요!"

"허허, 공력 대결이라면 우리 아이에게 절대로 불리할 게 없지요."

무허 대사가 다행이라는 듯 여유로운 웃음을 지었다.

두 사람의 공력은 가히 고일역근경과 달마역근경을 이루기 전에도 백 년 공력에 달해 있었다. 거기다 공력의 절정이라고 할 수 있는 고일역근경과 달마역근경의 화후를 이루자 두 사람의 공력은 가히 이백 년 공력에 달하였다.

그런 두 사람의 엄청난 공력이 직접 맞닿아 부딪치니 그 파장은 정말 엄청났다.

드드드드드드!

두 사람의 공력이 직접적으로 부딪치고 있는 부분, 맞잡고 있는 손에서부터 시작된 불꽃같은 기운은 두 사람의 주변으로 번져 나가면서 그 주변의 허공뿐 아니라 지축까지 흔들어댔다.

드드드드드드!

주변의 땅거죽이 일어나 흔들리고 돌덩이들이 사방으로 튀어 올랐다.

그런 가운데에서도 두 사람은 사력을 다해 맞잡은 두 손으로 공력을 밀어 보내고 있었다.

이런 공력 대결에서는 조금만 밀려도 상대의 공력이 혈맥을 타고 치고 들어와 엄청난 내상을 입기 때문에 조금도 방심할 수가 없는 것이다.

"이 떨거지 같은 놈! 왜 결정적인 순간에 나타나 내 앞길을 막는 거냐?"

쿠우우우우우!

있는 힘을 다해 공력을 밀어 보내며 바로 앞의 유옥을 잡아먹을 듯한 표정으로 노려본 용사비가 소리쳤다.

"나도 내가 어쩌다 이렇게까지 됐는지 잘 몰라!"

쿠우우우우우!

역시 용사비와 맞잡은 손을 통해 있는 힘을 다해 공력을 밀어 보내는 모습의 유옥이 용사비의 말을 맞받아쳤다.

"다만 분명한 것은 이 세상에는 선악이 있고, 나도 이젠 그 정도는 구분할 줄 아는 안목이 생겼다는 거야!"

"그렇다면 네가 선이고 내가 악이라는 거냐?"

"내가 보기엔 그래! 정도무림이라는 곳도 전혀 문제가 없는 것은 아니지만, 흑도천상회는 아니야! 흑도천상회가 세상을 장악하게 되면 사람들이 지금보다 훨씬 더 살기가 힘들어질 거라는 건 확실해!"

"어리석은 놈! 무림이나 황실이나 정의를 내리는 것은 힘센 자, 더 큰 세력을 가진 자이다! 정도라는 것이 무엇이냐? 일찍이 구대문파가 무림을 장악한 뒤에 그들이 지배하는 세상이 정도라고 정의한 것일 뿐이다! 그들보다 먼저 흑도천상회가 무림을 장악했다면 흑도천상회의 세상이 정도가 되었을 거야! 이제는 마땅히 무림을 지배하는 주역이 바뀔 때가 되었어! 흑도천상회는 지금보다 훨씬 살기 좋은 세상을 만들 거다!"

"웃기지 마! 하여간 나는 내 큰아버지와 마을 사람들을 죽게 만들고, 내 아내까지 내 곁에서 떠나보낸 너희 흑도천상회가 세상을 지배하는 꼴은 못 봐! 내가 죽기 전에는 말이야!"

"어리석은 놈! 어디 누가 여기서 꼬꾸라지는지 보자!"

유옥은 유옥대로 큰아버지와 마을 사람들, 거기다 자신의 아내 은소소의 목숨까지 앗아간 흑도천상회에 처절한 한이 있었다. 용사비 역시 오정대연에 이어 이곳에서까지 자신의 앞길을 막는 유옥과의 악연에 치를 떨고 있었다. 두 사람은 정말 악이 받칠 대로 받쳐 있었다.

쿠쿠쿠쿠쿠쿠쿠!

악에 받친 두 사람이 자신들이 가지고 있는 공력을 모두 다 끌어올렸다.

있는 공력을 다 끌어올려 부딪치자 두 사람에게서 파생되어 나오는 기운은 더욱 가공해졌다.

쿠쿠쿠쿠쿠쿠!

두 사람이 딛고 있는 땅거죽이 그들에게서 파생된 공력에 의해 파여 나가며 사방으로 돌덩이와 흙가루가 날렸다.

쿠쿠쿠쿠쿠쿠!

두 사람의 공력 대결이 계속될수록 그들에게서 파생된 공력에 의해 땅이 파여 들어가며 두 사람이 점점 파여진 구덩이 안으로 들어가는 모양새가 되어가고 있었다.

쿠쿠쿠쿠쿠쿠!

그들에게서 파생된 가공한 기운은 주위에 있는 태의전 전각의 기왓장들을 날려 보내고, 백 장이 넘게 뒤로 물러선 양쪽 사람들에게도 폭풍 같은 기세로 들이치며 영향을 주었다.

"허엇! 파생되는 기운이 여기까지 영향을 미친다!"

"더 뒤로 물러서야겠다!"

그 기운을 피해 금영대원들과 흑도천상군들이 분분히 뒤로 물러섰다.

쿠쿠쿠쿠쿠쿠!

공력 싸움이 계속되면서 유옥은 달마역근경의 기운으로 인해 붉은 불덩이 같은 몸이 더 달아올라 갔고, 용사비는 고일역근경의 기운으로 인해 얼음처럼 차갑게 변해가고 있었다.

무허 대사의 말대로 결국 두 사람의 싸움은 달마역근경과 고일역근경, 그 두 무공을 만든 달마와 고일의 대리 싸움이 되어가고 있었다.

두 사람의 온유한 기운과 음랭한 기운이 뒤섞여 파생되어 나오는 기운은 뜨겁지도 차지도 않은 상태였지만, 두 사람이 내보내는 기운은 극열(極熱)하고 극랭(極冷)한 기운이었다.

"도로도로마타사이 나야나야 하나디 사이야 디도로도로 사바하……!"

뿜어내는 공력을 높이기 위함인 듯 유옥이 달마역근경의 구절을 읊어댔다.

"마다야마 다라야야마 하나디 사와야 하나하나 사와하나 다야다……!"

그에 맞서 용사비도 고일역근경의 한 구절을 읊었다.

쿠쿠쿠쿠쿠쿠쿠!

상대를 향해 밀어내는 두 사람의 공력은 끝간 데 없이 높아만 갔고, 그 두 공력이 부딪치며 파생되어 나오는 기운은 더욱 가공해졌다.

쿠쿠쿠쿠쿠쿠쿠!

이제 두 사람은 두 사람에게서 파생된 기운에 의해 형성된 오십 장 넓이의 거대한 구덩이 가운데에 들어서 있는 모양이 되어 있었고, 구덩이는 점점 더 깊어지고 넓어져 갔다.

"불라하나 타라야타라 모호다니 타라야 타라 불라하나다 야……!"

"고로아다 다라야야마 한니다와 사와한니다와 사와야 라……!"

불덩이처럼 붉게 달아오른 유옥의 입에서 사력을 다한 경문 소리가 새어 나오고 있었다.

얼음덩이처럼 투명하고 차갑게 모양이 변해가는 용사비의 입에서도 사력을 다한 경문 소리가 터져 나오고 있었다. 그들이 읊는 경문 소리는 두 사람의 공력이 부딪치는 가운데 터져 나오는 요란한 소리 사이에서도 낭낭하게 주위에 울려 퍼지고 있었다. 경문에는 두 사람의 상당한 진력이 깃들어 있기 때문이었다.

쿠쿠쿠쿠쿠쿠!

두 사람의 기운은 극강으로 치달아 서로에게서 파생된 기운에 의해 만들어진 구덩이 안으로 완전히 들어가 앉은 모양이 되었다.

"나무아미타불. 저건 달마역근경 중에서도 최고의 구절인 타몰편(他沒編)이야! 여기서 승부가 갈릴 것 같군!"

그 경문 소리를 듣던 무허 대사가 긴장한 표정을 지으며 불호를 외웠다.

"절대로 너따위 놈이 내 앞길을 막지 못해!"

악을 쓰는 용사비의 몸은 이제 극랭화될 대로 극랭화되어 눈빛까지도 얼음처럼 변해 있었다. 극랭화된다는 것은 세상의 어떤 것으로도 깨뜨릴 수 없는 무거움, 중(重)의 결정체가 되어간다는 뜻이었다.

"내가 널 막을 수 있을지 어떨지는 나도 몰라! 분명한 것은 내가 살아 있는 한 절대로 흑도천상회의 세상은 용납할 수 없다는 거야!"

악을 쓰는 유옥의 몸은 불붙은 숯덩이처럼 변해 있었다. 달마역근경은 열의 극치였고, 그 화후는 극열화(極熱化)를 이루는 것이었다. 극열화된다는 것은 기체화된다는 것과도 같은 맥락이었으며 경(輕), 즉 변화의 극치와도 상통했다.

"어리석은 놈! 다시 말하지만 네놈은 이 판에 잘못 뛰어들었어! 그냥 다리 밑에서 깡통이나 두드리고 비럭질이나 하며 한 세상 사는 게 좋았어! 이제 네놈은 이곳에서 내 손에 필히 죽는다!"

쿠쿠쿠쿠쿠쿠!

용사비가 처절한 고함을 토해냈다. 동시에 자신의 쌍장을 통해 최후 진력을 토해내고 있었다.

쿠쿠쿠쿠쿠쿠!

용사비와 유옥에게서 형성된 팽팽한 기운은 두 사람을 감싸고 폭발할 듯 주위를 휘돌아 나왔다.

바로 그때, 팽팽하던 두 사람에게서 균형이 무너지는 모습이 보이기 시작했다.

붉은 불덩이 같은 모습과 차가운 얼음 같은 모습으로 뚜렷이 대별되던 두 사람 중 유옥의 몸이 용사비와 같은 얼음의 모습으로 변화해 가는 것이 보이기 시작한 것이다.

쿠쿠쿠쿠쿠쿠!

그 모습은 용사비의 두 손과 맞잡고 있는 두 손에서부터 나타나기 시작했다.

그 모습은 점점 팔 안쪽으로 번져 가고 있었다. 용사비의 고일역근경의 극랭한 기운이 유옥의 혈맥으로 치고 들어오고 있는 것이었다.

"저, 저런! 우리 아이가 놈의 공력에 밀리고 있는 것 같네요!"

"으음, 그런 것 같구려."

그 모습을 보며 검매홍이 안타까이 소리치자 무허 대사도 안타까운 표정을 감추지 못했다.

"끝이다, 이놈!"

독랄한 고함과 함께 용사비가 최후의 진력을 밀어 보냈다.

쿠쿠쿠쿠쿠쿠쿠!

이제 유옥에게 치고 들어온 용사비의 공력은 두 팔을 따라 어깨에 이르고 있었다.

어깨를 넘어서면 바로 허파와 심장 등의 오장에 공력이 닿게 되고, 거기에 닿으면 유옥은 치명적인 내상을 면할 수 없을 것이다. 유옥에게 있어선 절체절명의 순간이 닥친 것이었다.

"이놈! 공력으로만 상대할 생각을 버려라! 얼음을 깨뜨리는 것은 바위가 아니라 바늘이다!"

바로 그때, 무허 대사의 웅후한 전음 한줄기가 유옥의 귓전을 때렸다.

그렇다. 얼음을 바위로 치면 가장자리나 겨우 부서질 뿐이었다.

제대로 갈라지게 하려면 바늘이 더 효용이 있었다. 바늘을 얼음에 밀어 넣기만 할 수 있으면 얼음 전체의 균열을 가져올 수 있는 것이다. 무허 대사의 전음대로 바늘 같은 침투경을 투입할 수만 있다면 현재의 불리함을 극복하고 용사비에게 치명상을 입힐 수도 있을 것이었다.

하지만 지금 유옥은 전력을 다한 공력 대결을 벌이고 있는 중이라 따로 끌어낼 수 있는 공력이 없었다. 현재 쓰고 있는 공력을 나누어 쓰는 것도 이런 상황에선 불가능했다.

쿠쿠쿠쿠쿠쿠!

이제 용사비의 공력은 양어깨 부분을 넘어서고 있었다. 조금 후면 어깨에서 제일 가까운 장기, 허파에 닿을 것이다.

그리고 허파까지 용사비의 공력이 치고 들어온다면 유옥은 치명적인 내상을 면할 수 없게 된다.

"……!"

그때, 유옥의 뇌리를 퍼뜩 스치는 생각 하나가 있었다.

그것은 바로 하단전에 있는 무공(武功)이 아니라 중단전의 경공(輕功)을 이용하는 것.

지금 용사비와 공력 대결을 펼치며 쓰고 있는 공력은 하단전에 있는 고일역근경의 공력, 즉 무공력이었다. 하단전의 무공력을 다 끌어내 용사비와 대결하고 있으니 무공력을 쓸 수는 없지만 중단전에 있는 경공력을 끌어내는 것은 가능했던 것이다.

물론 경공력은 발휘되는 힘으로 논하자면 무공력에 비해 터무니없이 약했다. 하지만 무허 대사의 말처럼 현재의 상황에서 바위가 아닌 바늘 같은 역할을 하기에는 부족함이 없었다.

쿠쿠쿠쿠쿠쿠!

용사비의 공력이 어깨를 가로질러 자신의 장기로 치고 들어오는 급박한 와중에 유옥은 암암리에 자신의 중단전에 있던 경공력, 지난날 란주의 다리 밑에서 와공으로 익혔던 미미한 경공력을 있는 힘을 다해 끌어올렸다.

스아아앗!

다행히 유옥은 중단전에 있던 경공력이 자신의 두 팔로 끌어올려지는 것을 느낄 수 있었다.

"이야아앗!"

유옥이 혼신의 힘을 다해 기합을 지르며 팔 쪽으로 끌어올린 경공력을 자신의 손을 맞잡고 있는 용사비의 두 손 혈맥을 향해 밀어 보냈다.

스아아앗!

유옥이 이끌어낸 경공력은 두 사람이 팽팽히 겨루고 있는 무공력의 사이를 뚫고 유옥의 두 팔을 지나 용사비에게로 스며들었다.

"……!"

순간, 용사비의 두 눈에 크게 흡떠졌다.

유옥이 쏘아 보낸 한줄기의 경공력에 엄청난 충격을 받은 것이었다.

"이, 이, 이게 무슨……!"

쩌저저적!

황망한 고함을 토하던 용사비의 부릅뜬 두 눈동자에서 갈래갈래 균열이 일어나고 있었다.

쩌어엉!

뒤이어 용사비의 전신에서 얼음이 갈라질 때 나는 굉음이 터져 나오며 얼음덩이 같은 용사비의 전신에서 갈래갈래 균열이 일어나고 있었다. 유옥의 미미한 경공력이 얼음덩이에 바늘 같은 침투경이 되어 용사비의 얼음처럼 단단해져 있는 몸에 균열을 일으킨 것이었다.

<u>우르르르르르!</u>

얼음덩이처럼 수십 조각으로 갈라진 용사비의 신체가 유옥의 앞으로 무너져 내렸다.

"아! 소, 소회주!"

그것을 보던 구왕과 흑도천상군이 사색이 되며 황망성을 토했다.

"……."

흔들림없는 얼굴로 두 사람의 싸움을 지켜보던 황후도 용사비가 패하자 미간이 찌푸러지며 안색이 하얗게 변했다.

하지만 무너져 내린 것은 용사비의 신체만이 아니었다.

쿠르르르르릉!

굉음을 내며 유옥과 용사비의 공력 대결에 의해 형성되어 있던 거대한 구덩이가 무너져 내리기 시작했다. 두 사람의 공력 대결에 의해 구덩이는 몇 길의 깊이로 더욱 커지고 깊어져 있었던 것이다.

"허엇!"

"저런!"

사람들의 탄식에도 아랑곳없이 무너져 내린 구덩이는 얼음 조각처럼 부서져 내린 용사비는 물론이고 유옥까지 뒤덮어 버렸다.

"아! 어쩌면 좋아!"

무너져 내린 구덩이 쪽을 바라보며 봉령이 안타깝게 소리쳤다.

"시간이 없다, 구왕! 앞을 막는 무리는 무림이나 황실의 무리를 막론하고 모조리 처단해라! 일단 전전의 용상과 황제의 옥쇄를 우리가 차지해야 한다!"

황후가 냉정을 되찾고 구왕을 향해 소리쳤다.

"알겠습니다, 회주님! 이제 저희 구왕이 앞장서겠습니다!"

대답과 함께 쉬이이잇! 구왕이 앞으로 달려나왔다.

"일단 목왕부터 제거해라!"

"알겠습니다, 회주님!"

황후의 고함을 들은 구왕이 목왕을 향해 몸을 날려갔다. 지금 황실에서 황후의 상대 구심점은 목왕이었다. 그래서 황후는 그 구심점인 목왕을 제거하는 것을 최우선으로 본 것이었다.

휘휘휘휙!

월영영을 비롯한 구왕이 양편의 가운데에 유옥과 용사비의 싸움으로 형성되어 있는 구덩이를 제비처럼 날아 넘어오고 있었다.

구왕 각자의 능력으로 따지면 고일역근경을 익힌 용사비에 미치진 못하지만, 구왕들은 각기 오래전부터 흑도천상회에서 내려오는 독특한 요술이나 환술을 익히고 있었다.

특히 아홉 명이 함께 발동하는 천상구왕합벽진(天上九王合壁陣)은 천하의 누구도 당할 수 없는 합진이라 할 수 있었다.

"……!"

그때 구덩이를 날아 넘어오던 월영영이 멈칫 놀랐다.

그녀의 시선이 구덩이 가운데에서 어떤 움직임을 포착한 것이었다.

"구덩이에서 뭔가가 나와요!"

월영영이 소리치며 구덩이의 한쪽 가장자리로 파앗! 날아

내렸다. 월영영의 외침을 들은 다른 구왕들도 날아가던 몸을 돌려 구덩이의 사방 가장자리로 파파파팟! 날아내렸다.

용사비와 유옥의 공력 싸움에 의해 너댓 길의 깊이로 파여진 구덩이는 마지막에 다시 무너지는 바람에 두 길 정도의 깊이로 무너져 내린 흙이 덮고 있었다. 거기에서 구덩이의 흙을 뚫고 한 사람이 꾸물꾸물 굼벵이처럼 기어나오고 있었다. 유옥이었다.

"아! 저 아이가 살아 있었군요!"

"고일의 후인을 꺾었으니 무림인으로서는 할 일을 다했으나 아직 황실인으로서 해야 할 일이 남아 있으니 당연히 살아 있어야 할 아이죠."

검매홍이 반색하며 소리치자 무허 대사가 '황실인'이라는 알 수 없는 말을 하며 온화한 미소를 지었다.

"저놈은 멀쩡하군!"

"소회주를 죽게 한 놈이니 용서할 수 없어!"

"소회주의 원한부터 풀고보자!"

구왕은 만약의 경우를 대비해 구덩이를 포위한 형태로 구덩이 주위로 내려서 있었다.

자연스럽게 그들이 자랑하는 천상구왕합벽진을 펼칠 수 있는 자리가 마련된 것이었다. 멀쩡하게 구덩이 안에서 살아나온 유옥을 본 구왕들이 저마다 한마디씩 독한 말을 내뱉으며 이를 갈았다.

사실 지금 유옥의 상태는 말이 아니었다.

경공력을 침투경으로 이용하여 용사비를 꺾었지만 무인에게 있어서 가장 위험하고 전신 전력을 다하는 싸움인 공력 대결을 펼친 뒤였기 때문이다. 아무리 무공의 고수라도 공력을 소모한 뒤에는 다시 공력을 보충할 얼마간의 시간이 필요한 법인데, 지금 유옥은 용사비와의 공력 대결로 공력이 거의 고갈되어 있는 상태였다.

거기다가 간신히 용사비를 꺾은 뒤 구덩이가 무너지는 바람에 또 적지않은 충격을 받았고, 막 흙에 묻혀 있다 흙구덩이를 헤치고 나와 정신이 하나도 없는 상황이었다.

"하악! 하악!"

간신히 사력을 다해 흙 밖으로 기어나온 유옥이 가쁜 숨을 들이쉬고 있었다.

퍼퍼퍼퍼퍼퍽!

가쁜 숨을 쉬며 미처 제정신을 차리지 못하고 있던 유옥의 전신을 돌연히 아홉 가닥의 강기가 날아와 사정없이 격타했다. 구왕이 일시에 유옥을 향해 강기를 발출한 것이었다.

"크허헉!"

엄청난 충격을 받은 유옥이 제자리에 풀썩 주저앉으며 입에서 울컥! 한 모금의 선혈을 토했다. 다행히 어느 한 방향으로 튕겨져 날아가지 않은 것은 아홉 방향에서 한꺼번에 날아온 엇비슷한 위력의 강기들을 일시에 맞았기 때문이다.

그 충격을 받은 후에야 유옥은 자신이 구왕들로부터 포위되어 합공당하고 있다는 것을 깨달았다.

"저, 저놈들을······!"

"잠깐만. 아직은 좀 더 두고 보도록 하지요, 공주."

봉령이 현천신검을 다시 뽑아 들며 앞으로 나서려 하자 무허 대사가 손을 들어 그녀를 제지했다.

"죽어라!"

"우리 구왕의 천상구왕합벽진에 갇힌 이상 유령이 되기 전엔 빠져나올 수 없다!"

쿠아아아아아아!

구왕들이 독랄히 외치며 다시 일제히 두 손으로 위맹한 강기들을 유옥을 향해 발출했다.

퍽퍽퍽퍽퍽퍽!

다시 아홉 개의 강기가 날아와 유옥의 전신을 난타했다.

한 번 더 구왕의 공격을 받고 난 뒤에야 유옥이 애써 정신을 수습하며 있는 힘을 다해 호신강기를 끌어올리기 시작했다.

쿠우우우우우!

금새 둥근 햇살 같은 둥근 호신강기가 일어나 유옥을 감쌌다.

공력을 많이 소모하긴 했지만 다행히 유옥은 호신강기를 끌어낼 수 있는 정도의 공력은 남아 있었다. 일단 반격을 가하기 전에 연속으로 계속되는 구왕의 공격부터 호신강기로 막아내는 것이 급선무였기 때문이다.

쿠아아아아아아!

다시 구왕이 발출한 강기가 뻗어왔지만 과연 달마역근경으로 끌어올린 유옥의 호신강기는 대단한 것이었다.

투타타타타타탕!

쇠북을 때린 듯한 소리가 나며 구왕이 발출한 강기들이 유옥의 호신강기에 막혀 모조리 되튕겨졌다.

"달마역근경을 익힌 놈에게 힘으로 대적할 일이 아닌 것 같아요!"

"맞소! 우리가 잘하는 것으로 놈을 합공합시다!"

유옥의 호신강기를 파악한 구왕이 눈을 빛내며 급박히 말을 나누었다.

그리고 곧 구왕은 두 손을 모으고 구도라도 하는 자세를 취했다.

그때, 호신강기를 일으키며 정신을 수습하고 있던 유옥의 눈앞으로 너울너울, 허공 가득히 어디선가 노랑나비가 날아왔다.

날아오는 것은 노랑나비만이 아니었다.

벌도 날아왔고, 나방도 날아왔고, 이름 모를 풍뎅이도 날아왔다.

날아온 갖가지 곤충이 유옥의 머리 위 사방에서 휘돌아 날며 유옥의 혼을 빼놓았다. 구왕이 그들의 주특기인 환상요술을 일으킨 것이다.

그렇게 갖가지 곤충의 날갯짓으로 유옥의 혼이 빠질 즈음, 유옥을 향해 날아드는 한 인영이 있었다. 접왕 월영영이었다.

그녀의 손에는 전에도 유옥을 공격한 적이 있던 날카로운 비녀, 접왕잠이 들려 있었다.

쉬이이잇!

유옥의 뒤에서 번쩍 움직이는 월영영이 유옥의 뒷통수 쪽 천주혈을 노리고 접왕잠을 찔러냈다.

그러나 유옥의 천주혈을 찔렀다 싶은 월영영의 접왕잠은 헛손질을 했다.

쉬잇!

유옥이 고개를 돌려 접왕잠을 피한 것이었다.

콰악!

순간, 유옥의 손이 번개같이 뻗어 나와 월영영의 손을 잡았다.

우두두둑!

유옥의 우악스런 손에 월영영의 손목이 부러져 나가는 소리가 요란하게 들려왔다.

"아아아악!"

동시에 월영영의 찢어질 듯한 비명이 태화궁의 정원을 뒤흔들었다.

유옥을 아는 사람들은 그에게 그렇게 잔인한 심성이 있는 줄 처음 알았다.

우두두둑!

처음에는 월영영의 손목이었지만 곧 유옥은 손에 잡히는 대로 월영영의 모든 것을 잡아 꺾었다.

우두두둑!

손목에 이어 팔뚝이 부러져 나가고 그다음엔 무릎이 부러져 나가더니, 나중엔 월영영의 목이 꺾였다.

처참한 모습으로 내동댕이쳐진 월영영의 모습을 본 나머지 구왕은 유옥이 자신들의 환상절진이 먹히지 않는 상대라는 것을 깨달았다.

환상절진은 먼저 상대의 혼, 즉 정신을 제압해야 하는데 유옥의 정신은 달마역근경을 익히면서 태산처럼 거대하고 튼튼해져 있었다. 구왕의 환상술로는 빼앗거나 흔들 수 없는 정신이 되어버린 것이다.

자신들의 절진이 무용지물이라는 것을 느낀 구왕이 각기 자신들의 병기를 뽑아 들고 유옥에게 달려들었다.

하지만 구왕은 달마역근경을 익힌 유옥의 상대가 되지 못했다.

구왕과 유옥이 수십 초의 수를 나누긴 했지만, 시간이 흐를수록 구왕이 유옥의 손에 급소를 맞아 죽거나 어딘가가 부러져 부상을 당하면서 구왕과 유옥의 승부는 생각보다 싱겁게 끝이 났다.

"으으으……!"

"아이고……!"

"끄으윽……!

구왕들이 부상당한 부위를 부여잡고 고통스런 신음을 토하며 뒹굴고 있는 사이, 아까보다 더 정연해진 모습으로 유옥이 구덩이 밖으로 걸어나왔다.

"와아아!"

"이겼다!"

그런 유옥을 보며 금영대원들이 환호를 질렀다.

"……."

그에 반해 황후와 묘운, 흑도천상군의 표정은 참혹하게 일그러지고 있었다. 믿었던 구왕이 너무나 쉽게 패했기 때문이다.

"구왕의 명성은 가히 허명이었군요. 저렇게 허망하게 우리 아이에게 무너지다니……."

"허명이라기보단 원래 환술이 주무기였던 자들이니 환술이 통하지 않는 우리 아이에겐 조족지혈이 될 수밖에 없지요."

구덩이 밖으로 나온 유옥을 보며 검매홍과 무허 대사가 만족스런 미소를 지으며 담소를 나누었다.

第四十四章

황제(皇帝)의 핏줄

◉ 황제(皇帝)의 핏줄 ◉

"이제 걱정하고 있는 황실 사람들에게 저 아이에 대한 전모를 밝힐 때가 된 것 같은데요, 검루주?"

"그래야겠군요. 마침 황실의 최고 어른이신 목왕 전하께서 계신 자리이니 지금 사실을 밝히면 좋을 듯해요."

구덩이 밖으로 나온 유옥을 보며 무허 대사와 검매홍은 다른 사람들이 쉬이 이해할 수 없는 내용의 말을 나누었다.

"그게 무슨 말이오? 저 아이가 우리 황실과 무슨 관련이라도 있다는 겁니까?"

가까이 있던 목왕이 유옥을 보며 두 사람에게 의문을 표했다.

"목왕 전하, 놀라지 마세요. 저기 있는 저 아이, 아니, 이제 저분이라고 해야겠군요. 저분은 황실의 적통, 황실의 용혈(龍血)을 물려받은 황자(皇子)이십니다."

검매홍이 성스러운 표정으로 말하며 유옥을 가리켰다.

"화, 황자라구요?!"

검매홍의 말에 놀란 것은 목왕뿐만이 아니었다.

봉령, 최량, 그리고 구덩이의 건너편에서 보고 있던 황후와 묘운 등도 크게 놀라고 있었다. 근본도 제대로 알 수 없던 비렁뱅이 출신의 아이가 황제의 핏줄이라니!

"무, 무슨 말이오? 저 아이가 황자라니?"

목왕이 믿을 수 없다는 얼굴로 유옥을 살피며 검매홍에게 물었다.

"이 상황을 일목요연히 얘기하자면 꽤 긴 얘기가 됩니다. 봉령 공주께서 아시다시피 이 몸은 중원의 정보를 관장하는 은영매루의 루주였지요."

검매홍이 봉령 공주 쪽을 바라보며 목왕을 향해 말을 이어 갔다.

"저분을 만난 건 흑도천상회의 발호를 눈치 챈 이분, 무허 대사의 청으로 은영매루의 정보력을 동원해 달마역근경을 익힐 수 있는 특별한 신체, 즉 용화수미신체를 타고난 인물을 찾던 중이었어요."

옆의 무허 대사를 바라본 검매홍이 계속 말을 이어 나갔다.

무허 대사는 소림사에 만리수유행을 떠난다는 핑계를 대고 절에서 나와 흑도천상회의 발호에 대비하여 달마역근경의 경리 풀이를 하고 있었던 것이다. 오직 달마역근경만이 이번 흑도천상회의 야심을 막을 수 있을 것이라 믿었던 것이다.

"그런데 우연히 고구소축에서 만난 저분이 바로 그 용화수미신체였죠."

"그때 그 마답비연상이 진동했던 것은 저 사람이 용화수미신체라서 그랬던 건가요?"

묘운의 십이석강시에게 포위되어 곤란한 지경에 처해 있던 당시 유옥이 다가오지 검매홍이 들고 있던 마답비연상이 진동했던 그때, 그 자리에 함께 있었던 봉령이 그때를 떠올리며 검매홍을 향해 물었다.

"네, 맞아요. 마답비연상이 울 듯이 진동하는 것은 용화수미신체인 사람이 십 장 안에 있을 때에만 일어나는 현상이죠. 공주님과 함께하던 바로 그때, 저도 저분이 용화수미신체라는 사실을 알게 되었죠. 그래서 오랜 준비 끝에 무허 대사와 저는 무림을 난관에서 구하기 위해 저분에게 달마역근경을 익히도록 했죠. 물론 그 과정은 엄청난 인내와 고통이 따르는 일이었지만요."

검매홍이 말을 잇다가 처연한 얼굴로 유옥을 바라보았다.

달마역근경을 익힐 때 처절한 고통에 시달리던 유옥이 생각났기 때문이다.

"그런데 냉풍동의 동굴 안에서 달마역근경을 전수하던 중 무허 대사와 전 정말 생각지도 못한 뜻밖의 사실을 발견했어요. 달마역근경을 익히기 위해선 마답비연상에서 나오는 청수진기가 필요한 법인데, 마답비연상의 청수진기를 받아들인 저 아이의 팔뚝에서 놀랍게도 주안황룡상(主眼黃龍像)이 나타났어요."

"주안황룡상이라구요?"

"황실의 적통을 이은 사람에게만 나타난다는 황색 용의 문양……!"

검매홍의 말에 봉령과 목왕이 놀라움을 느끼며 유옥을 바라보았다.

"……."

물론 건너편에서 듣고 있던 황후도 놀라움을 금치 못하고 있었다.

"이리 가까이 오너라. 내가 직접 시험해 보겠다."

목왕이 잔뜩 상기된 얼굴로 유옥에게 손짓을 했다.

"……."

유옥이 쭈뼛거리며 선뜻 목왕에게 다가오지 않자 구표가 유옥에게 다가왔다.

"가시지요. 목왕 전하께서 부르십니다."

구표가 유옥의 손을 잡아 끌자 유옥은 마지못한 표정을 지으며 목왕 쪽으로 걸어왔다.

유옥 자신도 자신에 대해 진행되고 있는 이야기가 도무지 믿기지 않았기 때문이다. 자신은 엄연히 유가촌에서 태어나 부모와 형제들이 있는데 자신의 출신 내력에 관해서 이런저런 말을 하니 도통 납득이 가지 않았던 것이다.

"붕어하신 황제 폐하의 동생 되시는 목왕 전하세요. 예의를 차리세요."

검매홍이 목왕의 앞으로 다가온 유옥에게 정중히 예를 갖추어 말했다.

"미천한 무림말학 유옥이… 목왕 전하를 뵙습니다."

이제 유옥은 스스로 무림인임을 인정하며 제법 인사를 하는 법도 알게 되었다.

황실의 핏줄이라는 것은 받아들일 수 없었지만 자신이 무림에 발을 들인 인물임은 부인할 수 없는 사실로 스스로도 받아들이고 있었다. 유옥은 목왕을 향해 무인들이 하는 식으로 정중하게 깊은 포권을 했다.

"……."

목왕은 자신의 앞에 와 선 유옥을 유심히 살피기 시작했다.

정말 그러고 보니 형인 영현제와 닮은 부분이 많았다. 짙은 눈썹도 그랬고, 곧은 코도 닮아 보였다.

"손을 쥐보게나."

목왕이 유옥에게 자신의 한 손을 내밀었다.

"……."

"목왕 전하께서 시키는 대로 하세요. 그래야 모든 의혹이 풀립니다."

목왕의 돌연한 제안에 유옥이 어리둥절해하며 머뭇거리자 검매홍이 채근을 했다.

별수없이 유옥이 목왕에게 오른손을 내밀었다.

그러자 목왕이 유옥이 내민 오른손 팔뚝을 덮은 옷소매를 둥둥 걷어올렸다.

우우우우웅!

목왕이 맑게 드러난 유옥의 팔뚝을 잡은 채 공력을 운기하기 시작했다. 목왕은 원래 문(文)보다는 무(武)를 좋아하던 군주로, 무공도 상당 수준에 이르러 있어 내공도 어느 정도 가지고 있었다.

특히 지금 그가 유옥에게 주입하기 위해 일으키는 청수진기는 황실의 피를 가진 사람들만이 일으킬 수 있는 고유의 진기였다.

우우우우우우웅!

내공을 운용하자 목왕에게서 맑고 청아한 기운이 감돌아 나왔다. 바로 청수진기였다.

우우우우우웅!

목왕은 자신이 일으킨 청수진기를 유옥의 손바닥 수심혈(手心穴)을 통해 그에게 밀어 넣었다.

우우우우웅!

곧 목왕에게서 일어났던 맑고 청아한 기운이 유옥에게도 전해지며 유옥에게서도 그 기운이 목왕과 같은 모습으로 일어나고 있었다. 목왕의 청수진기가 유옥에게 전이된 것이었다.

우우우우웅!

계속 청수진기를 주입하며 목왕은 소매를 걷어올린 유옥의 팔뚝을 유심히 바라보고 있었다.

"……!"

순간 청수진기를 주입하며 유옥의 팔뚝을 살피던 목왕의 두 눈이 경악으로 부릅떠졌다. 거기에, 유옥의 팔뚝에 황룡주안상이 나타나기 시작한 것이다.

처음에는 흐릿하게 나타났지만 청수진기를 주입할수록 청룡주안상의 모양이 뚜렷해지더니, 이내 팔뚝을 휘감고 오르는 황금색 용의 문양이 완연하게 모습을 드러냈다.

"미, 믿을 수 없군요! 정말 황룡주안상이에요!"

그것을 보며 봉령이 믿을 수 없다는 얼굴로 소리쳤다.

"……."

건너편의 황후 또한 안색이 하얗게 변하며 놀라고 있었다.

이제 유옥이 황실의 핏줄이라는 것은 기정사실이 되어버린 것이다.

"이게 어떻게 된 일이란 말인가? 황제 폐하께서는 성미 공주 한 명밖에 후손을 두지 못했거늘! 그리고 나를 비롯해 우리 형제들 누구도 남아를 자식으로 두지 못했거늘!"

황룡주안상은 황제의 사촌과 그 직계존속에게서만 나타나는 현상이었다. 그렇다면 영현제나 목왕을 비롯한 황제의 형제들 중에서 태어난 혈육에게서만이 황룡주안상이 나타날 수 있었다. 믿을 수 없는 현실에 목왕이 망연한 표정을 지으며 유옥을 다시금 바라보았다.

"전하의 그 의문을 풀어드릴 사람들이 여기 와 있답니다. 이제 그만 이리 나오세요!"

검매홍이 자신들이 처음에 태화전의 정원으로 들어왔던 동문 쪽을 돌아보며 크게 소리쳤다.

그러자 검매홍의 지시를 기다리고 있었던 듯 몇 명의 사람이 동문 밖에서 조심스레 정원 안으로 걸어 들어왔다.

"……!"

유옥의 눈이 경악으로 부릅떠졌다. 정원 쪽으로 걸어오고 있는 것은 분명 유옥의 아버지와 어머니, 두 형과 동생 상아였다.

"우, 우리 가족들이 어떻게 여길……!"

믿을 수 없다는 표정으로 유옥이 다시 한 번 자신의 가족들을 눈을 크게 뜨고 확인했다.

"엄마! 아버지!"

유옥이 가족들을 향해 반가이 소리치며 달려가려 했다.

"잠깐만 기다리세요. 가족들과의 상봉의 기쁨은 조금 있다 누려도 늦지 않습니다."

그런 유옥의 옷자락을 검매홍이 잡았다.

다가온 가족들은 초췌한 옷차림을 한 채로 잔뜩 긴장한 표정을 하고 있었다.

일개 평민들이 이유를 알 수 없는 황실의 부름을 받았으니 일단은 두려움이 앞섰을 것이다.

유옥의 가족들이 잔뜩 겁먹은 표정을 지은 채 목왕 앞에 섰다. 가까이에 유옥이 있었지만 다들 잔뜩 겁을 먹고 있어서 유옥에게 반가운 내색을 할 겨를도 없는 것 같았다.

"감숙성 매래현 유가촌에서 저 아이를 키운 사람들입니다. 모두 운하 공사 부역에 나가 있는 것을 찾아서 데려왔죠."

검매홍이 떨고 있는 유옥의 가족들을 가리키며 목왕에게 말했다.

"저분을 어떻게 키우게 되었는지 내게 말했던 대로 다시 한 번 상세히 여기서 말해주세요."

검매홍이 유옥을 가리키며 근엄한 표정으로 유옥의 아버지에게 말했다.

"그, 그러니까 그게 이십여 년 전 얘기가 되는 것인뎁쇼. 옥아를 만난 것은 지금의 유가촌이 아니라 백하(白下)의 하구에서 고기잡이를 하며 연명을 할 때였습죠."

유옥의 아버지가 이 사람, 저 사람 눈치를 봐가며 겁먹은 표정으로 말했다.

예나 지금이나 굶주림에 시달리던 유옥의 아버지는 한때 가족들을 데리고 황하의 한 지류인 백하의 하구로 이사를 하여 몇 년을 지낸 적이 있었다. 척박한 유가촌보다 강가에서 고기잡이를 하는 것이 호구책으로 나을 것 같다는 생각 때문이었다. 하지만 고기를 잡아 연명하는 것도 쉬운 일이 아니었던지라 몇 년 후에 다시 유가촌으로 돌아오고 말았다.

"그 백하에서 어떻게 저 아이를 만났다고 했죠?"

근엄한 눈빛으로 검매홍이 다시 물었다.

"그, 그렇습죠. 이른 새벽에 강에 쳐놓은 그물을 걷으러 나갔는데 강의 상류 쪽에서 커다란 대바구니 하나가 떠내려오는 것을 보게 되었습죠. 그런데 그 대바구니 안에 갓난아이가 들어 있었어요. 막 탯줄을 끊은 갓난아이가요."

덜덜 몸을 떨며 겁먹은 얼굴로 유옥의 아버지가 말을 이어 갔다.

"그 갓난아이가 바로 유옥, 저분이었다는 거죠?"

"예, 예. 마, 맞습니다요. 갓난아이를 그냥 떠내려가게 둘 수 없어서… 그래서 그냥 건져다 키운 것입니다요. 저, 정말 저희는 애를 건사해 키운 죄밖에 없습니다요."

검매홍이 유옥을 가리키며 묻자 유옥의 아버지가 몸을 덜덜 떨며 연신 사람들을 향해 굽신거렸다.

"제 남편의 말은 다 틀림없는 사실이에요. 저희들은 잘못한 거 없으니 살려주세요."

유옥의 어머니까지 나서서 겁먹은 얼굴로 사람들의 눈치를 보며 말했다.

"……."

두 사람의 말에 유옥은 충격을 받아 망연자실 놀라고 있었다.

황궁에 오면서 검매홍이 저간의 상황을 설명했지만 유옥은 그 사실을 받아들일 수 없었다. 분명히 자신은 자기를 낳아 길러준 부모가 있었기 때문이다.

하지만 이제 자신의 아버지마저 자신을 강에서 주웠다고 말하니 검매홍이 했던 말을 믿지 않을 수 없게 된 것이다.

"자, 목왕 전하. 이제 저 아이가 이 농군의 친자식이 아니라는 것은 밝혀졌지요."

"그렇구려. 그런데 대체 어떻게 황실의 핏줄이 강에 버려졌다는 것인지……?"

검매홍이 목왕을 바라보며 묻자 목왕이 고개를 끄덕였다. 하지만 유옥이 황실의 핏줄이라면 누구의 핏줄인지, 또 어떻게 해서 황제의 혈육이 대바구니에 실려서 강에 떠내려 보내졌는지에 대한 의혹을 풀 수 없었으므로 목왕은 의혹 어린 표정을 완전히 풀지 못하고 있었다.

"어떻게 황자가 대바구니에 실려 강에 버려졌는지에 대한 의문을 풀어줄 사람은 바로 저 노파예요."

검매홍은 유옥의 가족들에 묻혀 들어온 한 노파를 가리켰다.

유옥의 가족들에게 시선들이 팔려 있느라 잘 드러나지 않았지만, 초췌한 육십대의 노파가 유옥의 가족들을 뒤따라 정원에 들어왔던 것이다.

"이리 나오세요. 당신이 지난날 했던 일을 소상히 밝히도록 해요. 거짓없이 진실을 밝힌다면 당신의 안전은 제가 책임지죠."

덜덜 몸을 떨며 후들거리는 다리를 간신히 앞으로 내딛으며 걸어나오는 노파를 향해 검매홍이 말했다.

"저, 저 노파는……!"

앞으로 걸어나온 노파의 얼굴을 확인한 황후의 미간이 파르르 떨리고 있었다.

"당신은 이십 년 전 무슨 일을 하고 있었죠?"

겁먹은 모습을 한 채 앞으로 나선 노파를 향해 검매홍이 다시 물었다.

"처, 천녀는 이십 년 전 황실의 어녀(御女)로 정귀비 마마를 받들어 모시고 있었어요."

어녀는 황실 내전의 잡일을 하는 여성이었는데 궁녀보다 신분이 낮았다.

"당신은 저 아이가 누군지 알고 있죠?"

검매홍이 유옥을 가리키며 날카로운 음성으로 노파에게

물었다.

"아, 알고 있습니다."

대답하는 노파가 몸을 가누지 못할 정도로 더욱 심하게 몸을 떨었다.

"그럼 저 아이가 어떻게 해서 강에 버려지게 되었는지 소상히 말하도록 하세요."

"그, 그게……!"

검매홍의 추궁에 노파가 더욱 겁에 질린 표정을 지으며 차마 말을 잇지 못했다. 몸은 사시나무 떨 듯 더욱 부들부들 떨고 있었다.

"어서 이실직고하지 못하겠느냐! 바른 대로만 말하면 이 목왕의 이름을 걸고 목숨은 살려주겠다! 하지만 지난 과오를 그냥 묻으려 했다간 너의 죄는 황법으로 준엄하게 다스려지게 될 것이다!"

그 모습을 보고 있던 목왕이 노파를 향해 호통을 치자 노파의 입에서 덜덜 떨리는 말이 간신히 새어 나왔다.

"지, 지금… 성미라 불리는 공주님은 실은 황손이 아니에요."

"……!"

이어져 나온 노파의 말에 장중의 사람들은 다시 경악해 마지않았다.

지금까지 이십여 년을 황실에서 영현제의 하나밖에 없는

딸로 절대적인 대접을 받아온 성미 공주가 영현제의 딸이 아니라니, 금영대원들과 의금부 무사들 사이에서는 웅성거리는 소리까지 들려 나왔다.

"조용히들 해라! 어떻게 성미 공주가 황실의 핏줄이 아니라는 건지 소상히 말하거라!"

목왕이 추상같은 목소리로 금영대원들과 의금부 무사들의 수군거림을 잠재우고는 재차 노파를 향해 물었다.

"이십여 년 전 당시 황실에서는 정귀비 마마께서 황제 폐하의 아이를 잉태하시는 기쁜 일이 일어났고, 아이를 받아본 경험이 많은 제가 특별히 정귀비 마마의 출산을 담당하게 되었죠. 그런데… 당시 정귀비 마마께서 낳은 아이는 옥동자였는데… 천녀가… 천녀가… 흐흑!"

노파가 거기까지 말하곤 울음을 터뜨리며 바닥에 풀썩 주저앉았다.

"옥동자였는데 여자 아이로 바꿔치기 했다는 건가요?"

봉령이 노파의 뒷말을 유추하며 다그치자 노파가 바닥에 주저앉은 노파가 통곡을 하기 시작했다.

"흐흐흑! 주, 죽여주세요. 처, 천녀가 바로 저 황자 분을 성미 공주로 바꿔치기 한 거예요. 마, 마침 황궁의 궁녀 하나가 황실 호위무사와 불륜을 저질러 막 낳은 여아가 있어서… 흐흐흑!"

"……!"

노파의 말에 다시 사람들이 경악하고 있었다.

저 황자 분이라고 지칭한 사람은 유옥이었다.

그러니까 노파의 말인즉슨 정귀비가 황자, 유옥을 낳았는데 궁녀가 낳은 여아로 바꿔치기를 했다는 것이다.

"그, 그럼 성미 공주가 궁녀가 낳은 여아라는 것이냐?"

"흐흐흐흑, 그, 그러하옵니다, 전하."

목왕이 다그쳐 묻자 노파가 흐느끼며 고개를 끄덕였다.

"왜, 왜 그런 짓을 한 것이냐?"

"화, 황후 마마의 사, 사주를 받았사옵니다. 말을 듣지 않으면 저희 가족을 모두 몰살시키겠다고 해서… 흐흐흑!"

목왕이 다그치자 노파가 몸을 떨며 사실을 고했다.

"그, 그 일도… 황후가……!"

봉령과 목왕이 믿을 수 없다는 얼굴로 황후를 바라보았다.

"치이, 저년이 아직까지 살아 있을 줄이야! 그때 확실히 찾아서 죽여 버렸어야 했는데……!"

황후의 두 눈에서 불꽃같은 살기가 번져 나오며 입에서는 황후가 하는 말이라곤 믿을 수 없는 천박한 욕지거리가 터져 나왔다.

"황자님을 궁녀가 낳은 여아와 바꿔치기한 후 돌을 매달아 물에 버리라는 황후 마마의 명을 받았으나… 차마 황자님을 그렇게 할 수 없어서 대바구니에 담아 강물에 떠내려 보냈던 것이옵니다, 흐흐흑! 그 후 천녀는 신변의 위험을 느껴 모정도(慕情島)에 있는 나환자촌에 여태까지 숨어서 살고 있었사옵니다, 흐흐흐흑!"

노파가 계속 몸을 떨며 처절히 흐느꼈다.

모정도는 황하에 있는 문둥이들이 모여 사는 외진 섬이었는데, 노파는 황후의 추적을 피해서 그곳에서 이십여 년이나 숨어 살아왔던 것이다. 다행히 황후도 추적해 내지 못한 노파의 종적을 은영매루가 추적해 내 완전히 묻혀 버릴 뻔한 거대한 역사의 진실을 캐낸 것이었다.

"으, 정말 무서운 여자로군! 황실의 대를 끊기 위해 황자를 여아로 바꿔치기했다니!"

목왕이 치를 떨며 황후를 바라보았다.

"정말 무섭기 짝이 없는 여자예요. 그러니까 장장 이십 년 전부터 저 여자는 무후가 되기 위한 대음모를 꾸미고 있었던 거예요. 황자를 비롯해 두 분 왕야들까지, 제위를 이을 수 있는 모든 사람들을 척살하려 했어요. 거기다 황제 폐하까지 천명을 거스리고 일찍 붕어케 했어요. 정말 이 나라가 생긴 이래로 가장 천인공노할 대역적이에요."

이제 황후라는 말을 거두고 여자라고 칭하며 봉령이 분개히 황후를 노려보았다. 목왕의 지계가 없었다면 목왕도, 봉령 자신도 어떻게 됐을지 알 수 없는 노릇이었다.

"뭐 하고 있나, 최 어시랑! 당장 저 대반역자를 잡아 황실의 위엄을 세우게!"

"존명!"

목왕이 최량을 향해 근엄하게 소리치자 그가 목왕을 향해 깊이 포권을 했다.

"모두 나서서 반역도를 잡아라!"

최량이 근엄한 목소리로 의금부 무사들에게 명령을 내렸다.

"존명!"

의금부 무사들에게 어시랑의 명령은 천명이었다.

의금부의 수백 명 무사가 일제히 검을 빼 들었다.

"와아아아!"

"역적을 잡아라!"

의금부 무사들이 일제히 소리를 지르며 황후를 향해 달려 갔다.

쿵쿵쿵쿵쿵쿵!

바로 그 순간, 황후를 향해 달려가던 의금부 무사들의 앞으로 땅을 진동시키며 일 열 횡대로 떨어지는 것들이 있었다.

"으앗!"

"우앗! 뭐야?"

"헛!"

돌진하던 의금부 무사들이 무엇엔가에 가로막히며 퉁퉁퉁퉁! 뒤로 튕겨졌다.

튕겨진 의금부 무사들이 정신을 차리고 바라보자 자신들의 앞을 막고 있는 것은 흉측하게 생긴 열두 개의 석상이었다.

바로 묘운의 십이석강시였던 것이다.

우우우웅!

석강시와 석강시들 사이에는 무형의 진기가 일어나 투명한 방막이 형성되어 있었다.

"뭐, 뭐야? 웬 석상들이 어디서 날아와 앞을 막는 거지?"

"그, 그러게! 어떤 기운이 석상들 사이를 가로막고 있어서 통과할 수가 없어!"

그 석상들을 보며 의금부의 무사들이 황망한 표정을 지었다.

"무후의 용체를 범접하는 것은 이 묘운이 용납할 수 없소이다, 허허."

그 십이석강시를 황후의 앞에 세워놓은 채 묘운이 여유로운 웃음을 웃었다. 묘운이 자신의 십이석강시를 이용해 황후를 보호한 것이었다.

"올다마다 다하마리아나 다온다시 카나마다……!"

바로 그때, 돌연한 경문 소리가 장중에 낭랑히 울려 퍼졌다.

사람들이 놀라며 그 경문 소리가 들려오는 진원지를 바라보았다.

"카나마야 하야하야 나하나야나한디 다야하……!"

놀랍게도 그 목소리의 주인공은 황후였다.

"마다하다다하다하 요온다하다하 카나마다 다하다하……!"

황후가 가벼이 입술만을 놀려서 경문을 외는데 경문 소리는 마치 메아리가 치듯 태화궁의 드넓은 정원을 감돌며 사방으로 울려 퍼졌다.

"마다하라 다하다하 올다하다라야 마하라 다야……!"

그리고 경문 소리에 어떤 신력이라도 깃들어 있는 듯 그소리를 듣는 사람들의 표정이 돌처럼 굳어져 가기 시작했다.

그 현상은 무공이 낮은 유옥의 가족으로부터 시작해 의금부의 무사들과 꽤 높은 무공을 자랑하는 금영대의 무사들에게로 번져 가고 있었다.

"다야가한다 다야 다시온디온디 가하라 다야하시 나라야 다하……!"

황후를 노려보고 있던 목왕과 봉령도 황후의 경문 소리에 눈빛이 흐려지며 정신이 혼미해져 가고 있었다.

"무허 대사님! 이, 이건!"

황망히 경문 소리를 듣고 있던 검매홍이 깨닫는 게 있는 듯 멈칫 눈을 치뜨며 놀라는 표정을 지었다.

"고일역근경과 달마역근경의 모태라는 파륜궁의 달뢰라마경(達雷羅魔經)입니다! 웬만한 무공을 가진 사람들은 물론이고, 고일역근경이나 달마역근경의 화후를 이룬 사람까지도 저 경문 소리에는 혼이 제압당한다고 했는… 데……!"

검매홍은 마저 말을 잇지 못했다. 계속해서 들려오는 소리에 검매홍의 정신도 제압되어 가고 있었던 것이다.

"마라마라 야한다 아다한다 가나한다 마다야 마라……!"

계속해서 울려 나오는 황후의 경문 소리에 모든 사람들의 정신이 제압되어 가고 있었다. 봉령과 목왕, 최량은 물론이고 무허 대사까지도 어느 누구 할 것 없이 정신이 제압되어 몽롱한 상태가 되어갔다. 그리고 묘운을 비롯한 흑도천상군도 혼이 제압되기는 마찬가지였다.

"요로요로 가나한디 요로요로 가나한디 다시한다시 가나한디 다시……!"

경문을 외던 황후가 유옥을 바라보았다.

유옥도 완전히 혼이 제압된 듯 멍한 눈으로 허공을 응시하고 있었다. 장중에서 가장 공력이 높은 유옥의 혼이 제압되었으니 이제 여기에 제정신인 사람은 아무도 없을 터였다.

"호호홋! 이제 어느 누구 할 것 없이 달뢰라마경에 제혼되었군."

요사하게 웃으며 황후가 읊던 경문을 중단했다.

"이봐, 우천공."

황후가 가까이 있는 묘운을 툭툭 건드려 묘운의 정신을 깨웠다.

"아, 예, 예! 회주님!"

제혼이 되어 있다가 정신을 차린 묘운이 자신을 깨운 사람이 황후라는 것을 알고는 황망히 그녀를 향해 굽신거렸다.

"때를 놓치지 말고 저기 목왕과 봉령, 황자라고 나선 놈을 죽여! 그다음에 흑도천상군을 깨워 이 자리에 있는 놈들을 한 놈도 남김없이 척살하도록 해!"

황후가 목왕과 봉령, 유옥을 가리키며 잔혹한 명령을 내렸다.

"명을 받들겠습니다, 회주님."

묘운이 포권을 하고는 옆의 흑도천상군이 들고 있던 검을 나꿔채선 유옥을 향해 다가갔다.

"흐흐흐흣! 절대로, 세상의 그 무엇도 이 당금령의 무후에 대한 야망을 막지는 못한다!"

황후가 스산한 웃음 한자락을 뱉어내며 야망이 깃든 두 눈을 섬뜩하게 빛냈다.

묘운은 날이 시퍼런 검을 치켜들고 유옥을 향해 다가가고 있었다.

사신이 가까이 다가드는 데도 유옥은 멍하니 넋이 나간 모습으로 서 있을 뿐이었다.

"흐흐, 잘 가라! 정말 대단한 놈이었다만 네놈의 운도 여기까지구나!"

묘운이 유옥을 향해 번쩍 검을 치켜들었다.

이제 유옥을 비롯해 목왕과 봉령, 이곳에 있는 금영대와 의금부의 무사들까지 흑도천상군에게 살아남을 사람은 없을 것이었다. 태화궁의 대정원이 피에 젖어버릴 상황이 눈앞에 다가오고 있었다.

바로 그때,

꽹꽹꽹! 둥둥둥둥!

느닷없이 태화궁의 주변에서 요란한 꽹과리 소리와 북소리가 들려왔다.

"얼씨구씨구 들어간다아아아! 저얼씨구씨구 들어간다아아아!"

더불어 개방도들이 비럭질을 하면서 부르는 각설이타령이 들려왔다.

"뭐, 뭐야! 어디서 이런 요란한 소리가……!"

황후가 당황하며 소리가 들려오는 쪽을 둘러보았다. 달뢰라마경에 걸려 혼이 제압된 사람들을 깨울 수 있는 것은 요란한 소리였으므로 이 시끄러운 소리로 인해 사람들이 깨어날 것 같았기 때문이다.

꽹꽹꽹꽹! 둥당둥당!

"작년에 왔던 각설이이이이! 죽지도 않고 또왔네!"

요란한 소리는 더 가까이, 더 크게 들려오고 있었다.

"서둘러! 우천공!"

유옥의 목을 향해 검을 내려치려다 요란한 소리에 멈칫 동작을 멈추고 있는 묘운을 향해 황후가 다급히 소리쳤다.

"예엣!"

패애액!

묘운이 퍼뜩 정신을 차리며 유옥의 목을 향해 있는 힘껏 검을 내려쳤다.

곧 묘운의 검에 유옥의 목이 잘려져 나가 바닥에 나뒹구는 것만 같았다.

하지만 아니었다. 묘운의 검은 허공을 그었고, 빗나간 검을 쥔 묘운의 손목은 유옥의 손에 잡혔다. 요란한 소리 때문에 그 잠깐 사이에 유옥이 정신을 차린 것이었다.

우두둑!

뼈마디 부러지는 소리가 요란하게 나며 묘운의 손목이 부러져 나갔다.

"우아아!"

동시에 묘운의 입에서 처절한 비명이 터져 나왔다. 하지만 그 비명은 끝까지 이어지지 못했다. 유옥의 다른 손이 묘운의 목줄을 사정없이 움켜잡았기 때문이다.

"왜? 왜 큰아버지와 마을 사람들을……? 왜……?"

유옥의 입에서 처절한 고함이 터져 나왔다. 유옥은 자신이 가지고 있던 천상마패를 빼앗아가기 위해 큰아버지와 마을 사람들을 해친 자가 묘운이라는 것을 알고 있었다.

"왜……?!"

다시 처절한 유옥의 외침과 함께 묘운의 목줄을 움켜잡은 유옥의 손에 무지막지한 힘이 가해졌다.

　우두두둑!

　뼈마디 부서지는 소리가 나면서 묘운의 울대와 목뼈가 더불어 작살이 났다.

　털퍼덕!

　유옥이 손을 놓자 목뼈가 아작이 난 묘운이 유옥의 발 앞으로 눈을 허옇게 뜨고 널브러졌다.

　쾡쾡쾡쾡! 둥당둥당!

　"어얼씨구씨구 들어간다! 저얼씨구씨구 들어간다!"

　요란한 꽹과리 소리, 북소리, 타령 소리와 함께 태화궁의 드넓은 담장을 넘어오는 사람들이 보이기 시작했다. 그들은 바로 개방도들이었다.

　쾡쾡쾡쾡! 둥당둥당!

　개방도들이 내는 요란한 소리에 이제 무허 대사도, 검매홍도, 봉령도, 목왕도 정신을 차리고 있었다. 달뢰라마경에 제혼이 된 상태를 깨어나게 하는 것은 요란한 소리가 제일 큰 역할을 하기 때문이었다.

　"이, 이런 제기랄! 어디서 저런 거지새끼들이……!"

　황후가 태화궁의 사방 담장을 넘어 들어오는 개방도들을 보며 뿌드득! 이를 갈며 분을 이기지 못하고 있었다.

　쾡쾡쾡쾡! 둥당둥당!

담장을 넘어 들어온 개방도들은 태화궁을 가운데 두고 대목타구대진을 펼치고 있었다. 일만 명에 달하는 개방도가 손에 손에 몽둥이를 들고 모든 방위를 에워싼 채 기세등등하게 장중의 사람들을 향해 다가오고 있었다.

쾡쾡쾡쾡! 둥당둥당!

개방도들이 다가오며 더욱 요란한 소리를 내자 무공이 낮은 금영대원, 의금부의 무사들, 흑도천상군들도 모두 제정신을 차렸다.

"개방도들이잖아!"

"저 거지새끼들이 어떻게 여길……!"

"사방이 다 포위됐잖아!"

정신을 차린 흑도천상군들이 자신들을 포위하고 다가오는 것이 개방도들이라는 것을 알고는 아연실색했다.

비록 누더기 같은 복장에 몽둥이로 무장을 했지만 꽹과리 소리와 북소리를 요란하게 내면서 사방을 점하고 닥쳐드는 개방도들의 모습은 사뭇 위압적이었다.

쾡쾡쾡쾡! 둥당둥당!

반대로 금영대원들과 의금부의 무사들은 다가오는 개방도들을 보며 크게 반색을 하고 있었다.

아직 부딪치지는 않고 있었지만 장내의 상황은 흑도천상군의 인원이 워낙에 많았던 탓에 금영대원이나 의금부 무사들에게 절대로 불리한 상황이었다. 하지만 이제 개방도들의 등장으로 장내는 숫적으로도 아군이 꿀릴 게 없는 상황이 되었기 때문이다.

쾅쾅쾅쾅! 둥당둥당!

그 대목타구대진을 선두에서 이끌고 있는 사람은 다름 아닌 개방의 새 용두방주 진산이었다. 진산이 전체 대목타구대진을 선도하는 꽹과리를 힘차게 두드리고 있었다.

쾅쾅쾅쾅! 둥당둥당!

장중의 사람들 가까이로 대목타구대진이 좁혀지면서 귀가 멍멍하도록 꽹과리 소리와 북소리는 더욱 요란해졌다. 개방도들이 공격을 해오기도 전인데 벌써부터 들고 있던 무기를 버리고 뒷걸음질을 치는 흑도천상군들이 보였다.

"자! 저 검은 옷을 입은 흑도천상군 놈들을 개 때려잡듯이 그렇게 때려잡으면 되는 것이다! 개를 때려잡듯 말이다!"

진산이 취옥장을 불끈 치켜들며 개목타구대진을 펼친 개방도들에게 소리 높여 외쳤다.

"와아아아!"

황궁이 떠나갈 듯한 함성과 함께 개목타구대진의 일만 개방도가 몽둥이를 치켜들고 흑도천상군을 향해 달려갔다.

第四十五章

황실(皇室)의 밖에서 얻을 답

과연 개방의 대목타구대진은 대단했다.

구천에 달하는 흑도천상군은 변변히 싸워보지도 못하고 지리멸렬되었다.

물론 용사비와 구왕이 유옥에게 패하는 바람에 수뇌들의 빈 자리도 컸지만, 진산이 이끄는 개방도들의 기세가 워낙에 등등했다.

개방도들을 선두에서 이끈 진산의 무공도 개방의 용두방 주답게 대단했고, 오의파 정의파 가릴 것 없이 진을 형성했던 개방도들도 빈틈없는 단합력을 보였다.

오의파의 장로들과 정의파의 장로들도 함께 와서 진산이

이끄는 대목타구대진이 흑도천상군을 괴멸시키는 것을 구경하며 즐거워했다. 물론 자기네 편이 더 공을 많이 세웠다며 조금 다투기는 했지만.

다시 다음 세대의 오정대연을 기약했지만 용사비가 있을 때 파였던 양 파의 골은 상당히 메워져 있었다.

그 과정에서 화화가 이끄는 천안전이 큰 역할을 했고, 초혼평에 있던 군림맹도 달려와 마지막 힘을 보탰다.

흑도천상군의 패배가 자명해지자 황후는 스스로 혀를 깨물어 자결했다.

황후가 자결했지만 슬퍼하는 사람은 아무도 없었다.

곧장 금영대와 의금부의 무사들이 전전으로 달려가 황후와 결탁했던 동의당의 대신들을 숙청했다.

목왕은 황실 마당에서 가장 비천한 무리인 개방도들, 거지 떼에게 음식을 풀어 크게 대접했다. 빌어먹는 음식을 주식으로 하는 개방도들에겐 평생 있을까 말까 한 일이었고, 목왕에게 대접받은 황실 음식은 그들에게 두고두고 자랑거리가 될 것이었다.

황후의 간계 때문에 공주로 살아왔던 성미 공주는 그간의 정리를 감안해 황실의 별궁에 머물게 하고 공주의 신분을 계속 유지할 수 있게 해주었다.

그리고 황후의 견제를 받아 녹원궁(綠園宮)에 유폐되어 있다시피 했던 유옥의 생모 정귀비는 황제의 어머니인 태황후로 책봉되어 자금성에서 제일 화려한 내궁인 명화궁(明宮窮)으로 자리를 옮겼다. 물론 유옥과 정귀비는 모자간으로서 이십 년의 세월을 건너 감격의 해후를 했다.

흑도천상군과 황후를 물리치는 데 공을 세운 개방도들과 무림인들이 물러간 뒤 황실은 이제 새 황제의 등극일을 잡고 그것을 준비하느라 바빴다.

오랫동안 황제가 나와 앉지 않았던 전전의 용상을 새로 만들어 들여놓았고, 황제가 머무는 내전도 뚱땅뚱땅! 장인들이 망치 소리를 내며 새 황제에 맞게 개축을 하고 있었다.

"무릇 황제는 황제가 되어서도 도학을 높이는 공부를 게을리 해서는 안 됩니다. 늘 인심을 살펴야 하고 인심을 천심으로 여기고 따라야 하옵니다. 성현의 가르침을 늘 가슴에 새기고 본받아야 하옵니다. 그리고 현명하고 지혜롭게 어느 쪽에도 치우치지 않고 국사를 판단하셔야 하옵니다."

이제 유옥은 세상에서 가장 비천한 신분인 거지에서 세상의 모든 사람이 우러러보는 만인지상인 황제의 자리, 용상에 등극하는 일만을 남겨두고 있었다. 황제 등극을 앞두고 유옥은 태자전에서 푸른 용이 그려진 태자복을 입고 황실의 대선생인 곽명리로부터 황제의 몸가짐과 도리에 대한 공부를 배우고 있었다.

어릴 때 서당에 다닌 경험이 있어 글을 아는 유옥이었으나 대선생의 공부는 너무 어렵고 난해했다. 요약하면 현명하게 국사를 판단하고 어진 마음으로 백성을 다스리라는 뜻이었는데, 유옥이 이해하기엔 너무 어려운 말들의 연속이었다.

"호호, 우리 태자께서 오늘도 공부에 열심이시군요. 이제 조금 쉬었다 하세요. 여기 태자께서 좋아하시는 복숭아를 가져왔으니 드시고 하세요."

어려운 공부에 머리 아파하는 유옥에게 매일 어머니 정귀비, 아니, 정 태황후가 찾아왔다. 뒤따르는 시녀가 잘 익은 복숭아가 가득 담긴 쟁반을 받쳐 들고 따르고 있었다. 이십 년 동안이나 잃어버렸던 아들을, 그것도 황제가 될 아들을 만났으니 정 태황후의 기쁨은 이루 말할 수 없었고, 매일매일 유옥이 보고 싶은 것은 당연했다.

하지만 정 태황후의 살뜰한 애정에도 유옥은 쉽게 마음이 열리지 않았다. 그럴 때면 힘든 상황에서도 자신을 키워준 유가촌의 어머니와 아버지가 더욱 생각나는 유옥이었다.

유옥을 키워준 아버지와 어머니, 가족들은 진양궁(振揚宮)이라는 자금성 내의 작은 별궁에서 기거하고 있었다.

황실의 대를 이을 황태자를 키워준 공덕을 높이 사 황실에서는 유옥의 아버지에게 정삼품의 벼슬까지 내렸다.

옛정이 그리운 유옥은 거의 매일이다시피 진양궁에 들렀다.

비록 가난하여 배곯는 일이 다반사였지만 친자식이 아닌 자신을 다른 형제들과 차별 두지 않고 키워준 사람들에게 더욱 고마움을 느끼는 유옥이었다.

오늘도 유옥은 해남도에서 올라온 싱싱한 한 바구니의 복숭아를 직접 들고 진양궁에 들렀다.

"아이고, 태자 마마, 이렇게 먼 길을 뭐 하러 매일 이렇게 오세요."

유옥의 아버지가 그런 유옥을 보며 몸 둘 바를 몰라했다.

자금성은 더없이 넓었고, 유옥이 지내는 태자궁에서 진양궁까지는 오 리 길은 족히 되는 거리였기 때문이다.

"해남도에서 따온 싱싱한 복숭아예요, 아버지. 엄마도 이리 오셔서 같이 드세요."

"예, 예, 태자님."

유옥이 복숭아를 놓고 권하자 유옥의 어머니가 몸 둘 바를 몰라 하는 모습으로 다가앉았다.

"형들도 이리 오시구요. 상아도 이리 와서 같이 먹자구나."

"예에, 태자 마마."

두 형과 동생 상아도 몸 둘 바를 몰라 하며 다가왔다.

"여기도 먹을 것이 넘치는데… 뭣 하러 이렇게 무거운 걸 일부러 가지고 오세요."

유옥이 가지고 온 복숭아를 먹으면서도 식구들은 몸 둘 바를 몰라 했다.

"엄마나 아버지께서는 제가 태자라고 해서 너무 어렵게 대하지 말았으면 해요. 제가 두 분의 핏줄이 아니란 게 밝혀졌지만 두 분과 형들, 상아는 변함없는 제 가족이라구요. 아버지께서 절 강에서 건져 주지 않으시고, 엄마가 절 키워주시지 않았다면 어떻게 오늘의 제가 있을 수 있겠어요."

황실에 들어온 내내 자신을 어렵게 대하는 가족들이 못마땅해 유옥이 하소연하듯 말했다.

"하지만… 저희들은 송구스럽기만 해요. 태자 마마인 것을 알았으면 예전에 좀 더 잘해 드리는 건데… 오죽했으면 집을 나가서 그런 일까지 하셨을까 생각하니……."

유옥의 어머니가 소매로 눈물을 훔쳤다.

절대로 의도적인 것은 아니었지만 유옥이 배를 곯다가 종내에는 집을 나가서 비럭질로 연명했다는 말이 내내 마음에 걸렸던 것이다. 유옥이 말썽을 부릴 때면 종아리를 걷게 하고 매까지 들었으니 유옥의 어머니로서는 생각할수록 송구스럽지 않을 수 없었다.

"무슨 말씀을… 저는 두 분이 고맙기만 해요. 친자식이 아니었는 데도 제가 느끼지 못할 정도로 다른 형제들과 차별없이 키워주셨는걸요. 그 어려운 살림에 제가 없었으면 한 입을 덜 수 있었을 텐데 저를 내치지 않고 키워주신 것도 고맙구요. 그러니 그런 말씀은 하지 마세요."

유옥은 정말 가족들에게 고마움을 느끼고 있었다. 지독한 가난 때문에 툭하면 밥을 굶었을망정, 그래서 집을 나와 비럭질을 하는 거지가 되었을망정 한 번도 가족들이 자신을 핍박한다는 생각은 해본 적이 없었다.

그런데 황실에서 내린 벼슬까지 받고 이제 이곳 진양궁에서 시종들까지 두고 배고픈 줄 모르고 지내는 데도 이상하게 가족들의 얼굴이 밝아 보이지 않는 것에 유옥은 마음이 편치 않았다.

"그리고 형들은 궁 안에만 있기 답답하면 나가서 사냥도 하시고 저잣거리에도 나가보고 그러세요. 상아도 형들 따라서 저잣거리에도 나가보고 그래."

"예에. 그, 그러겠습니다, 태자 마마."

유옥이 왠지 편해 보이지 않는 형들을 배려해 새로운 제안을 했다.

비록 부족함이 없는 궁궐이지만 한창 혈기왕성한 나이에 궁 안에만 있는 것도 답답할 것 같아 보였기에 한 제안이었다.

사실 자신도 황실에 들어온 후 가장 어려운 문제가 황실의 규율에 맞추어 생활해야 한다는 것이었다.

생활하는 데 부족함이 없는 황실이었지만 늘 시종들과 환관들의 시중을 받아야 했고, 대선생들의 지도를 따라야 하는 것도 쉽지 않았다. 까다로운 황실 예법에 적응하는 것도 쉽지 않았다.

"그리고… 어려운 문제가 있으면 언제든지 허심탄회하게 저한테 알려주세요. 절대 어려워 마시구요."

"예. 그렇게 할게요, 태자 마마."

불편한 게 있으면서도 자신에게 누가 될까 감추고 있는 것이 있을지도 모른다는 생각에 유옥이 다시 가족들을 보며 말했다. 복숭아를 먹으면서도 여전히 몸 둘 바를 몰라 하는 모습으로 어머니가 대답했다.

"저… 태자 마마."

그때 아버지가 뭔가 할 얘기가 있는 투로 유옥을 바라보며 어렵게 입을 열었다.

"예, 아버지. 하실 말씀이 있으시면 개념치 말고 하세요. 친자식이라고 생각하시구요."

"저… 실은… 이런 말씀을 드리면 태자 마마께서 어떻게 생각하실지… 저희는 이곳 황실 생활이 솔직히 많이 불편하답니다."

"예에? 이곳 생활이 불편하다구요? 대, 대체 어떤 점이? 제가 당장 시정하도록 지시할게요."

가족들에게 자신이 모르는 불편한 어떤 일이 있다는 생각에 유옥이 놀라 다그쳐 물었다.

"그, 그게 아닙니다, 태자 마마. 이곳의 시종들은 저희들에게 너무나 잘 해주고 호의호식하고… 시정해야 될 일이 있는 게 아니라…….”

유옥의 아버지가 할 말은 그게 아니라는 듯 곤혹스런 표정으로 말끝을 흐렸다.

“그럼 대체 무엇이 불편하다는 거예요, 아버지?”

“실은 저희는… 고향에 돌아가 살고 싶어요, 태자 마마. 송충이는 솔잎을 먹고 살아야 마음이 편하거든요.”

“……!”

뜻밖의 제안에 유옥이 멈칫 놀랐다.

다 쓰러져가는 초옥에, 고된 노동에 밥 굶기를 밥 먹 듯이 해야 하는 고향으로 가족들이 가고 싶어 하리라곤 미처 생각지 못했던 것이다.

“고, 고향으로 가고 싶다는 건… 아버지뿐만 아니라 어머니도, 형들, 상아도 모두 같은 생각이라는 건가요?”

설마 아니겠지, 하는 표정으로 유옥이 어머니와 형들, 상아를 바라보았다.

“우리도 같은 생각입니다, 태자 마마.”

“저도 가고 싶어요.”

형들과 상아도 고개를 떨군 채 곤혹스런 표정으로 고개를 끄덕였다.

“맞아요, 태자 마마. 송충이는 역시 솔잎을 먹어야 하나 봐요. 아무 하는 일도 없이 호의호식하면서 지내려니까 소화도 잘 안 되고 잠도 안 와요. 꼭 무슨 죄라도 짓고 있는 것 같아요. 그냥 배는 좀 곯을지언정 고향에서 농사짓고 살고파요, 태자 마마. 송구스럽지만 저희들의 소원을 들어주세요."

어머니가 애원하듯이 유옥을 향해 머리를 조아렸다.

"그렇게 해주세요, 태자 마마."

다른 가족들도 애원하듯이 유옥을 향해 머리를 조아렸다.

"……."

그런 가족들을 보며 유옥은 충격에 휩싸였다.

"아, 알았어요. 어머니, 아버지. 정히 가족들의 뜻이 그러하다면 제가 생각해 보고 결정할게요."

유옥이 황망한 표정을 감추며 가족들에게 애써 부드러운 어조로 말했다.

진양궁을 물러나오며 유옥의 심사는 복잡했다.

무엇보다도 '송충이는 솔잎을 먹어야 한다' 는 말이 목에 걸린 가시처럼 가슴에 걸려 있었다.

유옥 자신도 어쩌다 황실의 태자가 되어 머지않아 용상에 올라야 하는 피치 못할 상황에 처해 있지만 정말 호의호식하는 이곳 황실 생활이 불편하기만 했다.

유옥도 문득 자신이 살아오면서 가장 마음이 편했던 때를 떠올려 보았다.

그리고 그것은 개삼 마을에서나 란주에서 걸통을 두드리며 비럭질을 하던 때라는 것을 깨닫고는 스스로도 놀랐다.

그것에 스스로 놀라며 유옥은 자신의 자질에 대한 문제에 대해 생각해 보았다.

아직 자신은 대국을 다스리는 황제가 될 자질을 갖추지 못했다는 결론을 내렸다.

황제가 되기 위해서는 시간이 더 필요하다. 결국 자신의 노력이 더 필요하다는 결론을 내렸다.

결국 유옥의 가족들은 그들의 뜻에 따라 매래현 유가촌, 그들의 고향으로 돌아갔다.

유옥이 그들의 의향을 존중해 배려해 주었기 때문이다.

대신 몇 마지기의 농토를 가족들의 앞으로 구입하여 식량이 부족하여 배를 곯는 것은 면하게 해주었다.

매래현의 지방관에게 연락하여 집도 살 만한 정도로 새로 지어주게 하였다.

그렇게 채비를 갖추어 가족들을 유가촌으로 떠나 보낸 후 유옥은 뭔가 작심을 하고 조양궁의 목왕을 찾았다.

조양궁의 대화전에 목왕과 유옥이 용설차를 놓고 마주 앉았다. 이제 사촌 동생이 된 봉령도 자리를 함께했다.

"요즘 제황의 도리를 공부하느라 많이 머리가 아프시지요? 다 성제(聖帝)를 만들려는 황실의 노력이니 달게 받아들이세요, 태자."

목왕이 여유로운 웃음을 지으며 유옥의 고충을 아는 듯 말했다.

그도 비록 일개 왕야였지만 젊은 시절 군왕의 도리를 공부하느라 골치깨나 아팠던 기억이 있기 때문이었다.

"예, 달게 받아들이고 있습니다, 전하."

유옥이 찻잔을 든 채 미소를 지었다.

청룡포를 입은 유옥에게서는 이제 어엿한 태자의 기개가 엿보이고 있었다.

"청룡포가 잘 어울려요, 태자님."

봉령이 유옥을 보며 생긋 웃음을 지었다.

"허허, 그래? 나는 이 옷이 아직도 어색하기만 한데……."

봉령의 말에 유옥이 멋쩍은 웃음을 지으며 뒷머리를 긁었다.

"그렇지 않아도 태자께 상의를 드리고 싶은 일이 있었는데, 개방 말입니다. 이번에 역도들을 발본색원하는 데 가장 큰일을 한 곳이라 어떻게든 보상을 하고픈데 재물로 보상을 하려고 해도 싫다, 황실의 이름으로 상을 내리려고 해도 싫다고만 하니 이를 어떻게 하면 좋겠소이까?"

목왕이 고민스런 표정을 지으며 유옥에게 물은 것은 개방에 대한 문제였다.

사연이 좀 이상하긴 했지만 어찌 됐든 유옥도 개방 출신이

고 흑도천상회와 황후의 암약을 캐낸 검매홍도 개방 출신이
며, 특히 대목타구대진으로 개방도들이 흑도천상군을 물리치
지 않았다면 당시의 난국을 타개하는 것이 절대 수월치 않았
을 것이다.

그래서 어떻게든 황실에선 그 공에 대한 보상을 하려 했지
만 일체의 상을 거부하니 목왕으로선 난감하기 짝이 없었던
것이다.

"이번 새 용두방주는 정말 괜찮은 사람인 것 같군요."

유옥이 자신이 그 역할을 대신하기도 했던 진산을 떠올리
며 기분 좋은 미소를 지었다.

황실의 그러한 제안을 일언지하에 거절한 것을 보면 진산
이 개방 개파조사 공수정심의 정신을 잘 실천하는 용두방주
라는 생각이 다시금 들었던 것이다.

막수의 강가에서 곡 장로의 진천금와주병을 주운 것을 시
작으로 유옥은 진산과 정말 각별한 인연을 맺었다. 그를 대신
해 진산이란 이름으로 오정대연에 나가 용사비와 대결해 무
승부를 이끌어냈고, 진산이란 이름으로 청루취옥배를 찾으러
다녔다.

어쨌든 두 사람이 맺은 인연은 한 사람은 황제로, 한 사람
은 용두방주라는 좋은 귀결로 끝맺음이 지어졌다. 흑도천상
군을 물리친 뒤 유옥과 진산은 지난 일을 이야기하며 각자
의 공을 치하하고 서로의 앞날이 건승하기를 기원하며 헤어

졌다.

"그들이 원하는 대로 그냥 두는 게 좋을 겁니다. 그들은 보상을 바라고 그 일을 한 것이 아니니까요. 황실을 위해서, 나라를 위해서, 그리고 무림을 위해서 그런 일을 했다는 자부심만으로도 큰 상을 받았다고 생각하는 사람들입니다. 그들에게 굳이 상을 내리려면 우리 황실에서 성치(聖治)를 베풀어 백성들이 잘살게 하는 것이겠지요. 백성들이 잘살아야 그 사람들이 빌어먹기에 불편함이 없거든요, 하하."

"허어참, 그, 그런가요? 태자의 생각이 그러하다면 그렇게 하지요."

유옥이 웃으며 말하자 목왕이 난망한 표정을 지었다. 목왕이 개방의 공수정심에 대해 이해할 리 없기 때문이었다.

"아참, 그리고 태자의 배필이 될 태자비를 들이는 것도 급한 일이라 지금 황실에서 태자비가 될 만한 규수를 적극적으로 알아보고 있어요. 용상에 앉으시기 전에 먼저 태자비를 맞아들이는 것이 우선일 거 같아서요."

대국의 황제가 되는 마당에 황제가 미혼이라는 것 또한 말이 되지 않는 상황이었으므로 황실에서는 곧 황후가 될 사람, 태자비를 적극적으로 알아보고 있었다.

벌써 민국공의 둘째 딸이 후보로 물망에 올라서 황실 내전의 조사를 받고 있었다.

태자비가 되기 위해서는 신체적으로나 정신적으로 결함이

있어서는 아니되므로 사전 검증의 절차가 꽤나 복잡했다. 이런 과정이 끝나면 유옥에게 알리려고 목왕은 기다리고 있었던 것이다.

"그것은… 조금만 미루어주십시오."

유옥이 침울한 표정으로 고개를 떨구었다.

그때 유옥은 은소소를 떠올리고 있었다. 은방울 꽃다발과 정한수 한 사발을 놓고 참관인 하나 없이 올린 혼례였지만 분명 은소소는 유옥의 정처였기 때문이다. 그리고 아직도 유옥은 은소소가 불귀의 객이 된 줄로 알고 있었다.

"아니, 미루다니요? 그것은 나라를 위해서도 미루어서는 안 될 일입니다. 황실에서는 황제가 할 일이 있고 황후가 할 일이 있지요. 황후는 백성들에겐 국모로서 황실에서는 내전의 관리자로서 용상과 함께 비어 있어서는 안 되는 자리입니다, 태자."

목왕이 정색을 하며 황후의 필요성에 대해 역설했다.

"그건 부왕 전하의 말이 맞아요, 태자님. 황후의 자리는 서둘지 않으면 안 될 자리예요."

옆의 봉령도 목왕의 의견을 거들고 나섰다.

황후가 없는 황제는 지난 역사를 두고도 전례가 없었고, 목왕의 말대로 국모로서 내전의 관리자로서 없어서는 안 될 자리였기 때문이다.

"하여간 그 문제는 조금 미루어주십시오."

"허어, 이것 참."

목왕이 정색을 하고 얘기를 해도 유옥은 그 문제에 난색을 표했으므로 목왕은 난망하기만 했다. 황태자비를 들이는 일은 절대로 미루어서는 안 되는 일이었기 때문이다.

"저… 목왕 전하."

유옥이 그런 목왕을 바라보며 진중한 얼굴로 무겁게 입을 떼었다.

"제가 여기에 온 것은 전하께 특별히 드리고픈 부탁이 있어서입니다."

"부탁이라니요. 이젠 태자께서 하시는 말씀은 명령이지요, 허허."

"제가 황제 폐하의 용혈을 받은 태자라는 것도… 그래서 이 나라를 책임지는 용상에 올라야 하는 것도 다 인정하겠습니다. 하지만… 너무 급작스러운 상황이라 이 상황을 감당하기가 너무 버겁습니다."

유옥이 무거운 얼굴로 힘겹게 말을 이어갔다.

사실 유옥은 호연패를 만난 몇 년 사이 가히 번운복우(翻雲覆雨)라고 할 만한 인생 역정을 겪었다.

때론 기연이, 때론 필연이 범상한 사람이라면 감당할 수 없는 일들과 맞딱뜨리게 만들었다.

그런데 이제는 정말 생각지도 않았던 만인지상 황제 자리가 유옥에게 주어진 것이다. 자신의 언행과 능력에 따라 이

나라의 수많은 백성의 안녕이 좌우된다는 생각을 하니 부담이 되지 않을 수 없었다.

"허어, 당연히 그러시겠지요. 그렇게 갑작스럽게 용상을 맡으셨으니… 하지만 해내야 합니다, 태자. 마음을 약하게 가지시면 안 됩니다. 용상은 절대 오래 비워둘 수가 없습니다."

유옥의 착잡한 마음이 이해되는 바도 없지 않았지만 용상을 비워둘 수 있는 것 또한 한계가 있었으므로 목왕은 유옥을 격려했다.

"전하께서 계시지 않습니까? 우선 전하께서 황상의 자리를 맡아주십시오."

유옥이 목왕을 정시하며 진지하게 입을 열었다.

"무, 무슨 말입니까, 태자? 엄연히 전황제의 정혈을 이어받은 태자께서 계시거늘, 제가 어찌……!"

유옥의 뜻하지 않은 제안을 받자 목왕이 크게 당황하며 손을 저었다. 옆의 봉령도 유옥의 뜻밖의 제안에 멈칫 놀라고 있었다.

"정히 나라를 다스리시는 것이 부담스러우시면 제가 옆에서 열심히 돕겠습니다, 태자. 그러니 그런 말씀은 하지 말아주세요. 대국을 이끌어 나가실 분이 그런 약한 모습을 보이시면 안 됩니다."

그리고 유옥의 약해진 마음을 다잡아주려고 유옥에게 힘

이 될 만한 말을 목왕이 더 보태었다. 유옥이 어린아이도 아니고 이미 성인이 된 마당이니 자신이 용상에 앉는 것은 자칫 큰 오해를 불러올 수도 있는 일이었기 때문이다.

"전하, 더도 말고 삼 년만, 딱 삼 년만 용상을 맡아주십시오."

목왕의 만류에도 유옥이 흔들림없이 목왕을 정시하며 진지하게 말했다.

"삼 년이라니? 그 삼 년이라는 시간에 태자께서 해야 할 다른 일이라도 있는 건가요?"

유옥이 삼 년이라는 말에 힘을 주어 말하자 목왕이 의아한 표정을 지으며 물었다.

"예, 삼 년간 제 나름대로 차후 나라를 다스릴 황제의 눈으로 민초들을 살피며 새롭게 공부하고 싶습니다."

"공부라면야 지금 곽 대선생에게 황제의 도리에 대해 공부하고 계시고, 황상에 오르신 후에도 황실의 여러 선생들에게서 얼마든지 정치에 대한 부족한 공부는 할 수 있을 것인데……."

황실에는 각 분야에 풍부한 학식과 재량을 가지고 있는 대선생이 여럿 있었다.

그들은 유학을 기초로 하여 치국에 대한 부족한 공부를 황제가 언제든지 할 수 있도록 도와주는 역할을 했으므로 황실에서도 공부를 하려고 마음만 먹으면 얼마든지 할 수가 있었다. 하지만 유옥은 자신의 고집을 굽히지 않았다.

"제가 하려는 공부는 그런 것이 아닙니다."

"그런 것이 아니라니요?"

"진정으로 민초들의 아픔을 몸으로 느끼며 민초들 속에서 경험을 통해서 하는 공부를 하고 싶어서요."

유옥은 대선생 곽명리와 함께 황제의 도리에 대해 공부하면서 이론보다는 실제적인 공부에 대해 생각하게 되었다.

곽 대선생의 논리의 목표는 결국 백성들을 위한 황제, 백성들을 살기 좋게 하는 황제에 있었다. 그리고 유옥은 성치를 펼치기 위해선 결국 백성들을 제대로 아는 황제가 되어야 한다는 결론을 내렸다.

그리고 그것은 백성들과 직접 부대끼고 그들의 곁에서 그들의 육성을 들으며 느껴야 한다고 생각하게 되었다.

"허어, 이것 참. 대체 태자께서 어쩌자는 건지……."

유옥의 진중한 표정에서 그의 결심이 바꿀 수 없는 것이라는 것을 알게 되자 목왕은 고개를 흔들며 탄식했다.

"아바 마마, 태자께서 남다른 생각이 있는 것 같으니 웬만하면 태자의 청을 들어주셨으면 해요."

"허어, 너까지 태자의 편을 드느냐?"

옆에서 듣고 있던 봉령이 유옥의 편을 들고 나서자 목왕은 더욱 난처해졌다.

"휴우, 이걸 어쩐다……?"

목왕이 한숨까지 내쉬며 깊은 고민에 빠져들었다.

들고 있던 용설차 한 잔을 다 마시고 난 뒤 목왕이 결심한 듯 굳은 얼굴로 유옥에게 말했다.

"그럼 삼 년 후에는 꼭 용상에 오르셔야 합니다."

"전하께서 내놓으려 하시지 않으면 찬탈이라도 해서 그 자리에 앉도록 하겠으니 염려 마십시오. 정말 황제로서 부족한 공부를 하기 위해 시간을 달라는 것이니 달리 생각 마십시오, 전하."

목왕이 자신의 청을 받아들이려는 기색을 보이자 유옥의 표정이 잔뜩 밝아졌다.

"알겠어요, 태자. 태자의 뜻이 정 그러하다면 더도 말고 삼 년간만 이 목왕이 나라를 맡아보지요."

"청을 들어주셔서 감사합니다, 전하."

결국 목왕은 유옥의 뜻을 받아들였다.

그 다음날, 유옥은 간단하게 여장을 꾸려서 황실을 나왔다. 황태자가 입는 청룡복을 벗고 평복으로 갈아입어서 그가 이 나라를 이끌 황제가 될 사람이라는 것을 아는 사람은 없었다.

지고 있던 무거운 짐을 벗은 듯 유옥의 발걸음은 오랜만에 실로 가벼워 보였다.

'이젠 하늘에서 내리는 비를 기다리고, 주인이 주는 거름만 기다리는 한 포기 곡식의 입장이 아니라 그 곡식을 키우는 입장으로 세상을 보자. 지금까지 내 몸 하나의 안전에 전전긍긍하며 살아왔지만 이젠 내가 아닌 천하의 안전을 보자. 민초들의 틈에서 세상을 보고 진정한 민초의 입자에서 천자(天子)가 해야 할 일을 배우자.'

가벼운 발걸음으로 자금성을 나서며 유옥이 자신의 마음속에 새기는 말이었다.

곽 대선생의 강변보다, 역대 제황들의 통치 철학이 실린 대통보(大統報)보다 유옥은 민초들과 함께 부대끼는 데서 진정한 황제로서의 통치 철학을 세울 수 있다고 생각하고 있었다. 이론보다는 실제에서 제세구민의 답을 얻어야 한다고 생각했다. 그렇게 삼 년이 지난 후 기필코 자신만의 튼튼한 통치 철학을 세워서 황실로 돌아올 다짐을 하고 있었다.

第四十六章

공공도(空空島)의 재회(再會)

● 공공도(空空島)의 재회(再會) ●

옥교룡과 강홍은 제남(濟南)에 있는 무극팔괘관(舞劇八卦館)의 제자들이었다.

무극팔괘관은 무극팔괘의 행법을 기초로 하여 팔괘도(八卦刀)를 쓰는 무술 도관이었는데, 무려 삼백 년의 전통을 자랑하는 제법 유서있는 무관이었다.

그런데 십삼대 관장인 황유태에 이르러 무관은 일대 위기를 맞이하고 말았다. 관장인 황유태가 도박에 빠져 버린 탓이었다.

밤낮으로 마작에 빠져서 무술 연마와 제자들을 육성하는 것을 게을리하니 관원들의 수는 급격하게 줄어들었다.

한창 전성기에는 오십 명이 넘는 관원을 자랑했으나 황유태가 도박에 빠진 지 십 년이 지나서는 옥교룡과 강홍, 딱 두 사람의 제자만 무극팔패관에 남아 있었다.

황유태가 도박에 빠지기 전 두 사람에게 보여주었던 무극팔패도법은 그야말로 환상적이었고, 두 사람은 언제고 황유태의 그 환상적인 도법의 진전을 이을 수 있으리라는 희망을 버리지 않았다.

하지만 두 사람의 희망은 며칠 전에 황유태가 노름판의 싸움에 휘말려 비명횡사하면서 끝나고 말았다. 두 사람의 스승 황유태는 술과 미약에 잔뜩 취해서 그 환상적인 무극팔패도법을 제대로 펼쳐 보지 못하고 하오문 나부랭이들에게 몰매를 맞아 죽고 말았던 것이다.

그들이 스승에게 배운 것이라고는 무극팔패도법의 삼십육식 중에서 겨우 일곱식이었다. 그 일곱식으로 무극팔패관을 전승해 갈 수도 없었다.

결국 두 사람은 무극팔패관을 버리고 다른 무관을 찾아 나서기로 했다.

가진 무공이라고는 무극팔패도법 일곱식이 전부였으나 두 사람의 십 년 청춘을 모두 바친 무예의 꿈을 접을 수 없었기 때문이다.

하지만 또 그들의 꿈을 바칠 다른 무관을 찾는 것도 쉽지 않았다.

이름있는 명문정파는 입문을 하는 것조차도 쉽지 않았고, 어떤 무가에 어찌해서 들어간다 해도 서른이 넘은 나이에 맨 아래 쫄따구 신참 노릇부터 시작해야 하는 것도 적지 않은 부담이었다.

얼마 전 일어났던 흑도천상회의 혈난이 무사로 입신양명하기에는 더없이 좋은 기회였으나, 그 난도 개방과 군림맹에 의해 평정이 되어 이제 다시 그런 기회를 만나기도 쉽지 않을 것이었다.

고민하고 또 고민하던 두 사람이 결국 마음을 정하고 무사로 대성하는 꿈을 실현시키기 위해 몸을 담기로 작정한 곳은 신공공문이었다.

신공공문은 한창 흑도천상회가 기세를 드높이던 지난해에 강호에 떠오른 신흥 문파였다. 소림이 흑도천상군에게 본 사가 있는 소실봉을 빼앗기고 태실봉의 모안사로 피난을 가고 청성파와 점창파에 도장을 탈취당해 있는, 정도문파로서는 더할 바 없이 어려운 상황에서 불과 백수십 명의 인원으로 흑도천상군을 공격해 연전연승을 거두며 정도무림에 희망을 주었던 바로 그 문파였다.

결국 흑도천상군의 포위망에 걸려들어 괴멸되었지만 신공공문의 본부가 있는 공공도에는 새로운 곳에 뿌리를 내리려는 근본없는 무사들이 하나둘 모여들기 시작했다. 그리고 검에 인생을 걸고자 하는 꿈을 가진 무사를 지망하는 젊은이들도 더러 모여들었다.

작은 신흥 문파였지만 당시에 무림을 진동시켰던 신공공문이라는 이름은 그만큼 무사로 입신양명을 꿈꾸는 사람들에게 매력적인 것이었다.

그렇게 뜻을 정했지만 그들이 살던 제남에서 신공공문이 있는 신월호까지는 천오백여 리에 달하는 멀고 먼 길이었다.

무극팔괘관에서 물려받은 유일한 재산인 투박한 도, 무극팔괘도를 옆구리에 차고 길을 떠난 지 사흘이 지나 두 사람은 늦은 저녁 낙양 부근 황하 강가의 어느 나루에 있는 한 외딴 객점에 다다라 있었다. 객점에서 늦은 저녁을 해결하고 하룻밤 묵어갈 요량이었다.

관원들이 많을 때는 가진 재산도 꽤 됐으나 사부가 노름에 빠지면서 재산을 다 처분하고 세간까지 내다팔아 두 사람의 주머니는 빈한하기 짝이 없었다. 돈이 있는 사람이라면 새참으로나 먹을 만두 한 접시를 시켜서 두 사람이 나누어 먹고 있었다.

늦은 저녁이라 객점 안에는 손님이 많지 않았다.

그들 말고 두 탁자에 손님이 더 있었는데, 맨 안쪽 구석 자리에서 젊은 청년 한 사람이 양춘면을 먹고 있었고 입구 쪽 탁자에선 중년의 여인과 젊은 여인이 마주 앉아 파폐탕에 밥을 먹고 있었다.

파폐탕은 황하에서 잡히는 파어로 만드는 매운탕인데, 꽤

고급 요리에 속하는 것으로 아무나 먹을 수 있는 것이 아니었다. 두 여인의 차림으로 보아 중년의 여인은 젊은 여인의 시중을 드는 하녀 정도로 보였고, 젊은 여인의 친정에라도 다녀오는 듯했다. 하녀의 옆에는 친정에서 챙겨준 것 같은 두둑한 봇짐이 놓여 있었다.

파폐탕의 매콤한 내음이 만두를 먹고 있는 옥교룡과 강홍에게도 흘러왔다.

맛으로 먹는 것이 아니라 단지 주린 배를 채우기 위해 만두를 씹고 있던 두 사람이 자신들도 모르게 침을 꿀꺽 삼켰다.

바로 그때, 그들이 늦은 저녁을 먹고 있는 그 객점에서 돌연히 두 사람이 생각지 않은 일이 벌어졌다.

왈칵!

그 일은 객점의 현관문이 거칠게 열리는 소리와 함께 일어났다.

거칠게 열린 현관문을 통해 투박한 발소리를 내며 다섯 명의 장한이 들이닥쳤다.

콰장창!

그 다섯의 장한 중 맨 앞에 들어온 민대머리의 장한이 들고 있던 철퇴로 다짜고짜 제일 가까이 있던 탁자 하나를 박살 내버렸다.

"꺄아악!"

"엄마야!"

박살난 탁자 가까이에서 파폐탕을 맛나게 먹고 있던 두 여인이 비명을 지르며 안쪽으로 도망갔다.

"여기 주인 어디 있어? 주인 나와!"

그 탁자를 때려부순 민대머리가 주방 쪽을 향해 위협적으로 고함을 질렀다.

"이런 썅! 빨리 안 나와?"

콰창창!

민대머리가 빈 탁자 하나를 더 박살 냈지만 안에서는 아무런 대답이 없었다.

외진 객점이니 이런 일이 적지 않게 있었던 모양이다. 아내는 음식을 나르는 일을 하고 남편은 주방을 보며 객점을 운영하고 있었는데, 나와봐야 매만 맞고 돈만 빼앗길 터이니 중년 부부는 잽싸게 뒷문으로 도망이라도 가버린 모양이었다.

작은 도끼를 든 작달막한 키의 사내가 후다닥! 주방 쪽을 향해 달려가더니 주방의 문을 걷어차서 열었다.

역시 예상했던 대로 주방은 텅 비어 있었다.

주방에 이어진 뒷문이 열려 있는 걸로 보아 역시 주인들은 그리로 도망가 버린 모양이었다.

"이런 쥐새끼 같은 것들! 그새 도망가 버린 것 같은뎁쇼, 두목!"

주인을 잡는 것을 포기한 듯 작달막한 키의 사내가 쌍욕을 뱉으며 돌아섰다.

"그년들을 이리 끌고 와!"

민대머리가 파폐탕을 먹다가 구석으로 도망가 부둥켜안고 있는 두 여인을 가리키며 소리쳤다. 주방을 향해 달려갔던 작달막한 키의 사내에게 두 여인이 가까이 있었던 것이다.

"흐흐흐! 이것들, 제법 있어 보이는뎁쇼!"

스산하고도 음충스런 웃음을 흘리며 두 여인에게 다가갔다.

"아악!"

"왜, 왜 이러세요!"

작달막한 사내가 들고 있던 도끼를 옆구리에 끼우고는 두 여인의 머리채를 휘어잡았다.

"꺄아악! 엄마야!"

"사, 살려주세요!"

그리고 비명을 질러대는 두 여인을 질질 민대머리 쪽으로 끌고 갔다.

"이, 이걸 가지시고 우리 아씨는 건드리지 마세요!"

민대머리 앞으로 끌려간 중년 여인이 마침 바로 그 앞에 있던 봇짐을 민대머리 앞으로 밀어놓으며 사정했다. 역시 중년 여인은 젊은 여인을 모시는 하녀인 모양이었다.

민대머리 옆에 쇠도리깨를 들고 있던 검은 수염의 사내가 잽싸게 봇짐을 풀었다.

봇짐 안에서 비단과 용정차, 말린 여러 가지 생선들이 모습을 드러냈다.

"흐흐, 이거 제법 돈 되는 것들인데요?"

의외의 수확에 검은 수염의 사내가 민대머리를 보며 히죽이 웃었다.

"그까짓 게 뭐가 돈이 돼, 자식아! 돈 되는 건 품에 지니는 법이야. 저 젊은 년의 품을 뒤져 봐. 아니, 내가 뒤져 보지."

민대머리가 탕! 철퇴로 바닥을 한 번 찍으며 젊은 여인에게로 다가섰다.

"제, 제 품엔 아무것도 없어요!"

젊은 여인이 덜덜 몸을 떨며 민대머리의 손길을 피해 몸을 움츠렸다.

"왜, 왜들 이러세요! 정말 아씨 품엔 아무것도 없어요!"

중년 여인이 민대머리의 사내를 말리려고 들었다.

"가만 안 있어! 가만 안 있으면 죽인다!"

"어맛!"

작달막한 사내가 위압적으로 소리치며 중년 여인의 머리채를 확! 나꿔챘다.

죽인다는 말이 나오자 두 여인이 저항을 포기했다.

"가만있어. 뭐가 들어 있나 좀 보자."

민대머리가 오들오들 떨고 있는 젊은 여인의 품속으로 음충하게 웃으며 한 손을 밀어 넣었다.

"어, 엄마. 어, 어떡해……!"

젊은 여인은 오들오들 떨며 눈물만 찔끔거릴 뿐, 품속을 더듬는 민대머리의 손을 털어내지 못하고 있었다.

젊은 여인의 품 안으로 들어간 민대머리의 손이 좀체 나오지 않고 계속 꿈지럭대고 있었다.

"뭐가 있습니까?"

검은 수염의 사내가 침을 꿀꺽 삼키며 민대머리에게 물었다.

"그으래. 아주… 괜찮은 게… 있… 구… 나."

민대머리가 음흉스런 웃음을 흘리며 무엇을 음미하기라도 하는 듯한 표정으로 아주 천천히 대답했다.

"당장 그만두지 못해!"

그때 민대머리의 옆쪽에서 광오한 고함 소리가 터져 나왔다.

광오한 고함의 주인공은 강홍이었다. 자리에서 일어나 무극팔괘도를 빼 들고 민대머리가 이끄는 도적단을 겨누고 있었다. 그 맞은편 자리에 있던 옥교룡도 도를 빼 들고 비장한 표정을 짓고 있었다. 도적단의 행동은 의협을 지향하는 정도 무사라면 절대로 그냥 넘어갈 수 없는 행위를 하고 있었고, 두 사람이 드디어 의분을 참지 못하고 도적단과 일전을 벌일 작정을 한 모양이었다.

"여, 연약한 여인들에게 무슨 짓이냐? 당장 풀어주지 않으면 가만두지 않겠다!"

이어서 나온 옥교룡의 말에서 그 떨림이 확연히 느껴졌다.

오랫동안 무술을 연마해 왔지만 두 사람은 한 번도 피를 보는 진검 결투를 해본 적이 없었다.

도적단을 향해 내민 두 사람의 도가 덜덜 떨리는 것이 도적단들의 눈에도 보여지고 있었다.

아무리 무술이 뛰어나도 실전을 치러본 자와 그렇지 않은 자의 차이는 상당한 것이었다.

비록 대단한 싸움은 아닐지라도 적지 않게 싸움판에서 뒹굴었을 도적단들은 두 사람의 언행에서 대번에 그들이 이런 일에 익숙치 않은 사람들이라는 것을 알아차렸다.

"크크크! 쟤들이 우릴 관두지 않겠단다. 관두지 않음 어쩔 건데?"

민대머리가 젊은 여인의 품에서 손을 빼지 않은 채로 재미있다는 듯 웃으며 두 사람을 바라보았다.

"이… 무극팔패도로 베어버리겠다!"

이어서 나온 옥교룡의 말은 떨림이 더 심해져 있었다.

말이 떨리는 것도 그랬지만, 말의 내용도 그들이 이런 일에 경험이 없다는 것을 더 드러내고 말았다.

"우, 우릴 베어버리겠단다, 크하하핫!"

"어디서 오신 의협지사이신가? 용기가 가상한대요, 크크크크!"

"노는 게 아주 귀엽네요, 크하하하!"

"히히히, 데려다 우리 졸병으로 만들까요, 두목?"

목을 잘라 버리겠다든지, 박살을 내버리겠다든지 좀 더 극단적인 말을 했어야 했는데 베어버리겠다니 그 말을 들은 도적단들이 재미있어 죽겠는지 단체로 낄낄댔다.

"푸하하하! 얘들아! 저 의협지사들을 찍어버리고, 후려쳐 버리고, 찔러 버리고, 베어버려라, 푸하하하!"

민대머리가 자신의 수하들에게 두 사람을 가리키며 말하면서 호탕하게 웃어댔다.

원래 이런 도적단은 무기의 실용성보다는 남들이 보는 것으로 위압을 주는 무기들을 주로 썼다. 그들 다섯이 들고 있는 무기는 철퇴, 도끼, 쇠도리깨, 삼지창, 도라 그렇게 말한 것이었다.

"얘들아, 옛 성현들께서 누울 자리를 보고 다리를 뻗으라고 하지 않았니?"

"우리 졸병으로 들어오면 살려줄 수도 있는데… 히히."

민대머리만 빠진 채 도적단 네 명이 빙글빙글 웃으며 두 사람을 향해 슬슬 다가왔다. 도끼와 쇠도리깨, 삼지창, 도를 앞세우고서.

네 명이 살의를 번뜩이며 다가오자 옥교룡과 강홍의 도를 들고 있는 팔은 덜덜덜! 더욱 심하게 떨리고 이마에는 식은땀까지 흘러내리고 있었다.

"받아랏, 귀여운 애송이들!"

먼저 두 사람을 공격해 간 것은 삼지창이었다.

슈욱!

두 사람 중 강홍의 가슴팍을 향해 삼지창의 자루 길이만큼
이나 장대처럼 키가 큰 사내가 사정없이 삼지창을 찔러냈다.

"헛!"

강홍이 흠칫 놀라 뒤로 물러나며 그 삼지창을 피하려 들었
다. 원래 자신이 무관에서 배운대로라면 찔러오는 삼지창을
도로 쳐낸 뒤에 도로 삼지창을 쳐내고 곧장 반격을 해야 옳은
것이다.

하지만 역시 경륜의 문제 탓에 강홍은 무관에서 배운 원칙
을 생각해 낼 겨를이 없었던 것이다.

뒤로 물러난다는 것은 계속 수세의 상태가 되고, 상대의 공
격을 계속 허용하게 된다는 뜻이다.

슉슉슉!

키 큰 사내가 물러나는 강홍의 가슴팍을 연속해서 찔러왔
다. 도적단의 한 명이긴 해도 한때 창술을 배운 적이 있는 듯
연속적으로 찔러오는 창날은 빠르고 위력적이었다.

"어, 어엇!"

역시 도를 사용해 삼지창을 쳐내야 함에도 강홍은 황망히
뒤로 물러나기 바빴다.

창에 찔리진 않았지만 물러나던 강홍이 곧 위기의 순간을
맞고 말았다.

턱! 그의 등이 객점의 벽에 닿았기 때문이다.

"죽어랏!"

슈욱!

더 이상 물러날 수 없는 강홍을 향해 삼지창이 뱀의 혓바닥처럼 강홍의 심장을 노리고 찔러갔다.

카앙!

그때 위기의 순간을 넘기게 해준 것은 옥교룡이었다.

옥교룡이 옆에서 짓쳐들며 강홍의 심장을 찔러가던 삼지창을 자신의 도로 후려친 것이었다.

"이야아아! 이 나쁜 놈들! 가만두지 않겠다!"

일단 강홍을 위기에서 구한 옥교룡이 횡횡! 도를 휘두르며 키 큰 사내에게 달려들었다.

역시 무관에서 배웠던 도식은 온데간데없고 마구잡이로 도를 휘둘러 댔다.

"허어! 이 애송이가 간을 어디다 두고 왔나 보네!"

"이런 마구잡이 도법으로 의기를 발휘하려 하다니!"

"죽어랏, 애송이!"

삼지창의 사내가 옥교룡의 도를 피해 주춤 물러나자 민대머리를 뺀 세 명이 한꺼번에 옥교룡을 향해 달려들었다.

카앙!

붉은 옷을 입은 사내의 도가 휘둘러지는 옥교룡의 도와 부딪치며 불꽃이 튀었다.

휘이잉!

그때 돼지처럼 살이 잔뜩 찐 사내의 쇠도리깨가 바람을 가르며 옥교룡의 머리통을 향해 내려쳐지고 있었다. 그대로 맞는다면 머리통이 박살나고 뇌수가 흩날릴 판이었다.

다행히 옥교룡이 머리 위로 떨어지는 쇠도리깨를 보며 본능적으로 몸을 젖혔다.

쉬이잉!

아슬아슬하게 옥교룡의 왼쪽 어깨를 스치며 쇠도리깨가 빗나갔다.

콰아앙!

빗나간 쇠도리깨가 옥교룡의 옆에 있던 나무 의자 하나를 박살 냈다.

그런데 이제 옥교룡에게 피할 수 없는 위기가 닥치고 말았다.

쇠도리깨를 피하느라 본능적으로 몸을 젖혔는데, 그 바람에 옥교룡은 몸의 균형을 잃으며 엉덩방아를 찧고 말았던 것이다.

흉포한 무기를 든 세 명의 적을 코앞에 두고 바닥에 주저앉은 것은 최악의 상황이었다.

"잘가라, 애송이!"

패애애액!

고함과 함께 옥교룡의 머리와 몸통을 향해 쇠도리깨, 도끼가 동시에 떨어져 내리고 있었다.

"꺄아악!"

두 여인의 비명 소리가 객점을 흔들었다.

그런데 바로 그 순간이었다.

막 옥교룡의 머리통과 몸통으로 떨어지고 있던 도와 쇠도리깨, 도끼의 앞으로 쉬이잇! 한가닥의 바람이 불어 지나가는 것 같았다.

"어······!"

순간, 세 도적이 자신들의 손을 내려다보며 황망한 표정을 지었다. 어느새 누군가에 의해 자신들의 무기를 탈취당하고 텅 빈 손이 되어 있었던 것이다.

바람이 불어 지나가는 것 같은 그 잠깐 사이에 번개같이 세 사람의 무기를 탈취한 사람은 구석 자리에서 양춘면을 먹고 있던 젊은 청년이었다.

그 청년은 유옥이었다.

번개 같은 신법으로 탈취한 세 사람의 무기가 유옥의 손에 들려 있었다.

"다시 또 이딴 짓을 하면 모두 목을 꺾어버리겠다!"

유옥이 쇠도리깨를 나무젓가락이라도 부러뜨리듯 뚜악! 부지르며 도적들을 향해 인상을 구겼다.

"······."

그러자 도적들은 아연실색한 표정으로 유옥을 바라보았다.

쇠도리깨의 굵기가 팔뚝만 한 강철이었기에 맨손으로 그것을 부러뜨린다는 것은 그들로선 상상 속에서나 가능한 일이었기 때문이다. 아직도 젊은 여인의 가슴에서 손을 떼지 않고 있던 민대머리도 기겁을 하며 여인의 품속에서 번개같이 손을 뺐다.

유옥이 주먹으로 도끼 머리를 내려치자 콰앙! 도끼 머리가 산산이 박살나 버렸고, 도 역시 양손에 들고 조금 힘을 주자 뚜깡! 중간이 분질러져 버렸다.

"그 창도 이리 내!"

유옥이 삼지창을 들고 있는 사내에게 손을 내밀었다.

"여, 여기……!"

삼지창의 사내가 덜덜 떨면서 삼지창을 유옥에게 내밀었다.

내민 삼지창을 수도로 내려치자 댕강! 삼지창의 목이 부러져 날아갔다.

"이, 이것도 드릴 테니 모, 목숨만……!"

두목이 알아서 자신의 철퇴를 유옥에게 가져다 받쳤다.

"죽고 싶지 않으면 어서 사라져!"

유옥의 호통이 채 끝나기도 전에 후다다닥! 걸음아 날 살려라, 다섯 명의 도적이 객점 밖으로 사라졌다.

"야아! 대협 같은 고수가 신공공문에 입문할 계획이라구요? 신공공문이 대단하긴 대단하구나!"

"정말 잘됐어요! 그럼 우린 이제 동문이 될 사람들이로군요!"

유옥이 신공공문에 가는 중이라는 걸 안 강홍과 옥교룡이 기뻐서 어쩔 줄 몰라 했다.

유옥 덕분에 두 사람은 낙양에서 서안까지 황하를 거슬러 가는 배를 탈 수 있었다. 유옥이 뱃삯을 지불해 준 덕분이었다.

"어차피 동문이 될 사이이니 저희가 사형이라고 불러도 되겠군요."

"나이야 우리가 좀 많긴 하지만 무사는 어디까지나 무공으로 얘기해야 하는 것이니까요."

유옥이 나이가 어린 것을 이유로 사양했지만 두 사람은 굽히지 않았다.

강홍과 옥교룡으로서는 유옥 같은 고수와 동행하여 신공공문에 들어가는 것이 크게 이익이 될 것이라고 생각했기 때문이다. 졸지에 유옥은 두 사람의 사형이 되었다.

공공도가 있는 신월호까지 가려면 서안에서 배를 내려 일백여 리를 더 가야 했다.

유옥의 바람처럼 빠른 걸음을 따라잡느라 애를 먹긴 했지만 다행히 유옥의 꽁무니를 놓치지 않아 세 사람이 신월호에 당도한 것은 낙양을 떠난 지 사흘이 지난 날의 오후였다.

공공도가 보이는 신월호 호숫가에 당도한 유옥은 멀리 호수 너머로 보이는 공공도의 모습에 크게 놀랐다.

태화양조장을 기습하기 위해 공공도를 떠난 것은 일 년 전이었는데, 그사이 공공도의 모습은 몰라보게 달라져 있었다. 호숫가에서 보아도 보일 만큼 섬에는 전에 없던 높은 고루거각들이 여러 개 더 솟아 있었으며, 가장 유옥을 놀랍게 한 것은 호숫가에서 섬을 향해 나 있는 엄청난 규모의 석조 다리였다.

"아니, 문주님 아니십니까?"

그때 다리의 입구 쪽에 만들어져 있는 초소 쪽에서 황망히 석비와 다리를 바라보고 있는 유옥을 향해 달려오는 사람이 있었다. 그는 능운채를 공격하던 중에 부상을 입어 태화양조장을 공격할 때 공공도에 남아 있다 다행히 살아남은 몇 안 되는 원조 신공공문도 중 한 명인 소리표라는 무사였다. 마침 그가 다리의 입구를 지키는 초소장을 맡고 있다가 유옥을 알아보고 초소에서 달려나온 것이었다.

"소, 소리표가 아니오?"

유옥도 소리표를 알아보았다.

"무, 문주님! 어떻게 된 겁니까? 저, 저흰 문주님께서 흑도천상회의 놈들에게 변을 당하신 줄 알고 있었는데……!"

유옥의 활약으로 황실에서 대반역을 도모하던 황후의 실체가 드러나고, 흑도천상회가 괴멸된 뒤 유옥이 황태자가 된 소식이 아직 이곳까지는 알려지지 않은 모양이었다.

"이, 이게 어떻게 된 거야? 이분이 신공공문의 문주라고……?"

"그, 그러게? 정말 이게 어떻게 된 일이지?"

소리표가 유옥을 문주라 칭하며 대우하자 정황을 모르는 강홍과 옥교룡이 어리둥절하며 유옥와 소리표를 번갈아 보았다.

"다행히 겨우 생명은 보존할 수 있었죠. 그런데 안 본 새에 신공공문이 많이 변했군요. 이런 다리를 놓으려면 엄청난 인력과 기술이 필요했을 텐데……."

유옥이 씁쓸한 미소를 지으며 말했다. 그리고 섬으로 놓여져 있는 엄청난 규모의 다리를 가리키며 소리표에게 물었다.

목조 다리도 아닌 석조 다리를 장장 오 리나 되는 길이의 규모로 건설한 것은 웬만한 인력과 기술로 될 수 있는 일이 아니었기 때문이다.

"아, 이 다리는 소림에서 놓아준 것입니다."

"소림에서?"

"예, 소림에서 삼천에 달하는 소림승들이 동원되어서 한 달에 걸친 공사 끝에 놓아진 다리이죠. 그리고 이 석비도……."

소리표가 다리 앞에 세워진 석비를 가리켰다.

그 석비는 자그마치 다섯 길이나 되는 높이의 거대한 석비였는데, 석비에는 '소림숭앙문파 신공공문(少林崇仰門派 新空 空門)'이라는 글이 씌여져 있었다.

"소림숭앙문파 신공공문이라! 신공공문이 소림이 숭앙하 는 문파라는 뜻인데, 이걸 소림에서 직접 세워줬다구요?"

무림의 태두라는 소림이 스스로 자신을 낮추며 이런 석비 를 세워주었다는 것은 쉬이 믿을 수 없는 일이었다. 유옥이 석비의 글을 읽으며 믿을 수 없다는 얼굴로 다시 물었다.

"예, 문주님. 저 글은 소림 방장이신 무허 대사께서 직접 쓰신 것이랍니다."

자랑스럽게 웃던 소리표가 석비를 가리키며 말했다.

무허 대사와 검매홍은 은소소에게 지난 공공문의 명예를 최선을 다해 복구시켜 주었기에 소림으로서는 최대한 후한 보상을 하리라 약속하고 지난 흑도천상회의 혈난 때 은소소 에게 협조를 구했던 것이다.

그리고 무허 대사가 직접 이곳에 방문하여 지난날 공공문 에 저지른 죄업에 대한 사과를 하고 소림의 무승들을 동원 하여 지난날의 죄과에 대한 보상으로 다리를 놓아준 것이었 다.

더구나 소림이 숭앙하는 문파라는 석비를 문파의 입구에 세워 중원의 그 누구도 함부로 할 수 없는 문파로 만들어주었 다.

은소소에게 들어서 지난날 공공문과 소림이 진 은원의 문

제를 알고 있는 유옥은 이 같은 소림의 행위를 충분히 이해할
수 있었다. 더구나 흑도천상회를 격파하기 위해 대화양조장
을 기습했다가 신공공문의 전 문도들이 멸살되다시피 했으니
소림으로서는 신공공문에 미안한 마음이 더욱 컸을 것이었
다.

"그, 그런데 지금 신공공문은 누가 이끌어가고 있나요? 나
도 자리를 비웠고… 군사도 없는데…….."

유옥이 의문의 표정을 지으며 소리표에게 물었다. 아직도
유옥은 은소소가 죽은 것으로 알고 있었던 것이다.

"군사님이 없다니요? 군사님께서는 불철주야 문주님께서
돌아오길 기다리시며 문의 부흥을 위해 노력하고 계셨는데
요."

"……!"

소리표가 고개를 갸우뚱하며 말했다. 은소소의 근황에 대
해 알지 못하고 있는 유옥이 이해가 되지 않았던 것이다. 은
소소가 공공도에서 불철주야 유옥을 기다리고 있다는 말에
이번에는 유옥이 놀라 눈을 부릅떴다.

"군사가, 그러니까 은소소가 여기 있다구요?"

유옥이 믿을 수 없다는 표정으로 소리표에게 다그쳐 물었다.

"예. 지금도 저 공공도에 계십니다, 문주님."

소리표가 이해할 수 없다는 표정을 지으며 다리 너머 공공
도를 가리켰다.

"대, 대체 이게 무슨……!"

유옥은 어리둥절한 표정으로 말을 잇지 못했다.

유옥은 달마역근경의 고통을 이겨내도록 하기 위해 은소소가 흑도천상회의 손에 죽었다고 한 무허 대사의 선의의 거짓말을 여태까지 믿고 있었던 것이다. 물론 그 덕에, 그 원한을 갚기 위해 엄청난 고통을 이겨내고 달마역근경의 화후를 이룰 수 있었지만.

유옥이 황실에서 나와 이곳에 온 것은 은소소를 만나리라는 기대를 하고 온 것이 아니었다. 어디까지나 신공공문의 문주로서 문파를 걱정해서 온 것일 뿐이었다. 자신의 목적지로 가기 전에 잠시 들러 신공공문의 현황을 점검하기 위함이었는데.

"저, 저, 정말 은소소가 저 공공도에 살아 있다는 거요?"

"글쎄, 그렇다니까요."

믿을 수 없다는 표정으로 다시 한 번 유옥이 소설우에게 확인을 했다.

"으아아아! 소소!"

소설우가 다시 한 번 확인해 주자 유옥이 환희에 찬 고함을 지르며 다다다다! 다리 위를 달려가기 시작했다.

"가, 같이 가요, 사형, 아니, 문주!"

다다다다!

강홍과 옥교룡이 황망히 그런 유옥을 뒤쫓았지만 유옥은

바람처럼 섬을 향해 멀어지고 있었다.

"꺄아아악! 나 죽어!"

공공도에 있는 으리으리한 신공공문의 여러 전각들 중 한 전각에서 여인의 찢어질 듯한 비명 소리가 터져 나오고 있었다.

"꺄아아악! 너무 아파! 너무 아프다고!"

계속해서 비명 소리가 터져 나오는 전각 밖의 마당에는 신공공문의 문도 수십 명이 걱정스런 표정을 지은 채 서 있었다.

"아이고, 배야! 나, 나, 주, 죽을 것 같아, 꺄아아악!"

남산만 한 배를 껴안고 비명을 질러대고 있는 것은 다름 아닌 은소소였다.

은소소는 지금 출산을 하기 위한 산통을 겪고 있는 중이었다.

"구, 군사님. 힘내세요. 새 생명을 탄생시키는 일인데 그게 어디 쉽겠어요?"

신공공문의 문도로 보이는 한 중년의 여인이 그런 은소소의 배를 쓸어주며 은소소의 아픔을 덜어주려 애쓰고 있었다. 중년 여인은 아이를 낳게 되면 아이를 키울 유모로 미리 내정된 주하연이었다.

"우씨! 새 생명은 무슨! 제 놈을 위해서 내가 몇 번을 목숨

걸었거늘, 이제 황제가 됐다고 지난 정처를 돌아보지도 않는 놈! 내가 미쳤지! 그 정도밖에 안 되는 놈인 줄 알았으면 그놈 애를 낳을 생각도 않는 건데! 아이고, 배야!"

은소소가 쌍욕을 뱉어내다가 산통이 오자 다시 배를 잡고 뒹굴었다.

사실 은소소는 검매홍을 통해 내밀하게 전해진 소식으로 유옥이 황제가 된 것을 알고 있었다.

그런데 유옥에게 자신이 살아 있는 사실을 알리지 말도록 한 것은 유옥의 신공공문에 대한 생각, 자신에 대한 생각을 알아보기 위한 것이었다. 신공공문과 자신에 대한 애정이 있다면 유옥이 빠른 시일 안으로 공공도로 찾아오리라 생각했던 것이다.

지난해에 유옥이 달마역근경을 익히러 냉풍동에 들어가기 전에 은소소는 이미 유옥의 아이를 임신하고 있었다. 은소소는 대사를 앞둔 유옥에게 걱정을 끼치지 않게 하기 위해 그 말을 하지 않았던 것이다.

말을 하진 않았지만 은소소는 늦어도 그 아이를 출산하기 전에 유옥이 자신을 찾아와 주리라 믿고 있었다.

그래서 적어도 아이를 출산할 때는 유옥의 보살핌을 받으며 출산통을 함께하리라 생각하고 있었다.

그러나 엄청나게 고통스런 산통을 겪고 있는 이때까지도 와주지 않으니 은소소는 유옥이 황실의 풍요로움에 젖어 자신과 신공공문을 잊었다고 생각했다.

그래서 괘씸함에 이를 갈면서 아이를 출산하고 있었던 것이다.

"하긴, 거기 황궁에는 세상의 예쁜 여자란 여자는 다 모아 놨다는데 나 같은 여자가 생각이나 나겠어? 그래! 잘 먹고 잘 살아라, 이 더러운 놈아! 꺄아악! 아이고, 배야! 아이고, 소소 죽네!"

황실의 궁녀들을 껴안고 희희낙락하는 유옥을 떠올리며 이를 갈던 은소소가 다시 배를 잡고 뒹굴었다.

"곧 아이가 나올 거예요! 조금만, 조금만 더 힘을 쓰세요, 군사님!"

은소소를 살피던 주하연이 은소소의 배를 쓸어주며 목소리에 힘을 주었다.

양수가 터진 지 한참이 되었으니 이제 곧 아이가 나올 것 같았기 때문이다.

"아이고! 애가 나오면 뭐 해! 제 애비 놈이 거들떠 보지도 않는 애인데! 뼈대있는 집안의 예쁜 규수를 황후로 들여앉히겠지, 나 같은 걸 거들떠나 보겠어? 아이고, 불쌍해, 어떡해! 우리 애기 불쌍해서 어떡해! 아이고, 우리 애기 불쌍해서 어떡해!"

배를 잡고 뒹굴던 은소소의 입에서 이제 자신의 배에서 나올 아이를 동정하는 통곡이 터져 나왔다.

"조금만! 조금만 더요, 군사님! 이제 곧 아이가 나올 것 같아요!"

손을 넣어 은소소의 아래를 살피던 주하연이 다급히 고함쳤다. 자궁 밖으로 아이의 머리가 내비치고 있었던 것이다.

"아아악! 아이고, 배야! 악연이었어! 그놈하고는 정말 악연이었다고! 아이고, 배야!"

은소소가 다시 유옥을 원망하며 처절한 비명을 질러댔다. 원래 산통은 아이가 나오기 직전에 극에 달하는 법이었다.

"소소!"

그때 문 밖에서 귀에 익은 고함 소리가 들려왔다.

"……!"

엄청난 고통의 와중에도 그 고함 소리가 누구의 고함 소리인지 알아챈 은소소의 눈이 크게 떠졌다.

왈칵!

거칠게 문이 열리며 말릴 사이도 없이 한 남자가 방 안으로 튀어 들어왔다. 물론 그는 유옥이었다.

"당신 누구야? 당장 나가! 남자가 분만실엘 들어오면 어떡해요!"

문을 열고 뛰어 들어와 헉헉! 가쁜 숨을 고르는 유옥을 주하연이 밖으로 밀어내며 야단을 쳤다. 주하연은 신공공문에 들어온 지 얼마 되지 않았기에 유옥의 얼굴을 모르고 있었다.

"놔, 놔둬요, 유모! 그 사람, 애 아버지예요!"

은소소가 유옥을 보며 엄청난 고통 속에서도 방긋이 웃었다.

"아, 아버지라면……!"

유옥을 말리던 주하연이 멈칫 놀라며 뒤로 물러섰다.

"뭐 해요? 어, 어서 이리 와 제 손 좀 잡아줘요. 애기 아빠가 손을 잡아주면 아픈 게 훨씬 덜하다고 하잖아요. 어서요."

은소소가 배시시 웃으며 유옥을 향해 손을 내밀었다.

"소… 소……!"

유옥의 두 눈에 눈물이 맴돌았다.

"소소……!"

유옥이 눈물을 흘리며 은소소의 옆으로 다가가 앉았다.

유옥이 떨리는 손을 뻗어 은소소의 손을 잡았다.

"이제 됐어요. 당신이 왔으니 이제 죽어도 여한이 없어요. 아… 아아악! 아이고, 배야! 어떡해!"

유옥의 손을 잡고 기쁨의 눈물을 흘리던 은소소가 다시 자지러졌다.

"히, 힘내! 이제 애기 아버지인 내가 옆에 있잖아!"

유옥이 은소소의 손을 잡고 황망히 소리쳤다.

하지만 자궁에 머리를 비치며 곧 나올 것 같았던 아기는 바로 나오지 않았다.

"아이고, 아이고, 배야! 정말 너무너무 아파요! 정말 이렇게 아플 줄 알았으면 애 낳을 생각을 안 했을 거예요!"

"아아! 나 혼자 만든 거 아니잖아! 조, 조금만 참아!"

"뭐라구요? 당신 혼자 만든 게 아니라구요? 지금 이 자리에서 그딴 말이 나와요?"

"아아! 내, 내가 잘못 말한 것 같군. 미, 미안해."

"아이고, 아이고, 배야! 애 아버지가 되어서 애를 다 낳아가는 이 시간에 겨우 온 사람이 뭐라구요? 아이고! 소소, 죽네!"

출산을 하는 은소소의 옆에서 유옥은 은소소가 애를 놓기까지 한 시진가량을 머리끄뎅이를 쥐어 뜯기고 팔뚝을 꼬집혀야 했다.

"응애! 응애! 응애!"

애를 낳은 은소소만큼은 아니었지만 애 아버지인 유옥도 상당한 고통을 느낀 뒤에야 아이는 이 세상에 태어났다.

第四十七章

거지가 된 황제

◉ 거지가 된 황제 ◉

여러 행태의 거지들 중에서도 가장 밑바닥 거지에 속하는 황태와 봉옥은 요즘 고전을 면치 못하고 있었다.

이 년 전, 유옥과 함께 개방의 일원이라는 난쟁이 패거리에 의해 개삼 마을에서 쫓겨난 후 이곳저곳을 떠돌았지만 거지로서의 터전을 마련하기란 쉽지 않았다.

거지의 터전이라고 해봐야 빌어먹는 데 지장 없고 비바람을 피할 수 있는 다리 밑 움막이면 족했지만, 말이 쉽지 그게 막상 부딪쳐 보면 쉬운 일이 아니었기 때문이다.

어느 동네고 이미 자신들의 구역임을 선포하고 빌어먹는 거지패가 있었고, 그런 거지패에게 걸리면 번번이 몰매를 맞고 쫓겨나기 마련이었다.

다리 밑 움막도 그랬다.

대부분의 비를 피할 만한 다리 밑은 이미 다른 거지들이 터를 잡고 있었다.

두 사람은 몇 달 전부터 정주의 변두리에 있는 낡은 관제묘에서 잠을 자며 그 근방에서 비럭질을 했는데, 어디서 온 놈들인지 처음 본 거지패가 자신들이 숙소로 쓰고 있던 관제묘를 빼앗아 버렸다.

그래서 지금 두 사람이 숙소로 쓰고 있는 곳은 거지들도 여간해선 숙소로 쓰지 않는 상여집으로, 사람이 죽어 초상을 치를 때 시신을 실어서 운구하는 상여가 보관되어 있는 돌담을 쌓아 만든 조그마한 집이었다.

밤이면 바로 옆에 있는 상여에서 시체가 썩는 것 같은 퀴퀴한 냄새가 나는 데다 귀신이라도 튀어나올 것처럼 무서웠지만, 그래도 겨우 비바람을 피할 수 있으니 감지덕지하며 지낼 수밖에 없었다.

오늘도 황태는 이른 아침부터 비럭질에 나서서 한나절 동안 발품을 팔았지만 겨우 식은 감자 두 개가 수확의 전부였다.

봉옥과 함께 비럭질을 다니면 심심하지도 않고 수확도 더 좋았지만, 그들은 이곳에 오고 나서부터 따로 비럭질을 다니고 있었다.

이곳의 원래 터줏대감인 두곤이라는 자가 왕초인 패거리에게 걸리는 것이 무서웠던 것이다. 두곤 패거리는 수가 일곱이나 되는 거지패였는데, 이곳에서 오랫동안 비럭질을 해온 역사가 있는 패거리였다.

이곳에 와서 멋모르고 봉옥과 함께 비럭질을 나섰다가 그들에게 걸려서 돼지게 얻어터지고 난 후 두 사람은 각자 비럭질을 다니기로 했다. 그렇게 하면 두곤 패거리에게 걸릴 염려도 더 적었고, 도망치기도 수월할 것 같아서였다.

두곤 패거리에게 걸릴까 봐 타령도 함부로 할 수 없었다. 구걸할 집 대문을 열리게 하려면 각설이타령이 필수인 데도 말이다.

손으로 대문을 두드리면서 사정을 해봐야 대문을 열어주는 집은 극히 적었기에 봉옥과 황태의 걸통은 늘 빈한하기 짝이 없었다.

"에휴, 이러면서 계속 비럭질을 하며 살아야 하나……."

자신의 빈한한 걸통을 내려다보며 황태가 긴 한숨을 내쉬었다. 정말 요즘 들어 황태는 거지 생활에 회의를 느끼고 있었다.

"이, 이… 이봐요! 여, 여기 식은 밥 하, 한 덩이만 적선합쇼!"

두곤 패거리가 무서운 탓에 타령도 못하고 황태가 어떤 집의 대문을 주먹으로 탕탕! 두드리며 안에다 대고 소리쳤다.

"이, 이봐요! 배… 배가 고파 죽겠다구요! 차, 찬밥이 없으면 무뿌리라도 하나 줘요!"

더구나 황태는 거지에게 치명적인 말을 더듬는 버릇이 있었다.

마음이 다급해지면 말을 더듬는 것이 더 심해진다. 안에서 대꾸조차 없자 황태의 말이 더 더듬거려지고 있었다.

"제, 제발… 좀 도와줘요! 배, 배가 고파 주, 죽겠다구요!"

그간 떠들었던 말이 아까워서 포기하지 못하고 대문을 발로 쾅쾅! 찼다. 두드리는 것은 괜찮지만 발로 차는 것은 비럭질하는 거지에게 절대적인 금기 사항이라는 것을 깜빡 잊은 채.

"알았어, 나간다. 조금만 기다려."

그때 안에서 생각지 않게 굵직한 남자의 목소리가 들려왔다. 발소리가 들리는 걸로 보아 그 남자가 대문을 향해 걸어오고 있는 것 같았다.

비럭질을 할 때 남자가 나오는 경우는 두 가지가 있었다.

첫 번째는 대문을 두드리며 시끄럽게 하는 거지를 혼내주려고 하는 경우이고, 두 번째는 동냥을 주기 위해서였다. 물론 거지를 혼내주려고 나오는 경우가 더 많았지만 남자가 동냥을 주는 경우는 여자가 주는 것보다 후했다.

며칠 전에도 그런 경우가 있었는데, 황태는 드물게도 대문을 열어준 어떤 남자에게서 쌀 한 바가지를 적선받은 적이 있었다.

"……."

대문을 향해 오는 남자의 발소리를 들으며 도망갈까, 그냥 있을까 잠시 망설였지만 황태는 후자를 택했다. 들려온 남자의 목소리가 그런대로 온화했기 때문이다.

덜컹!

소리가 나며 철로 된 대문이 안에서 열렸다.

크아아앙!

그리고 안에서 튀어나온 것은 한 마리의 개였다. 그것도 송아지만 한 풍산개였다.

"으아아아! 화, 황태 살려!"

다다다다!

황태가 걸음아 날 살려라 도망갔고, 그 뒤를 풍산개가 이빨을 드러내고 뒤쫓아갔다.

가까운 곳에 개울이 없었다면 필경 황태는 개에게 엉덩이나 종아리를 물렸을 것이다. 달려오는 개를 피해 황태는 구정물투성이의 개울로 뛰어들었다. 다행히 개는 개울물 속으로까지 황태를 쫓아오지는 않았다.

개가 돌아간 뒤에 간신히 개울에서 기어나왔지만 그 와중에 한나절 다리 품을 팔아서 얻은 감자 두 개가 어디로 도망가고 없었다.

"여, 여, 여보슈! 여, 여기 구, 굶어 죽어가는 부, 불쌍한 거지가 있습니다요. 시, 식은 밥 한 덩이하고 추, 추, 춘장 조금만 적선합쇼!

별수없이 주린 배를 잡고 황태는 또다시 어떤 집의 대문을 두드릴 수밖에 없었다.

배가 잔뜩 고프고 개에게 놀란 가슴이 진정되지 않은 황태는 말을 더욱 더듬었다.

"제, 제발! 저, 정말 배가 고파 죽겠습니다요!"

한 식경 가까이를 대문을 두드리며 애원했지만 집 주인은 대꾸도 없었다.

"에이 쌍!"

황태가 또 거지로서는 해서는 안 될 짓, 대문을 발로 걷어차고는 그 집을 포기하고 몸을 돌렸다.

"야! 이 새끼, 너 잘 걸렸다!"

정말 엎친 데 덮친 격이라는 말이 이런 때에 쓰라고 있는 말 같았다. 그야말로 황태에게 있어서 최악의 상황이 닥쳤다. 바로 황태가 제일 무서워하는 두곤과 그 패거리 몇 명이 저쪽에서 황태를 가리키며 다가오고 있었던 것이다.

후다닥!

황태가 몸을 홱 돌려서 이런 상황에서 쓸 수 있는 최후의 수단인 삼십육계 줄행랑을 놓았다.

"……!"

그런데 도망가던 황태의 눈이 휘둥그레졌다. 이미 반대쪽 골목에도 두곤 패거리 몇 명이 골목을 막고 기다리고 있었던 것이다.

골목의 양쪽을 막은 채 두곤 패거리가 쫓아오니 황태로서는 더 이상 해볼 것이 없었다. 별수없이 황태는 두곤 패거리에게 잡히고 말았다.

콱!

두곤의 우악스런 발길질에 가슴팍이 채인 황태가 골목의 담벼락에 등을 부딪치며 처박혔다.

"너, 이 새끼! 내가 너, 이 동네서 비럭질하다가 걸리면 분명히 발모가지 부러뜨리겠다고 했지?"

"아, 아이고! 자, 잘못했어요. 다, 다시는 아, 안 할게요."

달달 몸을 떠는 황태의 멱살을 두곤의 우악스런 손이 움켜잡았다.

이제 눈탱이가 밤탱이가 되도록 쥐어터질 일만 남은 것이었다. 개에게 쫓기고 두곤 패거리에게 두들겨 맞고, 정말 황태로선 최악의 날이 아닐 수 없었다.

"야야! 그 손 놓지 못해!"

그런데 바로 그때 놀랍게도 가까이서 황태의 귀에 익은 목소리가 들려왔다.

"걔, 건드리면 내가 가만 안 둔다! 걔는 내 똘마니라구!"

황태와 두곤, 그리고 두곤의 패거리가 광오한 소리가 들려온 쪽으로 시선을 돌렸다.

거기엔 놀랍게도 지난날 개삼 마을에서 황태와 봉옥의 왕
초였던 유옥이 있었다.

여전히 빌어먹는 거지의 신분을 벗어나지 못한 듯 유옥은
여기저기가 기워진 때에 절은 옷을 입고 찌그러진 걸통을 들
고 삐딱하게 서 있었다.

전과 달라진 것이라면 어디서 구한 똘마니인지 처녀 거지
하나를 달고 있는 것이었다.

얼굴에 땟국물이 흐르고 있어서 예쁜지 그렇지 않은지도
구별하기조차 어려운 젊은 여자였는데, 등에는 낳은 지 얼
마 되지 않은 갓난아이를 업고 있었다. 거지답게 갓난아이
의 얼굴에도 누런 콧물과 꼬질꼬질한 때가 잔뜩 묻어 있었
다.

"와, 와, 왕… 초!"

황태의 입에서 반가움에 겨운 외침이 터져 나왔다.

"어서 놔줘, 이 새끼들아! 발모가지들 부러지기 전에!"

유옥이 손마디를 우두둑! 소리가 나게 꺾으며 한 무리의 왕
초다운 기개를 보이며 소리쳤다.

같은 거지라도 고수는 고수를 알아보는 법.

두곤은 황태의 왕초를 자처하며 새롭게 등장한 유옥이 심
상치 않은 거지라는 것을 단박에 알아보았다.

자신의 패거리, 일곱이나 되는 상대를 앞에 두고도 조금도

끓리지 않는 기도를 보이는 유옥에게 뭔가 믿는 구석이 있다고 생각한 것이다.

"얘들아! 저 머리에 쇠똥도 안 벗겨진 새끼가 뭘 믿고 저렇게 큰 소리를 치는지 한번 두드려 봐라!"

두곤이 자신들의 패거리에게 턱짓으로 유옥을 가리켰다.

유옥의 능력과 정체가 밝혀지지 않았으니 자신이 직접 나서는 섣부른 짓은 하지 않겠다는 뜻이었다.

"더러 간이 배 밖으로 튀어나온 정신 나간 놈이 있지!"

"비 오는 날 먼지가 나도록 쥐어터져야 정신을 차리는 멍청한 놈도 있고!"

두곤을 두고 여섯 명의 패거리가 팔뚝을 둥둥 걷으며 유옥을 향해 다가갔다.

"저만치 물러나 있어. 다쳐."

유옥이 손짓을 하며 가까이 있는 은소소를 뒤로 물러나게 했다.

경신술의 능력이 특출한 은소소이니 그럴 염려는 없었지만 아기를 업고 있으니 조심스러웠던 것이다.

"야앗!"

"내 주먹 맛 좀 봐랏!"

"안 죽을 만치만 패주맛!"

타아아앗!

좁은 골목이라 여섯이 한꺼번에 들이칠 수 없으니 먼저 앞에 있던 셋이 주먹을 불끈 쥐고 유옥을 향해 닥쳐들었다.

한 주먹은 고개를 젖혀 피하고 한 주먹은 팔꿈을 들어 막아 냈지만, 한 주먹은 피하지 못하고 퍼억! 둔탁한 소리를 내며 유옥의 콧잔등을 정통으로 때렸다.

"으윽!"

유옥이 코를 싸쥐며 주춤 뒤로 물러섰다.

싸쥔 코에서 벌써 쿨쿨! 쌍코피가 쏟아지고 있었다.

"와, 왕초! 괘, 괘, 괜찮아?"

코피가 터진 유옥을 본 황태가 다시 더듬거리며 황망히 물었다.

"가, 감히 이 유옥의 코피를 터뜨리다니, 네놈들 오늘 다 죽었다!"

유옥이 분개한 목소리로 외치며 팔뚝으로 흘러내리는 코피를 쓰윽 닦았다.

"야아아아!"

다다다다!

분개한 유옥이 있는 힘껏 고함을 지르며 멧돼지처럼 여섯을 향해 돌진했다.

퍼억!

맨 앞에 있던 누런 삼베옷을 입은 거지의 면상이 유옥의 이마에 정통으로 받혔다.

퍼억!

다음으로 유옥이 휘두른 주먹에 난쟁이를 겨우 벗어난 작
달막한 키의 사내의 면상이 아작났다.

　휘잉!

　하지만 다음으로 상대를 공격해 간 유옥의 발이 허공을 갈
랐다.

　표적으로 했던 허수아비처럼 깡마른 사내가 잽싸게 허리
를 굽혀 유옥의 발을 피했기 때문이다.

　작정을 하고 휘둘렀던 유옥의 발이 깡마른 사내가 피하는
바람에 예정에 없이 옆에 있던 담벼락을 걷어차는 꼴이 되고
말았다.

　뿌악!

　돌담을 잘못 찬 유옥의 발에서 뼈가 아작나는 듯한 요란한
소리가 났다.

　"으아아악! 내, 내 발……!"

　유옥이 담벼락을 걷어찬 발을 싸쥐고 한 발로 깡충깡충 뛰
었다.

　"기회다!"

　"조져!"

　타아아앗!

　여섯 사내가 깡충거리는 유옥을 향해 다시 돌진해 갔다.

　유옥이 돌진해 온 여섯에게 바닥으로 깔아뭉개졌다.

　툭탁, 퍽퍽퍽!

살과 살이 맞부딪치는 요란한 소리가 연속적으로 나며 유옥이 대책없이 여섯 명에게 짓밟히고 있었다.

'어이구, 나원참, 저게 무슨 말도 안 되는 짓이람.'

뒤쪽으로 물러서서 그 난장판을 보고 있는 은소소는 어이가 없었다.

유옥이 몸에 지니고 있는 강기라도 한 번 발출하면 유옥을 공격하는 거지 떼는 가랑잎처럼 날아가 떨어질 것이었다.

그런데 유옥은 이런 상황을 즐기라도 하는 듯 그냥 일반 거지들이 하는 양과 다를 바 없는 싸움을 하고 있었다. 그야말로 스스로 연출을 하는 싸움이라고 해도 과언이 아니었다.

"새끼, 별거 아니네."

혹시나 하고 멀찌감치 떨어져 유옥의 깜냥을 살피고 있던 두곤이 우람한 팔뚝을 슬슬 걷어붙이며 자기들 패거리에게 짓밟히고 있는 유옥 쪽으로 다가갔다. 마지막으로 자기 손으로 유옥을 완전히 요절 내서 똘마니들이 보는 앞에서 왕초의 위세를 세우고 싶은 모양이었다.

"왕초!"

그때 골목 저 쪽에서 또 한 명의 거지가 골목이 떠나가라 부르짖으며 다다다다! 달려오고 있었다.

콰아악!

바람처럼 달려온 거지는 유옥을 짓밟고 있던 여섯을 향해 있는 힘껏 몸을 날려 그들을 밀어붙였다.

"헛!"

"우앗!"

"뭐야, 이 새끼!"

돌연히 출현한 거지의 돌진에 유옥을 짓밟고 있던 여섯 중 세 명이 튕겨져 나갔다.

하지만 셋은 멀쩡했으므로 돌진해 온 거지는 그중 멀대처럼 키가 큰 거지에게 콱! 멱살을 잡히고 말았다.

키가 작은 사람이 키가 큰 사람에게 멱살을 잡히면 곤혹스런 법이다. 상대의 주먹은 자기 면상에 고스란히 와서 박히는데 내 주먹은 뻗어도 닿지 않기 때문이다.

퍽퍽퍽!

키가 큰 사내의 멱살을 잡지 않은 주먹이 새로 출현한 거지의 면상에 가서 연속적으로 틀어박혔다.

"봉옥!"

두곤 패거리에게 짓밟히고 있던 유옥의 입에서 놀랍고도 반가운 고함이 터져 나왔다. 유옥을 구하겠다고 새로 출현한 거지는 다름 아닌 봉옥이었던 것이다.

봉옥은 황태보다는 훨씬 약삭빠른 거지였다. 봉옥이 나타나자 유옥도 없던 힘이 생긴 모양이었다. 자신의 배를 밟고 있던 키 작은 사내의 발을 확! 들어 밀어버리며 바닥에서 벌떡 일어났다.

"야아아!"

일어난 유옥이 봉옥의 멱살을 잡은 채 주먹을 먹이고 있던 키 큰 사내를 향해 돌진했다.

콰아악!

유옥의 무릎이 키 큰 사내의 명치에 요란한 소리를 내며 틀어박혔다.

"끄으윽!"

제대로 급소에 맞은 듯 키 큰 사내가 허연 위액을 입에서 줄줄 흘리며 배를 싸쥐고 주저앉았다.

"내 똘마니들을 패다니, 네놈들은 오늘 다 죽었다!"

키 큰 사내를 한 방에 쓰러뜨린 유옥이 기세를 드높이며 다음 상대를 향해 주먹을 휘둘러 갔다.

퍼억!

마침 유옥을 향해 주먹을 휘둘러 오던 키 작은 사내의 면상에 유옥의 주먹이 제대로 박혔다.

원래 상대가 돌진해 올 때 주먹이 박히면 상대가 돌진해 오던 힘이 보태어져 그 위력은 배가되기 마련이다.

키 작은 사내의 코에서 쫘아악! 폭포수 같은 쌍코피가 터지며 풀썩! 볏단이 쓰러지듯 키 작은 사내가 주저앉았다.

삽시간에 두 명이 유옥에게 아작나자 봉옥도 없던 힘이 솟는 모양이었다.

콰악!

마침 유옥을 공격하려던 삼베옷의 사내 목을 뒤쪽에서 낚아챘는데, 그렇게 낚아챈 사내의 목을 봉옥이 팔뚝으로 힘껏 잡아 졸랐다.

퍼억!

그 틈을 놓치지 않고 유옥이 삼베옷사내의 아랫도리 부분을 사정없이 걷어차 버렸다.

"우아아악!"

삼베옷사내의 입에서 듣기 거북할 정도의 처참한 비명 소리가 터져 나왔다.

그리고 삼베옷의 사내는 자신의 아랫도리를 붙잡고 바닥을 데굴데굴 굴렀다. 유옥이 예상컨대 그 사내는 이제 앞으로 한 열흘쯤은 자리에서 일어나기 힘들 것이었다.

졸지에 육 대 일의 상태에서 삼 대 이의 상황이 되자 남은 세 거지가 주춤주춤 유옥과 봉옥을 피해 뒷걸음질쳤다.

상황이 급변하자 두곤의 마음이 급해졌다.

원래 패싸움은 기세 싸움이라고 해도 과언이 아니다. 기세에 밀리면 걷잡을 수 없이 승패가 갈리는 것이 패싸움이었다.

"야, 이 좆만 한 새끼야!"

자신의 덩치에 걸맞는 우렁찬 고함을 지르며 둥둥 걸어올린 우람한 주먹을 둘러멘 두곤이 유옥을 향해 돌진했다. 아니, 돌진하려 했다.

그런데 그게 마음대로 되지 않았다.

어느새 유옥을 향해 돌진하려는 두곤의 허리를 두곤의 뒤쪽에서 누군가가 끌어안고 매달린 것이었다.

"아, 아, 안 돼! 우, 우, 우리 왕초 때리지 마!"

두곤의 허리를 잡고 매달린 것은 황태였다.

"이, 이 새끼가!"

두곤이 황망히 황태를 털어내려고 몸을 흔들었다. 하지만 황태가 앞쪽도 아니고 옆쪽도 아닌, 완전히 뒤쪽에서 두곤의 허리춤을 바짝 껴안고 매달리니 털어내기가 쉽지 않았다. 한 대 쥐어 박으려고 해도 손이 닿지 않았다.

그사이 퍽퍽! 둔탁한 소리와 함께 유옥의 발차기에 세 명의 두곤패 거지가 나가떨어지고 있었다. 나머지 한 명은 봉옥과 껴안은 채 땅바닥을 뒹굴며 드잡이질을 하고 있었다.

"조금만 더 잡고 있어, 황태야!"

흐르는 코피를 스윽, 팔뚝으로 닦으며 유옥이 두곤 쪽으로 향했다.

"야, 이 새끼야! 안 꺼져!"

자신에게 다가오는 위기를 느끼며 두곤이 황태를 털어내기 위해 사력을 다해 몸을 흔들었지만 황태는 좀체 떨어져 나가지 않았다.

타다다닷!

유옥이 그런 두곤을 향해 발소리도 경쾌하게 바람처럼 달려왔다.

"야아아아!"

상쾌한 기합성과 함께 두곤의 앞, 석 장쯤 앞에서 유옥이 땅을 차고 도약했다.

쉬이이익!

유옥의 모듬발이 바람을 가르는 소리를 내며 두곤의 면상으로 날아들었다.

퍼억!

경쾌하면서도 둔탁한 소리와 함께 유옥의 모듬발이 두곤의 면상에 제대로 틀어박혔다.

결국 유옥의 모듬차기에 두곤의 면상이 작살나며 기절하자 두곤 패거리가 패배를 선언하고는 두곤을 둘러매고 그 자리를 떠났다.

"와, 와, 와, 왕초! 저, 정말 대단하다! 어디서 싸움 많이 배워왔나 봐!"

"정말! 마지막 모듬차기는 정말 멋졌어, 왕초!"

두곤 패거리에 승리를 거두자 황태와 봉옥이 환호를 하며 유옥을 치켜세웠다.

"저런 자식들한테 지면 너희들 왕초가 아니지!"

유옥이 주먹을 불끈 쥐어 보이며 호기를 부렸다. 하지만 유옥의 눈탱이도 두곤 패거리에게 맞아 밤탱이가 되어 있었고, 아직도 쌍코피는 멎을 줄 모르고 줄줄 흘러내리고 있었다.

"그런데… 너희들, 어디서 지내는 거냐? 이 근방 다리 밑에서는 너희들을 못 찾겠던데."

유옥이 계속 흘러내리는 코피를 팔뚝으로 스윽 닦으며 황태에게 물었다.

　봉옥과 황태가 이 동네에서 비럭질을 한다는 소문을 접한 유옥이 두 사람을 찾아 이 근방을 뒤지고 다녔던 모양이다.

　"시, 실은 요즘 우린 저기 산등성이에 있는 상여집에서 지내고 있었어."

　풀 죽은 모습으로 뒷머리를 긁적이며 봉옥이 마을 너머로 보이는 산등성이를 가리키며 대답했다. 거지가 다리 밑이 아닌 다른 곳에서 지내는 것만큼 모욕적인 것이 없었던 것이다.

　"자식들, 이 왕초가 없으니까 고생들이 많구나. 다리 밑 한 군데도 못 차지하고. 하지만 앞으로 그런 걱정들은 마라."

　유옥이 자신의 가슴팍을 탁탁! 자신의 주먹으로 두드리며 호기를 부렸다.

　"히히, 그, 그래. 이, 이젠 왕초가 두곤 패거리를 이겼으니까 그 새끼들이 쓰던 문매교 다리 밑을 우, 우리가 쓰면 되겠다, 히히. 그런데 이 여자는 누구야? 왕초 똘마니야?"

　황태가 아기를 업고 엉거주춤 서 있는 여자 거지, 은소소를 가리키며 물었다.

　"또, 똘마니가 아니고 이 왕초의 마누라다. 앞으로 잘 모셔."

　"처? 왕초 마, 마누라라고……?"

　"그래, 앞으로 형수님으로 깍듯이 알아서 모셔라."

유옥이 멋쩍은 얼굴로 뒷머리를 긁적이며 말하자 황태와 봉옥이 황망히 놀라며 여자 거지를 다시 바라보았다.

사실 유옥을 따라온 여자 거지는 은소소였다.

등에 업고 있는 아기는 한 달 전에 신공공문에서 낳은 유옥의 아들이었다. 다시 말하면 황제가 될 사람의 아들이니 황태자인 셈이었다.

황제의 자리도, 신공공문의 문주의 자리도 마다하고 다시 거지로 돌아가려는 유옥의 행위가 쉬이 이해되지 않았지만, 유옥의 뜻이 워낙 완강해 은소소도 결국 아기를 들쳐업고 유옥을 따라 나설 수밖에 없었다. 더불어 삼 년만 참으면 이 나라의 황후 자리에 앉혀주겠다는 유옥의 솔깃한 말도 유옥을 따라 나설 수밖에 없는 이유 중 하나였다.

"앞으로 잘 부탁드리겠습니다, 형수님."

"히히, 저, 저두요."

은소소를 향해 봉옥과 황태가 히히덕거리며 굽실거렸다.

"나도 잘 부탁할게."

은소소가 마지 못해 그들의 인사를 받아주었다.

"응애! 응애!"

그때, 은소소의 등에 업혀 있던 아기가 오줌에 젖어 있는 기저귀가 불편하기라도 한 듯 울음을 터뜨렸다.

황제의 피를 받은 황손답게 아기의 울음소리는 골목이 떠나갈 듯 우렁찼다.

개삼 마을에 가을이 오고 있었다.

전형적인 농촌에 가을은 풍요, 그 자체였다.

올해는 용케도 가뭄이 들지 않았다. 마을 사람들은 콩과 수수를 수확하느라 여념이 없었고 아이들은 대추나무, 밤나무 등 과실 나무에 올라가 잘 익은 과실을 골라 따먹으며 놀았다.

그 개삼 마을의 상천교 다리 밑에 자리한 악범이 지휘하는, 이름하여 개방의 개삼 분타도 더불어 가을의 풍요로움을 구가하고 있었다.

악범은 자신이 소원했던 대로 움막에만 틀어박혀 있었다.

휘하의 개방도들 네 명은 누구 하나 악범의 비위를 거스르지 않고 입 안의 혀처럼 놀았다.

먹을 것만 적당히 빌어다 바치면 악범만큼 편한 상관이 없었다. 입도 까다롭지 않았고 잔소리도 없었다. 가끔, 아주 가끔 술이 취하면 밤늦게까지 기합을 주는 것만 빼면 정말 최고의 분타주였다.

그런데 개삼 마을을 돌며 개방도들이 하는 주업, 비럭질에 악범이 관여를 않다 보니 거기에서 조금씩 문제가 생기고 있었다.

악범을 뺀 네 명이 가끔씩 마을 사람들의 물건이나 곡식에 손을 대기도 했고, 더러 동냥을 주지 않는 집 앞에서 행패를 부리다 집 주인과 시비가 붙는 일도 생겼다.

지난여름 중복에는 상촌의 외팔이영감이 알을 빼먹기 위해 애지중지 키우던 닭장의 닭이 몇 마리 없어지는 일이 생겼다.

마을 사람들은 그 일을 벌인 자들이 상천교의 개방도들일 것이라고 추측했지만 확증이 없었으므로 적극적으로 개방도들을 추궁할 순 없었다.

결국 외팔이영감 혼자서 구걸을 나왔던 네 명에게 따지고 들었다가 무고한 사람을 도둑으로 몬다며 네 명에게 흠씬 두들겨 맞기만 하고 말았다.

그 후 악범 패거리는 마을에서 단순한 거지가 아니었다.

이름만 거지였지 슬슬 폭력배 같은 것으로 변질되어 가고 있었다.

자기들의 동냥에 인색한 집은 기억해 두었다가 그 집 수수밭의 익지도 않은 수수를 다 잡아 뽑아버린다든지, 대추를 다 털어버린다든지 하는 식의 보복을 예사로 했다.

마을 사람들은 그것이 악범 패거리의 짓이라는 것을 알았지만 물증이 없었으므로 함부로 따지지 못했다. 외팔이영감 꼴이 날 수도 있었기 때문이다.

악범 패거리가 순수한 거지가 아니라 위협적인 거지가 되어가면서 그들의 걸통은 수월하게 채워졌지만, 마을 사람들은 그만큼 불편해져 갔다.

오늘은 마을 촌장인 양씨 집의 드넓은 수수밭에서 수수를 수확하는 날이었다. 그래서 마을 사람들은 거의 모두가 양씨 집의 수수밭에 모여 구슬땀을 흘리며 수수를 거두는 일을 하고 있었다.

마을 사람들이 수수를 수확하느라 땀에 젖어 있는 그날, 악범 패거리의 강목, 양추, 마외동, 홍구는 상천에서도 가장 경치 좋은 곳인 삼단 폭포 아래 모여 있었다.

"야야! 보는 사람 아무도 없지?"

마외동이 어깨에 메고 있던 커다란 자루를 내려놓으며 잔뜩 신경을 세우고는 주위를 경계하며 말했다.

"걱정 마, 인마. 동네 사람들은 지금 양씨네 수수밭에 다 있다니까."

강목이 히죽 웃으며 마외동의 어깨를 툭툭, 두드렸다.

"그래도 이거 걸리면 개삼 마을에서 빌어먹는 데 애로 사항이 엄청 많을 테니 조심은 해야지. 망은 내가 확실하게 볼 테니까 걱정 붙들어매고 어서 때려잡아."

홍구가 폭포 아래 쪽으로 돌아서서 경계의 눈을 번뜩이며 말했다.

거기서 보면 계곡 아래쪽에서 올라오는 사람을 한눈에 볼 수 있으니까 걱정하지 않아도 될 것이었다.

털퍽!

마외동이 자루를 거꾸로 들어 자루에 들어 있던 것을 부려 놓았다.

놀랍게도 그것은 한 마리의 개였다. 개 중에서도 제일 맛나다는 누런 황구였는데, 오십 근은 족히 나갈 만한 큰 개였다.

앞뒤 네 발을 모아 새끼줄로 꽁꽁 묶은 뒤에 주둥이까지 새끼줄로 동여매 짖지도 못하게 만들어놓았다. 개는 겨우 낑낑! 고통스런 신음을 내뱉고 있었다.

"망할 놈의 여편네. 감히 개방도에게 개를 풀어? 히히, 이제 애지중지하던 개가 없어진 걸 알면 눈깔이 뒤집히겠군."

양추가 히죽이 웃으며 널부러져 있는 개를 발로 툭툭, 찼다.

개는 하촌의 맹덕이네가 키우던 개였다.

하필 맹덕이 엄마와 아버지가 부부 싸움을 한 날 악범 패거리가 그 집 대문을 두드리자 부부 싸움 때문에 잔뜩 성질이 돋아 있던 맹덕이 엄마가 개를 풀어버린 것이었다.

차마 마을 사람들이 보는 데서 자신들에게 달려드는 개를 어떻게 할 수 없었던 악범 패거리는 바로 오늘 거사를 단행한 것이다.

마을 사람들 대부분이 들에 나가 없는 사이, 맹덕이네 집에 침입해서 개를 잡아온 것으로, 정말 개방도로선 해선 안 될 엄청난 짓을 한 것이었다.

개방도치고 구육맛을 모르는 사람이 없었고, 개를 잡는 법을 모르는 사람도 없었다.

개를 죽여서 메고 오면 일이 더 쉬웠겠지만 죽은 개를 그냥 구워 먹는 것은 맛이 없었다. 제대로 맛을 내서 먹으려면 개를 산 채로 거꾸로 매달아 몽둥이로 패서 죽인 뒤에 털을 꼬슬린 다음에 굽든지 탕을 하든지 해야 제맛이 나는 법이다.

홍구가 망을 보는 사이 세 사람이 묶여 있는 개를 가까이 있는 나무에 거꾸로 매달았다.

퍽퍽퍽!

숲속에 개를 패는 둔탁한 몽둥이 소리가 울려 퍼졌다.

콰아아아!

가까이에서 떨어지는 폭포 소리에 묻혀서 요란함이 덜한 것이 그나마 다행이었다.

퍽퍽퍽!

세 사람의 몽둥이찜질에 개의 뼈가 아작나고 살들이 나긋나긋하게 다져지고 있었다. 거꾸로 매달린 개는 입이 묶여 있어서 침만 질질 흘릴 뿐 짖지도 못했다.

퍽퍽퍽퍽!

세 사람의 몽둥이찜질은 한 식경이나 계속되었다.

세 사람의 매타작에 개의 명은 진즉에 끊어져 있었다. 하지만 몽둥이 찜질로 개의 질긴 근육과 단단한 뼈가 아작날 만큼 아작이 나야 구육이 제맛을 내므로 세 사람은 계속해서 매타작을 하고 있는 것이었다.

그다음은 개의 털을 꼬슬리는 순서였다.

세 사람이 숲으로 들어가 마른 나뭇가지들을 한 아름씩 주워와 매달려 있는 개의 아래쪽에다 쌓았다.

그런 다음 쌓아 올린 나무 아래다 마른 낙엽을 수북히 넣고 불을 붙이자 곧 불이 화르르! 타오르며 붉은 불꽃이 거꾸로 매달린 개의 털을 태웠다.

개의 털이 타는 지독한 노린내가 사방으로 퍼져 나갔다.

"이거 노린내가 너무 심한데."

"그러게. 동네 사람 중에 누가 냄새 맡고 오면 어쩌냐?"

마외동과 강목이 말하며 걱정스레 주위를 둘러보았다.

진동하는 냄새에 네 사람이 잔뜩 주의를 기울였지만 다행히 찾아오는 사람은 없었다.

그렇게 한 식경 동안 개의 털을 태운 뒤 꼬슬려진 개를 모닥불에서 만들어진 숯불 속에다 묻었다.

그러자 털이 꼬슬려질 때와는 다른 고기가 익는 구수한 냄새가 숯불 속에서 풍겨 나왔다.

"히히, 뭐니 뭐니 해도 구육이 최고여."

"정말 이게 얼마 만에 먹는 구육이냐."

"이거 먹고 나면 아랫도리에서 힘이 불끈불끈 할 텐데, 그 힘을 또 어디다 쓰냐?"

"히히히, 그러게. 어디 가서 실하게 엉덩이에 살 오른 아가씨라도 하나 잡아올까?"

개고기가 구워지며 피워내는 구수한 냄새에 네 사람은 침을 질질 흘리며 개가 묻혀 있는 숯불에서 눈을 떼지 못하고 있었다.

털을 꼬슬리는 것과 달리 개를 불에 익히는 것은 시간이 많이 걸리는 일이었다. 더구나 내장까지 먹을 요량으로 배를 열지도 않았으므로 더 오랫동안 불속에 두어야 했다.

한 시진의 길고 긴 시간을 기다린 뒤에 네 사람은 숯불더미 속에 묻혀 있던 개를 꺼냈다.

"구육을 맨입으로 먹으면 심심하지."

마외동은 그새 꿍쳐 두었던 화주 한 병까지 꺼내놓았다.

그야말로 거지들의 인생에 몇 번 있을까 말까 한 호식을 눈앞에 둔 상황이었다.

"일단 내가 먼저 맛 좀 보고."

개를 잡는 일에 제일 앞장을 섰던 마외동이 제일 먼저 구워진 개의 다리 하나를 찢어 들었다. 다른 세 명은 침을 주르르 흘리며 마외동을 바라보고 있었다.

바로 그때였다.

쉬이이잇!

구운 개를 가운데 놓고 둘러앉아 있는 네 사람의 주위로 여덟 명의 검은 인영이 바람처럼 내려섰다.

"헉!"

개다리를 입으로 가져가던 마외동이 경악하며 들고 있던 개다리를 바닥에 툭! 떨어뜨렸다.

네 사람의 주위, 팔방을 점한 채 내려선 여덟 명의 인영은 개방도들에게 저승사자로 불리는 법개들이었다.

"개방의 정주 분타 소속의 백의개들인 마외동, 양구, 홍추, 강목을 구걸삼도를 어긴 죄로 체포한다!"

조장으로 보이는 차가운 인상의 중년 법개가 검은 개가 그려진 흑구동패를 네 사람을 향해 내밀었다.

흑구동패는 개방의 방주가 직접 내린 명패였다.

그 흑구동패 앞에서 반발하면 그것은 곧 용두방주에게 반발한 것과 같은 것으로 치부되어 개방에서 최고로 준엄한 책벌을 받는다.

흑구동패를 본 네 사람이 절망적인 표정으로 쿡! 무릎을 꿇으며 주저앉았다.

그 시간, 추종왜자 악범은 움막이 있는 상천교 개울가 자갈밭에서 유옥과 마주 서 있었다.

이 년 전 유옥이 악범의 박치기에 박살났을 때와 마찬가지로 상천의 개울가에는 가을이 깃들고 있었다. 움막 옆의 커다란 느티나무에선 누런 잎이 한 잎 두 잎 떨어져 날리고 있었고, 상천의 물은 여전히 명경처럼 맑았다.

"응애! 응애!"

개울가의 정적을 깬 것은 은소소가 등에 업고 있는 아기의 울음이었다.

"우리 애기 착하지? 네가 울면 아빠가 싸우시는 데 지장이 있단다. 울지 마라, 울지 마. 우리 애기야."

은소소가 등에 업은 아기를 몸을 흔들어 추스르며 얼렀다.

"응애! 응애!"

하지만 아기는 울음을 쉬이 그치지 않았다.

그 아기를 업은 은소소의 옆에 황태와 봉옥도 잔뜩 긴장한 모습으로 서 있었다.

지금 유옥은 이 년 전의 빚을 갚기 위해 일부러 개삼 마을의 악범을 찾아온 것이었다.

아내와 자식과 두 똘마니가 보는 앞이니 다시 진다면 정말 큰 낭패를 당하는 것이 될 것이므로 유옥도 상당히 신중을 기하고 있는 듯 보였다.

"자식, 어디서 뭐 좀 배워온 모양인데."

악범이 씨익 웃어 보이곤 유옥을 바라보며 말했다.

그는 마주 선 유옥에게서 풍겨 나오는 기도에서 예전의 유옥이 아니라는 것을 느꼈다.

"거기다 거지 주제에 처자식까지 만들고… 자식, 그쪽으로 재주가 비범한 모양이네."

아직도 응애응애, 울어대는 아기를 업고 있는 은소소 쪽을 흘깃 보며 악범이 이죽거렸다.

자신이 개방에서 분타주까지 되며 제법 출세를 했지만 처자식을 거느리는 것은 꿈도 꿔보지 못했다. 자신 같은 혹불이 난쟁이에게 와서 안길 여자가 있으리라고는 애초에 생각지도 않았다.

"왜 부럽냐? 하긴… 너 같은 혹불이 난쟁이 새끼에게 처자식은 언감생심이겠지."

유옥이 악범을 향해 이죽거렸다.

"이 새끼가……!"

순간, 악범의 눈에 번뜩 불같은 살기가 일어났다.

정말 악범은 한편으로 처자식을 끌고 온 거지, 유옥이 부럽다는 생각을 불현듯 했던 것이다. 자신은 도저히 꿈꿀 수도 없는 일을 한 유옥이 부럽지 않을 수가 없었다.

내심을 들킨 부끄러움이 악범의 마음속에서 분노가 되어 일어나고 있었다.

악범의 별호는 추종왜자였다.

그 별호는 누구라도 악범에게 난쟁이나 혹불이란 말을 했다간 끝까지 쫓아가서 박살을 낸다 하여 붙여진 것이었다.

파앗!

딛고 있던 자갈밭을 차고 악범이 유옥을 향해 성난 멧돼지처럼 돌진해 갔다.

개방의 신법 중에서 가장 빠른 신법인 비천신풍이었다.

바람처럼 유옥의 앞으로 닥쳐든 악범이 닥쳐든 기세 그대로 돌처럼 단단한 이마를 유옥의 면상을 향해 들이밀었다. 이 년 전의 싸움 때 단 한 방으로 유옥을 기절시켰던 바로 그 박치기였다.

하지만 유옥은 이 년 전과는 확실하게 달라져 있었다.

타악!

그대로 자신의 면상에 맞아들였던 악범의 이마를 한 손을 뻗어 손바닥으로 감싸 잡았다.

"이 자식이……!"

파앗!

유옥의 손바닥에 간단히 박치기 공격이 실패하자 악범이 번개같이 몸을 띄워 유옥의 턱을 차올렸다.

휘잉!

하지만 악범의 발은 허공만을 갈랐다. 자신의 턱을 차오는 악범의 발을 유옥이 머리를 숙여 간단하게 피해냈기 때문이다.

홍홍홍!

발차기 공격이 빗나가자 이번엔 악범의 주먹이 유옥의 명치를 향해 연속해서 파고들었다. 작았지만 차돌처럼 야무진 주먹이었다. 하나라도 명치에 박힌다면 배를 싸안고 주저앉게 될 것이었다.

하지만 그 주먹들도 유옥에게 충격을 주지는 못했다. 하나는 유옥이 몸을 비틀어 피했고 또 하나는 자신의 왼팔뚝을 휘돌려 막아냈고, 또 하나는 오른 손바닥으로 막아냈다. 정말 번개 같은 동작이었다.

유옥의 번개 같은 동작에 악범이 놀라고 있을 때, 어느새 뻗어온 유옥의 손아귀가 악범의 멱살을 잡았다.

홰액!

유옥이 멱살을 잡은 악범을 한 무릎을 꿇고 앉아 어깨 너머로 사정없이 메어 던졌다.

휘잉!

정말 바람을 가르는 소리가 나며 던져진 악범이 십여 장을 날아갔다.

콰당탕!

다행히 물에 처박히는 최악의 꼴은 면했지만 날아간 악범은 개울가의 자갈밭에 엉덩방아를 찧으며 떨어졌다. 두 발을 벌려서 선 채로 떨어져 보려고 했지만 던져진 기세가 워낙 거셌기 때문에 악범의 뜻대로 되지 않았던 것이다.

"이 새끼, 정말 어디서 한 수 제대로 배워왔네!"

악범이 엉덩이를 털며 일어났다.

그 순간 유옥을 바라보는 눈빛과 대하는 자세가 이제 완전히 달라져 있었다.

악범은 바닥에 뒹구는 나무막대 하나를 집어 들었다. 마침 단단하게 잘 다듬어진 나뭇가지였다.

"네놈이 개방의 취리타구봉법을 피할 수도 있는지 한번 보자!"

흥흥!

악범이 나무막대를 허공에다 소리가 나게 휘둘러 보이며

유옥을 향해 다가왔다.

개방에는 두 가지 타구봉법이 있었다.

하나는 개방의 용두방주만이 익힐 수 있는 용두타구봉법
이었고, 나머지 하나는 개방의 삼결제자가 되어야 익힐 수 있
는 취리타구봉법이었다.

개를 때려잡는 몽둥이 쓰는 법. 이름은 조금 우스웠지만 그
위력은 만만치 않았다. 취리타구봉법이 제대로 펼쳐지면 상
대는 삼면(三面)이 제압당하고, 오직 제압당하지 않은 뒷쪽으
로 꽁무니 빼는 것만이 살길이었다.

홍홍홍!

막대기가 허공을 가르는 소리가 심상치 않음을 느끼며 유
옥이 주춤주춤 뒷걸음질을 쳤다.

"야! 난쟁이 새끼, 비겁하다! 왕초도 이거 들고 해!"

봉옥이 잽싸게 자신의 발 앞에 뒹굴고 있던 나무막대 하나
를 집어서 유옥에게 던졌다.

유옥이 그것을 받아 쥐었다.

"타구봉법이 아무나 쓰는 건 줄 아나?"

악범이 비웃으며 홍홍! 나무막대를 휘두르며 유옥에게 다
가들었다.

탁탁탁!

자신의 면상을 노리고 연속으로 짓쳐드는 악범의 나무막
대를 유옥이 나무막대를 들어 막아냈다.

후웅! 홍! 홍!

악범의 나무막대의 움직임은 변화무쌍했다. 허리를 노리는 듯하다가 머리를 공격해 왔고, 머리를 공격해 온다 싶다가는 유옥의 하체를 공격했다.

타닥! 탁! 탁!

하지만 유옥은 잽싸게 막대를 휘둘러 악범의 움직임을 놓치지 않고 공격을 막아냈다.

파악!

악범의 공격을 막대로 막으면서 한편으로는 악범의 정강이를 발을 뻗어 걸어찼다.

"야아! 왕초, 잘한다!"

"이, 이, 이겨라, 왕초!"

황태와 봉옥이 환호를 하며 유옥을 응원했다.

홍홍홍!

유옥이 악범의 정강이를 걸어찬 것을 기점으로 이젠 막대를 휘두르며 악범을 공격해 가고 있었다.

악범은 뒷걸음질을 치며 몸을 이리저리 움직여 유옥의 막대질을 간신히 피해내고 있었다.

"조, 조, 좀만 더 몰아부쳐!"

"한 방만 먹이면 끝나겠다, 왕초!"

유옥이 확실하게 공세를 취하자 황태와 봉옥이 더 신이 나서 소리를 질러댔다.

은소소는 그 모습을 보며 실소를 금치 못하고 있었다.

유옥은 지금 자신이 가진 능력의 십분지 일도 쓰지 않고 있었다.

엄청난 무공 능력을 감춰둔 채 남들이 보기에 상대보다 조금 우위에 있어 보이는 정도의 능력만을 발휘했다. 한마디로 자신의 능력을 철저하게 감추고 있었다. 그냥 거지패의 왕초로서 딱 어울릴 만한 능력만을 발휘하고 있었다.

마지못해 갓난아이를 들쳐업고 따라나섰지만, 은소소는 지금의 유옥에게서 또 다른 면모를 보고 있었다.

유옥은 무림에서 보았던 조금은 어리벙벙하고 순진한 유옥이 아니었다. 마치 자신의 본 마당에라도 온 듯이 행동과 말 하나하나에 자신과 기개가 넘쳤다.

투닥탁탁! 퍽퍽퍽!

나무막대를 든 두 사람의 싸움은 한 식경이나 더 계속되고 있었다. 물론 유옥이 악범을 가지고 논 것이지만.

"아이고, 지겨워! 무슨 왕초가 그래요! 그만 끝내요!"

은소소의 뾰족한 호통이 터지고 난 뒤에야 싸움은 끝이 났다.

타악!

유옥을 향해 휘둘러져 오던 막대를 쥔 악범의 손목을 유옥의 막대가 사정없이 때렸다.

"아욱!"

악범이 고통스런 비명을 토하며 자신의 손목을 싸쥐는 사이, 유옥의 무릎이 악범의 면상을 향해 후웅! 바람을 가르며 날아들었다.

콰앙!

정확하게 악범의 면상에 유옥의 무릎이 박혔다.

"허억!"

처절한 비명과 함께 붉은 코피를 흩뿌리며 악범이 뒤로 튕겨져 날아갔다.

풍덩!

이 년 전에 유옥이 그랬던 것처럼 악범이 상천의 개울물로 날아가 요란한 소리를 내며 떨어졌다.

그렇게 이 년 만에 벌어진 두 사람의 싸움은 유옥의 승리로 끝이 났다.

다행히 이 년 전처럼 상천의 물이 많지 않아 악범은 그때의 유옥처럼 물에 떠내려가는 것은 면할 수 있었다.

물에 처박힌 자신을 두고 유옥의 패거리는 곧 그곳을 떠났는데, 유옥이 가자마자 그곳엔 개를 잡아먹던 악범의 네 부하를 밧줄로 굴비 엮듯 엮어서 끌고 온 여덟 명의 법개가 들이닥쳤다.

법개들에 의해 악범도 포박이 지어졌다.

죄명은 무단 이탈, 직무 유기, 직속 부하 관리 소홀 등 세 가지였다.

원래 악범을 데리고 있던 정주 분타주 가경은 악범의 말대로 분가를 해준 것이 아니었다.

대인기피증에다 자신의 외모에 대한 자격지심이 심한 악범은 직속상관 가경에게 여간 골칫거리가 아니었다.

자신을 놀리는 동네 애들을 패 가경이 나서 손이 발이 되도록 빈 것도 한두 번이 아니었다.

성질이 불같아서 상관인 자신에게도 머리를 들이밀며 대드는 것도 예사였다.

결국 악범 때문에 속을 썩이고 썩이던 가경이 개삼 분타라는 말도 안 되는 분타를 만들어 자신의 곁에서 악범을 떼어놓았던 것이다.

그렇게 악범을 떼어놓은 후 방치한 것이었다. 개방의 명령도 하달하지 않았고, 무림이 돌아가는 소식도 알려주지 않았다.

그래서 일명 개방의 개삼 분타는 오정대연도, 흑도천상회의 난도 피해갔다.

하지만 개방도로서 직무를 유기하고, 구걸삼도를 어기고, 함부로 폭력을 쓴 죄는 언제까지 피해갈 수 없었다. 개방의 천안전 혈개들의 눈과 귀는 세상의 구석구석 닿지 않는 곳이 없었고, 법개들의 흑구동패는 지엄했다.

개방 란주 분타의 분타주 고두몽은 황당한 전서를 받았다.

개봉에 있는 개방 본단의 용두방주로부터 온 홍목전서였다.

전서에는 섬세하게 한 젊은이의 초상화가 그려져 있었는데, 한눈에 보아도 헌앙하게 잘생긴 스무 살 남짓의 거지 사내였다.

그 초상화의 아래에는 이렇게 쓰여져 있었다.

위와 같이 생긴 사람이 왕초로 있는 거지패는 건드리지 말아라. 잘못하면 발모가지 부러진다.

그리고 그 아래 용두방주의 붉은 지장이 찍혀 있는 걸로 봐서 틀림없이 용두방주가 직접 작성한 전서였다.

고두몽은 즉시 휘하의 개방도들에게 초상화의 인물을 주지시키고는 란주 시내에 내보내 초상화와 같은 인물이 이끄는 거지패가 있는지 알아보도록 했다.

과연 천하제일의 정보력을 자랑하는 개방도들답게 그날 저녁, 날이 저물기도 전에 한 개방도가 답을 가지고 왔다.

"백탑산에서 내려오는 왕숙천이라는 개울이 있는뎁쇼. 거기 왕숙교라는 다리 아래에 며칠 전에 새로 들어온 거지패 왕초가 바로 그 그림의 인물이었습니다. 그 왕초는 처와 낳은 지 얼마 안 되는 자식까지 거느리고 있는데, 처자식 말고도 총 세 명의 똘마니를 거느리고 있었습니다."

"얼씨구씨구 들어간다아아아! 저얼씨구씨구 들어간다! 작년에 왔던 각설이이이이! 죽지도 않고 또 왔네!"

란주 시내 백탑산 아랫마을의 골목에서 신명나는 각설이 타령이 울려 퍼지고 있었다.

뚱따당! 뚱땅!

왕초 유옥의 타령에 맞추어 황태와 봉옥, 그리고 다시 란주에서 합세한 방충, 세 명이 용골대로 걸통을 두드리며 장단을 맞추었다.

"나란 놈이 이래 뵈에에도 정승판서 자제로서 팔도 감사마다하고 돈 한 푼에 팔려서어어어 각설이로 나섰네!"

"어얼씨구씨구 들아간다! 저얼씨구씨구 들어간다!"

뚱따당! 뚱땅!

세 사람이 하는 타령과 장단이 워낙 신명이 나서인지 앞의 대문이 곧 열렸다.

"아이고, 마님. 귀찮게 해서 죄송합니다요. 식은 밥 한 덩이만 적선합쇼. 춘장도 한 국자 덜어주시면 더 좋구요. 크게 복 받으실 겁니다요."

유옥이 대문을 연 주인 여자를 향해 굽신거리며 비위를 맞추었다.

"뭔 거지 새끼들이 이렇게 많이 몰려다녀?"

여인이 다섯 명이나 되는 유옥 패거리를 보며 어이없다는 표정을 지었다.

"아이고, 마님. 보시다시피 제가 그만 실수를 해서 팔자에도 없는 자식 새끼를 만들었습니다요. 먹은 게 없어서 그런지 애어멈이 젖이 나오지 않네요. 저거 보십시오. 애가 이제 울 힘도 없는지 축 처져 버렸네요."

유옥이 잔뜩 불쌍한 표정을 지은 채 은소소가 업고 있는 아기를 가리켰다.

유옥의 말대로 축 처져 있는 건지 잠들어 있는 건지 아기는 포대기에 가려 잘 보이지도 않았다.

"쯧쯧, 저를 어째? 거지 새끼 주제에 무슨 애를 만들었담."

여인이 딱한 표정으로 아기를 보며 혀를 찼다.

안으로 사라졌던 여인이 큰 사발에 그득하게 식은 밥을 담아서 들고 나왔다. 아침을 먹고 남은 밥을 모두 담아온 모양이었다.

"아이고, 복 받으실 겁니다요, 마님."

세 사람이 머리가 땅에 닿도록 허리를 구부렸다.

"히히, 봐. 좀 성가시긴 해도 애기를 데리고 다니면 훨씬 구걸하기가 쉬울 거라고 했잖아."

그새 두둑해진 걸통을 들고 다음 집을 향해 가며 유옥이 희희낙락하며 말했다.

"어이구, 이 은소소가 정말 이 짓을 해야 돼? 황후 자리만 아니면 이걸 그냥……!"

은소소가 죽을상을 지었지만 그래도 삼 년 후의 황후 자리를 포기할 수는 없는 듯 세 사람의 뒤를 따라갔다.

황제가 될 수 있는 유옥이 자청하여 삼 년의 거지 생활을 하려 하는 것은 민초의 소리를 듣기 위함이었다. 민초들이 원하는 정치, 원하는 황제를 알아보는 방법으로 거지만큼 좋은 것이 없다고 생각한 것이었다.

높은 곳에 있으면 낮은 곳을 굽어볼 수는 있지만 낮은 곳에 있는 사람이 원하는 것, 바라는 것은 알 수는 없는 법이다. 낮은 곳에 있을수록 낮은 곳에 있는 사람들이 원하는 것, 바라는 것을 알 수 있다고 생각한 유옥이었다. 유옥은 황실의 대선생에게, 대통보에 답이 있는 것이 아니라 민초들보다도 더 낮은 자리, 거지에게 성황의 답이 있다고 생각했다.

그래서 가장 낮은 자리를 자청하여 찾아간 것이었다.

"얼씨구씨구 들어간다아아아! 저얼씨구씨구 들어간다! 작년에 왔던 각설이이이이이이! 죽지도 않고 또 왔네! 어얼씨구씨구 들어간다!"

뚱따당! 뚱땅!

다시 다음 집의 대문 앞에서 세 사람의 타령과 장단이 신명 나게 이어지고 있었다.

『진골후개』終

BOOK Publishing CHUNGEORAM

BLUE BOOK

무한 상상 무한 도전의 힘!
블루부크

EXCITING! BLUE! 블루부크(BLUE BOOK) 청어람의 또 다른 이름입니다.

BLUE는 맑게 갠 가을 하늘과 넓은 바다입니다.
그곳에는 미래에 대한 희망과
보다 넓은 미지의 세계에 대한 동경이 담겨 있습니다.

BLUE는 젊음과 패기를 의미합니다.
언제나 새로운 시작을 위한 힘이 있고
세상에 대한 도전의식이 충만합니다.

블루가 새로운 도전과 희망으로
곧! 여러분과 함께합니다.

BLUE
BOOK
도서출판 청어람

유행이 아닌 자유추구 —
WWW.chungeoram.com   Book Publishing CHUNGEORAM